ENTRE FAUVES

Colin Niel est aujourd'hui l'une des grandes voix du roman noir français. Ancien ingénieur agronome et ingénieur du génie rural et des eaux et forêts, il a travaillé pendant douze ans dans la préservation de la biodiversité, notamment en Guadeloupe et en Guyane. Après son séjour en Guyane, il commence à écrire les aventures du capitaine André Anato, un gendarme noir-marron à la recherche de ses origines. Cette série a reçu de nombreux prix littéraires : *Les Hamacs de carton* (prix Ancres Noires 2014), *Ce qui reste en forêt* (prix Sang pour Sang Polar 2014), *Obia* (Prix des lecteurs Quais du polar/*20 Minutes* 2016, Prix Polar Michel-Lebrun 2016) et *Sur le ciel effondré* (Trophée 813 du Meilleur Roman francophone 2019). *Seules les bêtes* a quant à lui été notamment récompensé par le prix Landerneau Polar ainsi que par le prix Polar en Séries en 2017 avant d'être adapté au cinéma en 2019. Paru en 2020, *Entre fauves* a obtenu en 2021 le Prix Libr'à Nous ainsi que le Prix des libraires en Seine. Colin Niel se consacre aujourd'hui entièrement à l'écriture.

COLIN NIEL

Entre fauves

ROMAN

ROUERGUE

ISBN : 978-2-253-10761-3 – 1re publication LGF

À la mémoire des fauves perdus
Victimes des antiques hécatombes
Et à ceux qui survivent
Tapis au fond de nos tripes

PROLOGUE

30 mars

Charles

L'heure était venue de faire face aux hommes, leurs silhouettes de bipèdes dressées dans le crépuscule comme des arbres en mouvement, si proches de lui à présent, à peine trois foulées pour les atteindre, et leur odeur sans pareille, sueur amère et terre lointaine, et leurs cris indéchiffrables, et leurs peaux couvertes d'autres peaux qui n'étaient pas les leurs, jamais il ne les avait tant approchés, il avait fallu qu'ils l'y poussent, un jour entier à les sentir à ses trousses, un jour entier à sillonner le *bush*, à ramper sous les épines des acacias, à raser les murs de pierre enflammés de soleil, à creuser et recreuser cent fois sa trace, de broussaille en broussaille, les pas dans les mêmes empreintes, les détours innombrables entre les troncs, n'importe quoi pour leur faire lâcher prise, un jour entier à se sentir gibier et non plus prédateur, la patience mise à mal, agacée, nerfs à vif, un jour entier auquel il venait de mettre fin, surtout ne pas leur laisser cette victoire-là, pas lui, pas ici, pas dans ce désert qu'il arpentait depuis toujours et dont il savait tout, les ruses et les ingratitudes, les nuits glacées autant que les jours brûlants, les heures où l'ombre devenait précieuse, les mers de sable façonnées par les vents, les dunes mouvantes où s'enfonçaient ses pas quand détalaient les autruches, les tempêtes qui parfois s'élevaient et vous fouettaient jusque sous les paupières, les distances infinies entre les oasis chétives et pleines de sel où s'abreuvaient les proies, les plaines caillouteuses et les flores centenaires qui y ancraient leurs racines, les troncs tordus des mopanes et ceux des eucléas, les remparts rocheux le long des fleuves à sec, la manière de s'y mouvoir à la verticale pour poursuivre un zèbre de montagne, les plages aussi, l'océan dévorant la côte des Squelettes, les carcasses providentielles des baleines égarées, celles des navires humains échoués depuis des décennies.

De tout temps, le chasseur, ça avait été lui, depuis l'enfance dans le lit de l'Agab, cette époque trop lointaine où il chassait en meute, avec ses frères et sœurs d'abattage, depuis cette première chasse à la girafe à jamais dans sa mémoire, quand les jeunes acculaient la géante au fond du canyon, chacun son côté, chacun sa mission, les yeux rivés sur le galop, poussant la proie vers une vieille lionne postée plus loin, pleine de son expérience, prête à bondir quand son moment viendrait, l'instant crucial, calculé, précis, et d'un coup, lancée sur la hanche en un bond prodigieux, griffes et crocs plantés dans les muscles, la chasseuse agrippée sur des mètres et des mètres de course affolée, ignorant les coups de patte qui tentaient de la déloger, lacérant cuir et chair, creusant la blessure au goût de sang frais, pesant de tout son poids pour déséquilibrer la bête, rien qui n'aurait pu la faire lâcher tant les félins avaient besoin de cette viande-là. Il avait appris à dénicher ses proies dans les milieux les plus ouverts, sans même un tapis d'herbes pour s'y tenir couché, tirant parti du moindre brouillard pour approcher ses victimes à couvert, il avait appris l'opportunisme, à tuer pintades, porcs-épics, cormorans lorsque manquait le gibier, à s'en prendre aux babouins autant qu'aux outardes, à s'attaquer, même, aux autres carnivores quand sa survie était en jeu. Le chasseur c'était lui, lui qui dictait ses règles, jamais pris par surprise, alors non, il n'allait pas laisser aux hommes cette victoire-là, il venait de sortir des ombres pour enfin leur faire face, calé dans le sable à quelques mètres d'eux, au pied d'un buisson plein de griffes, ses yeux dans les leurs. Le vent soulevait des nuages de terre, ravivait les senteurs animales, chargées des peurs et des tensions des heures passées, il les huma avec prudence, attendit son moment, impatient d'en découdre, mais toujours immobile, pour enfin redresser sa silhouette de géant.

Et se jeter sur eux.

La douleur le saisit aussitôt.

La poitrine tout entière, embrasée d'un seul coup.

Coupé dans son élan, il bondit au-dessus des pierres comme le font les springboks, l'échine pliée par l'algie, les membres incontrôlables, retomba sur le sol sans plus rien maîtriser, décrivit des cercles fous dans la poussière, l'air de poursuivre quelque démon niché au bout de sa queue, des souvenirs vinrent hanter son crâne à l'agonie, les festins des dernières semaines à l'intérieur des *kraals*, les hurlements de ses proies au moment de les achever, les coups de feu des hommes qui faisaient craquer le ciel lui-même, l'apogée de son existence, aussi, cette époque révolue où il avait été alpha, son éviction brutale dont il gardait en lui les cicatrices, creusées dans son orgueil, les gloires et les défaites sur ces terres de canicule, les chasses ratées autant que ses plus belles prises, il détala à coups de pattes violents dans la terre, fuyant vers les halliers pour peut-être y survivre, quitter ce lieu maudit où jamais il n'aurait dû s'aventurer, lui qui se pensait si fort titubait de mètre en mètre, les pas moins assurés, chancelant dans la caillasse et dans les pailles cassées, plus rien d'un roi, plus rien d'un prince, muscles percés, tremblants, il poussa aussi loin que le pouvait sa carcasse, puisant dans ses réserves, dans son instinct de survie.

Pour, sans plus pouvoir lutter, s'effondrer sur le flanc.

1

IDENTIFIER SA PROIE

15 avril

Martin

Franchement, moi, j'ai honte de faire partie de l'espèce humaine. Ce que j'aurais voulu, c'est être un oiseau de proie, les ailes démesurées, voler au-dessus de ce monde avec l'indifférence des puissants. Un poisson des abysses, quelque chose de monstrueux, inconnu des plus profonds chaluts. Un insecte, à peine visible. Tout sauf *homo sapiens*. Tout sauf ce primate au cerveau hypertrophié dont l'évolution aurait mieux fait de se passer. Tout sauf le responsable de la sixième crise d'extinction qu'aura connue cette pauvre planète. Parce que l'histoire des hommes, c'est surtout ça. L'histoire des hommes, c'est l'histoire d'une défaunation à grande échelle, des deuils animaux à n'en plus finir. C'est l'histoire des mammouths, des rhinocéros laineux, des tigres à dents de sabre, des ours des cavernes, des aurochs qui peuplaient l'Europe et que nos ancêtres ont décimés en quelques millénaires. C'est l'histoire des castors géants et des paresseux de six mètres exterminés en Amérique après l'arrivée des premiers humains par le détroit de Béring. En Australie, il y a 50 000 ans, c'est l'histoire des kangourous géants, des lions marsupiaux, des diprotodons, de cette mégafaune que plus jamais on ne retrouvera. On le sait maintenant : chaque fois que nos foutus aïeux ont posé le pied quelque part, ça a été l'hécatombe. La seule différence entre eux et nous, c'est la vitesse à laquelle, aujourd'hui, on est capables de faire disparaître ce qui nous entoure. Pour ça, c'est certain, on est imbattables : deux cents espèces de vertébrés éteintes en moins d'un siècle, aucun autre animal ne peut se vanter d'un tel record.

J'étais en train de ressasser ce genre d'idées quand, Antoine et moi, on a atteint le sapin dans la nuit finissante. Pendant toute la montée j'avais pensé à la photo qui les avait déclenchées. Impossible de me la sortir de la tête, cette foutue image était plantée en moi comme le souvenir d'un traumatisme d'enfance.

L'arbre se dressait, vertical au bord de la sente qu'on voyait à peine sous le tapis des feuilles de hêtre et sous les plaques de neige qui ne voulaient toujours pas fondre, même sur le versant sud. Le tronc était piqué de moignons de branches, comme des pointes de métal sur un genre d'instrument de torture médiéval. J'ai jeté un regard dans le bas de la pente où se perdait notre trace d'humain, j'ai inspiré l'air de l'aube qui m'a glacé les poumons. On avait bien grimpé, et comme on n'avait pas emporté les skis, on s'était pas mal enfoncés dans la neige sur les derniers mètres. Mais je n'étais pas essoufflé, non, je ne suis pas du genre à me laisser impressionner par un petit coup de cul. Pas comme Antoine, à qui j'ai lancé :

— Là tu regrettes ta clope d'hier soir, hein.

— Je vois pas de quoi tu veux parler, il a dit alors qu'un nuage de buée se gonflait et se dégonflait devant ses lèvres.

La hêtraie sapinière lançait ses mâts vers les sommets, noyés quelque part au-dessus du plafond de nuages. Là-haut, j'imaginais les estives, les cols et les arêtes, attendant leur moment sous les manteaux de neige de cet hiver tout déréglé. Autour de nous, les lichens se massaient sur les troncs, l'usnée pendait des branches en barbes enchevêtrées. Il y avait cet arbre mort toujours sur pied, l'air d'une chandelle que personne n'allumerait jamais. Un pic avait foré son bois et décollé l'écorce pour y chercher une larve de capricorne ou de rosalie alpine.

— *Matin, fais lever le soleil*... a fredonné Antoine en imitant la voix langoureuse de Gloria Lasso. *Matin, à l'instant du réveil... Viens tendrement poser... tes perles de rosée...*

Je n'ai jamais bien compris comment, à son âge, il pouvait connaître autant de chansons ringardes. Je l'ai coupé direct :

— Bon, tu me files la lampe ?

Il a soupiré, puis retiré ses gants pour sortir la torche de son sac à dos. Et j'ai commencé à inspecter le tronc du sapin en la tenant de travers. J'ai scruté chaque repli de l'écorce, chaque blessure dans la peau ligneuse du géant. J'ai examiné le morceau de grillage aussi, vissé dans le bois l'automne dernier. À hauteur de mollet, j'ai déniché un poil piégé dans une lèvre de l'écorce, j'ai vérifié la forme, la couleur, la racine plus épaisse.

— Sanglier ? a dit Antoine.

— Sanglier, j'ai confirmé en soupirant.

Accroupi entre les racines, mon collègue a fouillé la terre par poignées, les débris végétaux, les minéraux, l'humus en formation. Je l'ai regardé faire, trier chaque particule entre ses doigts pour m'assurer qu'il ne laissait rien passer. Pas que je ne lui fasse pas confiance, mais bon. Quand il n'a eu plus rien que de la poussière dans les mains, il a soufflé dessus puis s'est relevé en disant, sans la trace d'un regret dans sa voix :

— *Nada.*

Je suis parti au quart de tour :

— *Nada ?* C'est tout ce que ça t'inspire ?

Il a souri, l'air de dire Toi, tu ne changeras jamais.

— Martin, ne recommence pas…

— Ne recommence pas quoi ? On est le 15 avril, ça fait un an et demi qu'on n'a plus trouvé la moindre trace de lui, pas d'empreinte de tout l'hiver, aucun foutu poil sur les centaines d'arbres qu'on suit. Un an et demi que nos appareils photo n'ont capturé que des sangliers et des renards. Et toi, tu es comme les autres : tu t'en fous.

— Je ne m'en fous pas, je suis patient. L'hiver s'éternise, il traîne à sortir de sa tute, c'est tout. Il s'est trouvé une petite grotte, il attend tranquillou que la neige fonde pour commencer son rut. Rappelle-toi quand on a perdu la trace de Néré pendant quatorze mois, il y a cinq ans. On s'était tous inquiétés pour rien : en fait il était juste parti en Haute-Garonne.

— Et toi, rappelle-toi Claude, en 94, j'ai dit sèchement. La pauvre : il a fallu attendre trois ans avant qu'on retrouve son cadavre au pied du pic de la Cristalère. Ils l'avaient bien planqué, les gars.

À ça, Antoine n'a rien répondu : en 1994, il était encore au lycée. Il a sorti des abricots secs de son sac et les a mangés en silence. Et moi, j'ai encore ressenti cette impression d'être le seul à vraiment m'inquiéter du sort de Cannellito, le dernier des ours avec un peu de sang pyrénéen à encore fréquenter ces forêts, à la recherche d'une femelle qu'il ne trouverait jamais parce que les chasseurs les avaient toutes abattues. Jusqu'à sa mère, tuée en 2004, qui me manquait comme si elle avait été de ma famille.

J'ai glissé mon regard dans la trouée qui s'ouvrait sur la droite, entre les feuilles des hêtres et les épines des sapins. Tout en bas, on devinait les toits d'ardoises du village que bientôt la brume allait dévoiler, les baraques encore éteintes. Sans le regarder, j'ai livré à Antoine le fond de ma pensée :

— Vous pouvez vous faire tous les films que vous voulez, mais moi je suis sûr qu'il s'est fait buter. Sans doute à l'automne, pendant une battue. Et quand on le découvrira, les chasseurs iront dire que c'était un accident.

Il a observé le plafond nuageux qui coupait les cimes comme s'il les avait décapitées.

— Tu crois toujours tout savoir mieux que les autres, Martin. Mais crois-moi, tu dis des conneries.

Mais à mon avis, il essayait surtout de se persuader lui-même. Parce que lancer ce genre d'accusation, ça ne se faisait pas quand tu étais garde de parc national.

Les pieds calés sur la sente, on a attendu un petit moment, laissé le jour prendre possession de la vallée d'Aspe, découvrir la route d'en bas où bientôt se sont pressés les camions venus d'Espagne, révéler les conduites forcées des centrales électriques qui balafraient les versants comme d'immenses serpents crevés.

— Ça caille, on y va ? a fait Antoine. Je voudrais embrasser les filles avant qu'elles partent à l'école.

J'ai fait oui de la tête, jeté un dernier regard en

direction des sommets, ajusté ma veste et mon bonnet. Et on s'est lancé dans la descente, les chaussures dans la neige collante et sur les feuilles trempées, Antoine chantonnant à voix basse je ne sais quelle vieillerie. On a sillonné la forêt, longé buxaies et prairies d'altitude en train de se refermer, on a marché au bord des falaises suintantes et glacées. Je ne comprenais rien au climat de cette année : d'abord, il n'était pas tombé grand-chose en début d'année, puis tout le mois de mars avait ressemblé à un vrai printemps, la neige avait commencé à fondre. Et maintenant, on se reprenait un gros coup de froid, avec de nouvelles chutes encore annoncées pour les deux semaines qui venaient. Les stations de ski faisaient la gueule : en gros, la neige arrivait au moment où elles fermaient, et à mon avis ça n'allait pas s'arranger dans les prochaines années. Mais ça non plus, ça n'avait pas l'air d'inquiéter grand monde.

Il faisait vraiment jour lorsque enfin on a émergé d'entre les chênes, sept cents mètres plus bas. La voiture de service était garée dans la boue, avec son logo du parc national à moitié décollé. Antoine s'est réfugié à l'intérieur, a mis le chauffage à fond. On ne s'était pratiquement pas dit un mot depuis là-haut.

— En parlant de chasseurs, il a repris pour continuer notre discussion, tu as vu cette histoire ? Ces patrons de supermarché qui ont été obligés de démissionner pour avoir chassé un crocodile en Afrique ?

— Ouais. Enfin à ce que j'en sais, il n'y avait pas qu'un crocodile.

J'ai dit ça l'air de rien, comme si moi aussi j'avais juste lu cette info dans le journal. Il a mis le contact, s'est engagé sur la piste.

— O.K., ces gars-là sont des abrutis, je ne vois pas le plaisir qu'il y a à dépenser autant de fric pour aller tuer un éléphant ou une girafe, et il faut être bien couillon pour publier ses photos de chasse sur Internet. Mais le truc a pris des proportions délirantes, les gens ont trouvé leur adresse, ils se sont fait menacer de mort, leur groupe les a lâchés…

J'ai reniflé, et dit :

— Et alors ? Au moins comme ça, peut-être qu'ils ne recommenceront pas.

Un silence a suivi ma réponse. Signe que, définitivement, Antoine et moi on ne voyait pas les choses de la même manière. On a roulé en silence le long du gave glacé, franchi un à un les verrous glaciaires qui isolaient la haute vallée. Pour atteindre la plaine de Bedous, avec ses collines d'ophite et ses prairies, où paissaient quelques vaches avant de pouvoir monter vers les estives. Antoine s'est garé devant nos bureaux, on a déchargé le matériel sous le plafond des nuages, Antoine a foncé chez lui pour voir ses deux gamines. Et moi j'ai filé à l'intérieur pour me coller devant mon ordi. J'ai saisi le compte rendu de notre sortie : *nada*, comme avait dit Antoine.

Toujours aucune nouvelle de Cannellito.

J'avais un mail qui m'attendait dans ma boîte et qui ne m'inspirait pas beaucoup. Je l'ai ouvert, pour apprendre que le chef de secteur, mon supérieur hiérarchique, voulait me voir pour reparler de cette histoire de pneu crevé. Demain, si possible. Franchement, je ne comprenais pas pourquoi ils en faisaient autant pour un simple pneu. C'était en octobre dernier : j'étais passé un matin devant la voiture de chasseurs de sangliers en train de préparer leur carnage dans la cabane. Et comme je les soupçonnais d'aller encore faire leur battue dans le secteur où se baladait l'ours, je n'avais pas résisté. Sauf que je m'étais fait choper, avec ma tenue de garde du parc national, en plus. J'ai répondu, D'accord pour demain. Mais à bien y réfléchir, je n'étais pas trop inquiet de ce qu'il allait me dire : j'étais le plus ancien du secteur, et aussi le plus compétent. Ils avaient trop besoin de moi pour faire tourner la boutique.

Après notre tournée si matinale, la journée se présentait comme assez calme, et les bureaux étaient déserts. Le chef était en réunion quelque part, en train de se compromettre avec je ne sais quel syndicat agricole, et une équipe était partie vers les hauteurs de Lescun, réparer des panneaux de signalétique pour les randonneurs. Alors je n'ai pas attendu d'être chez moi pour me connecter au groupe Facebook que j'animais anonymement depuis plusieurs mois, avec deux autres militants que jamais je n'avais rencontrés, mais qui partageaient mes convictions.

STOP HUNTING FRANCE, c'était le nom du groupe en question. Au départ, on échangeait seulement des informations, on faisait circuler des pétitions contre la chasse en France et dans le monde. Mais à force de creuser, de recouper nos sources, on avait décidé d'agir plus concrètement. On s'était intéressé de près à la chasse aux trophées, à ces brutes dont la passion était d'aller tuer des animaux dans des pays lointains, comme Luc Alphand, l'ancien skieur, tristement connu pour avoir abattu des ours bruns et des mouflons géants au Kamtchatka. Pardon, pas abattu : *prélevé*, c'était le terme qu'ils employaient, ces gens-là. On s'était rendu compte qu'il n'y avait pas que des Américains pour poser sur Internet à côté de leurs victimes, qu'en France aussi il y avait tout un marché et un bon paquet de chefs d'entreprise ou de riches médecins adeptes de telles pratiques. Que c'était un monde beaucoup moins secret que je ne l'aurais pensé, aussi : en prenant le temps de chercher un peu, de site en site et de profil en profil, on finissait toujours par retrouver l'identité de ces chasseurs, parce que souvent ils publiaient eux-mêmes leurs photos de chasse sur les réseaux sociaux, et s'en vantaient d'ailleurs. Alors dès qu'on tombait sur un de ces clichés qui traînaient sur Internet, on menait notre enquête en ligne pour retrouver les coupables. Et comme aucune justice n'allait jamais les condamner, on publiait tout ce qu'on pouvait trouver sur eux : nom, adresse, téléphone. Puis on laissait s'en emparer l'opinion publique, qu'on savait largement acquise à la cause, n'en déplaise aux politiques tellement en retard sur ces sujets-là.

Je n'allais pas m'en vanter devant Antoine, mais les patrons de supermarché qui avaient été obligés de démissionner pour avoir fait le buzz avec leurs photos de crocodile, mais aussi d'hippopotame et même de léopard, c'est nous qui les avions dénichés. Ce n'était pas grand-chose en réalité, on s'était contenté d'exhumer leurs clichés et de les rendre plus visibles, la magie des réseaux sociaux avait fait le reste. Je nous voyais comme des lanceurs d'alerte de la cause animale, qui en avait bien besoin. J'avais l'impression de faire ma part, à ma manière. Plus, en tout cas, qu'en tant que garde de parc national. Plus, aussi, que ces soi-disant ministres de l'Écologie qui toujours finissaient par s'écraser face aux lobbies des chasseurs dînant à l'Élysée aussi facilement qu'au restaurant du coin. À terme, j'avais l'espoir qu'on réussisse à faire interdire totalement l'importation de trophées sur le territoire français. Ce serait déjà une belle victoire.

Il s'était passé des choses sur le groupe Facebook depuis ma dernière visite. Un des autres administrateurs avait publié les coordonnées complètes d'un pharmacien et toutes les photos de ses chasses aux herbivores au Canada, en Nouvelle-Calédonie et en Afrique du Sud. Avec une consigne, adressée à tous ceux qui nous suivaient :

Jerem Nomorehunt : Merci de mettre la honte du siècle à cet assassin. #BanTrophyHunting

Sous les clichés tous plus ignobles les uns que les autres, le tueur posant auprès des dépouilles de ses proies, les commentaires des internautes étaient déjà nombreux, preuve qu'on n'était pas les seuls à être choqués.

Stef Galou : Sac à merde.
Hugues Brunet : Déchet humain, pauvre type.
Stophunt : Même morts, ces animaux gardent une noblesse que ce connard n'aura jamais ! ! !
Lothar Gusvan : Seul un fond de capote comme lui peut être content de son massacre.

Je me suis retenu de renchérir, ce n'était pas mon rôle. J'ai parcouru les pages, et espéré que ce pharmacien-là se fasse poursuivre jusque chez lui.

Mais si je m'étais connecté au groupe aussi vite en

revenant de la montagne, c'était surtout pour retrouver la photo qui depuis la veille m'obsédait. En quelques clics, elle était à nouveau affichée en grand sur mon écran. Une photo différente de toutes celles que j'avais vues jusqu'à présent. Elle était prise de nuit, au flash. Au premier plan, il y avait une jeune femme blonde, le buste coupé au niveau du ventre, qui tenait un arc de chasse à bout de bras. Mais elle ne posait pas, ne souriait pas comme tous ceux que j'avais l'habitude de voir passer sur Internet. Non, son regard était dur, ses lèvres serrées, on décelait la violence de tueuse qui l'animait. Ce qu'il y avait tout au fond d'elle. Derrière, on devinait un paysage de savane africaine, embroussaillé. Avec un énorme cadavre de lion. Un mâle, la crinière noire, un beau trophée comme disent ces sauvages. Sauf que ce lion-là n'était pas mis en scène comme les chasseurs font d'habitude pour minimiser leur crime. Non, il était vautré dans les herbes, la tête de travers, avec une plaie rouge à la base du cou, du sang dans les poils. Je suis resté un moment à regarder la scène, impossible de détacher mes yeux de la dépouille du grand félin. J'ai senti mon cœur qui se serrait à l'intérieur de ma poitrine, comme si c'était le corps de quelqu'un de proche de moi qui était étendu là. Comme le jour où Cannelle avait été tuée.

Cette photo, elle ne ressemblait à aucune autre.

Cette photo, c'était un flagrant délit de meurtre.

Mais ce qui la rendait particulière, c'est aussi qu'elle résistait à notre enquête. Jusqu'à présent, aucun d'entre nous n'était parvenu à trouver l'identité de cette chasseuse à l'arc. J'ai écrit un message à Jerem Nomorehunt, qui était en ligne :

Martinus arctos : Tu as réussi à trouver des trucs sur la blonde ?

Jerem Nomorehunt : Non, j'ai cherché toute la soirée, mais ça ne donne rien. Elle se la joue discrète, cette conne. Et on dirait qu'elle vient juste d'ouvrir son compte FB.

La photo était apparue la veille, en fin d'après-midi, transmise par un internaute qui venait de la découvrir, avant de circuler massivement et de déchaîner les passions. Jerem Nomorehunt avait réussi à remonter à la source : le cliché avait été publié le 13 avril, par la chasseuse elle-même, supposait-on, sur son profil Facebook. Leg Holas, c'était son pseudonyme, et en gros tout ce qu'on savait sur elle. Le profil était public, mais quasiment vide, ni ville ni même pays. Jerem disait qu'elle avait une tête d'Américaine, mais ce n'était qu'une hypothèse. J'ai encore essayé d'en savoir plus, cliquant sur tous les liens que je pouvais trouver, avec l'envie de la dénicher et de pouvoir enfin la livrer à tous les anti-chasse de la planète. Mais à chaque fois ça me ramenait au même point. Aussi imprécis que les contours des nuages amoncelés dans le ciel pyrénéen.

Cette meurtrière au regard brutal était un vrai mystère.

17 mars

Apolline

C'est le jour de mes vingt ans. Mon premier *birthday* sans maman. À la fois le plus joyeux, même avant de savoir quel merveilleux cadeau papa va m'offrir, et le plus triste, parce qu'elle me manque terriblement. *My God*, je réalise que cette chambre où je suis en train d'attendre qu'on m'appelle, c'est la même qu'à mes dix ans, comme si je n'avais jamais grandi. Aux murs, il y a encore mes posters de gamine passionnée de faune sauvage et nourrie aux documentaires animaliers : un loup, un éland, un faucon pèlerin. Et mon grizzli, bien sûr, épinglé après notre voyage en famille dans les *Rockies*. Je tourne en rond autour du lit à baldaquin, tout excitée, je jette des regards par la fenêtre, vers les rangs de vigne et la pluie qui les inonde. Je trépigne comme une enfant en essayant de deviner ce qu'ils me préparent, en bas. En vrai je ne sais pas qui ils ont invité, j'ai juste entendu leurs voix étouffées, tenté d'identifier tel ou tel cousin.

— Apo ! crie finalement Amaury. C'est bon, tu peux descendre.

Je souris de toutes mes dents quand j'ouvre enfin la

porte. Je dévale les escaliers pour gagner le grand salon. Et d'émotion je pose la main sur ma bouche lorsque, massés sous les bois géants du massacre de cerf élaphe, ils lancent leur immense :

— Joy-eux anni-ver-saire Apo !!

Il y a au moins trente personnes. Je les regarde, tous, des larmes de joie dans les yeux. Mes deux grands frères, Amaury et Enguerrand, qui se moquent gentiment de moi au-dessus de leurs cravates sorties pour l'occasion, fiers d'avoir gardé le secret ces dernières semaines. Mes cousins et cousines, spécialement descendus de la région parisienne et du Poitou. Maribé, même, elle qui d'habitude fait tout pour éviter les fêtes de famille, avec son look de hippie et sa poitrine siliconée. Il y a aussi Sandra, bien sûr, ma seule vraie copine depuis le collège. Papa se tient sur le côté, en patriarche content de sa surprise, son iPhone tendu vers moi pour filmer ma réaction, immortaliser la joie de sa fille chérie. Il me regarde rire derrière son petit écran, hausse les sourcils, m'envoie un baiser. Je lui réponds par un clin d'œil. Quelques amis à lui sont de la fête, aussi, dont Daniel Laborde, le président de la Fédération départementale des chasseurs. Autant de monde réuni pour moi seule, je n'ai pas l'habitude, mais j'avoue, c'est hyper émouvant.

— Il y avait tous ces migrants qui traînaient dehors, ils voulaient planter leur tente dans le jardin, me dit papa. Alors je les ai laissés entrer, tu ne m'en veux pas ?

— Tu es bête, papa. Je t'aime, mais tu es bête.

Il pouffe de rire, content de sa blague. Ils se mettent à chanter, *Happy birthday to you, Apo*, Enguerrand se charge d'apporter le gâteau, un genre de mini-pièce montée achetée chez Saint-André, avec vingt grosses bougies que je souffle d'un coup, aussitôt applaudie. Et, piaffant d'impatience, Amaury entonne :

— Le cadeau ! Le cadeau ! Le cadeau !

Tout le monde se tourne vers papa.

— Le cadeau ? Mais quel cadeau ? Je n'ai rien prévu, moi…

— Papa… soupire mon frère.

— Ah, il fallait prévoir un cadeau ? Mais personne ne m'a rien dit ! Sinon j'aurais acheté un petit truc, je ne sais pas, un porte-clés…

Il fait un peu durer son cinéma, sous les rires forcés de l'assemblée. Avant de craquer :

— Bon d'accord, je vais le chercher.

De la véranda où il l'a caché, il rapporte un grand paquet de plus d'un mètre de long, le pose devant moi.

— O.K., c'est un très gros porte-clés.

— Hahaha…

Très vite je me doute de ce que c'est. Je commence à déballer pendant que les invités chuchotent entre eux, mis dans la confidence par papa et Amaury. Je retire l'immense papier cadeau, découvre la valise noire et rectangulaire, défais les quatre fermetures pour l'ouvrir en grand, devant tout le monde.

Et enfin je saisis l'arc par le *grip*, étonnée par sa légèreté.

— Wow… Papa, il est canon.

Sérieux, c'est exactement le modèle d'arc à poulies dont je rêvais pour remplacer mon Stinger Extreme évolutif, que j'utilise depuis l'adolescence : un Mathews AVAIL. Un *compound* dernière génération, le genre high-tech, léger et compact, conçu spécialement pour les femmes, avec deux cames au lieu d'une sur le Stinger. Les tests que j'ai pu lire sur Internet parlent d'une vitesse allant jusqu'à trois cent vingt pieds/seconde, et d'une précision inégalée. Un bijou d'archerie.

— Il est calé sur quelle puissance ?

— Cinquante livres, dit papa.

— Et l'allonge est déjà réglée, précise Amaury.

— Vingt-six pouces ?

— Vingt-six pouces : taille Apolline.

— C'est canon. En vrai, c'est trop canon.

En plus, il est *full* équipé : stop corde, viseur cinq pins à fibre optique, carquois d'arc fixé sur le côté droit de la bête, repose-flèche à capture, la totale. Dans la valise de rangement, fichées dans la mousse, il y a aussi six flèches toutes neuves, modèle Beman Hunter pro, tubes en carbone taillés à mon allonge, finition camouflage Realtree. Et autant de pointes de chasse à visser au bout, des Striker Magnum à trilames fixes, réputées hyper tranchantes. Du matériel haut de gamme, tout compris il doit y en avoir pour mille cinq cents euros. Je détaille l'ensemble, impatiente de pouvoir l'essayer, examine le fil acéré des six pointes.

— Oh merci. Ça me fait hyper plaisir, vraiment.

Mais en relevant la tête et en les voyant tous, autour de moi, en train de me regarder avec leurs sourires en coin, je devine qu'ils me cachent un truc.

— Quoi ? Pourquoi vous rigolez comme ça ?

Ils restent muets quelques secondes, pour faire durer le suspense, je me sens un peu bête. Puis Amaury se lance :

— Le vrai cadeau ! Le vrai cadeau ! Le vrai cadeau !

— Le quoi ?

J'ouvre deux grands yeux d'incompréhension, dévisage mes frères, puis papa qui me fait face avec tout son amour sur la figure.

— Ce n'est presque rien, Apo, dit-il. Juste une petite carte postale.

Et dans un geste théâtral, il plonge sa main dans la poche arrière de son jean, pour en sortir une enveloppe qu'il me tend. Je la saisis, je l'ouvre, et j'en sors une photo, imprimée sur du papier cartonné. Une photo d'un lion mâle, avec une magnifique crinière noire et le regard jaune et profond dont ces félins ont le secret. Je me mets à bredouiller.

— Je… Attendez, je ne comprends pas, là.

Un silence se fait, presque religieux, pour me laisser mariner. Et enfin papa m'explique, avec sérieux cette fois.

— Ma chérie. Ce lion sur la photo, c'est ça ton vrai cadeau. C'est le lion que tu vas venir chasser avec moi.

Je reste sans voix un court instant.

— Quoi ? Tu… Tu es sérieux, là ?

Il fait oui de la tête.

— Ce n'est pas une de tes blagounettes ?

Il fait non de la tête.

— Mais papa, tu m'as… Enfin tu m'as toujours dit que…

— Que tu étais trop jeune, que tu pourrais chasser un lion le jour où tu aurais les moyens de te l'offrir, oui. Mais j'ai changé d'avis. (Il inspire, l'air soudain triste, nos convives baissent la tête.) Tu sais, Apo, chasser un lion, c'était le rêve de ta mère. On attendait la bonne occasion, elle et moi. Mais voilà, elle… Enfin, elle n'a pas eu la chance de pouvoir vivre ça. Mais comme je l'avais fait savoir à pas mal de chasseurs professionnels, j'ai continué à recevoir des infos sur ce qu'ils pouvaient proposer. Et il y a à peine trois jours, j'ai reçu un mail. Une opportunité exceptionnelle, qui se présente très rarement.

— C'est quoi ? Pas un genre de *canned hunting*[1] en Afrique du Sud ?

— Tututut, ma chérie, là tu vexes ton vieux père. Je te parle de *free roaming*, d'un trophée de lion sauvage. Un lion du désert, pour être exact.

— Un lion du désert ? Sérieux ? Tu veux dire… en Namibie ?

— Exactement. Ça fait plus de dix ans qu'aucun lion n'a été autorisé à la chasse à cet endroit. J'ai sauté sur l'occasion.

À sa droite, Daniel Laborde hoche la tête, l'air envieux, lui qui est plutôt chasse à courre, et seulement en France. Il me faut quelques secondes pour réaliser, je regarde les invités qui, bien sûr, étaient tous au courant et sourient de me voir ainsi abasourdie. Le bois crépite dans la cheminée, comme mon cœur, de joie et d'étonnement, dehors la pluie continue de s'abattre sur les coteaux.

— Mais ça doit coûter une fortune, un trophée comme ça, non ?

— Tu n'imagines même pas, je suis ruiné. D'ailleurs je vous l'annonce : pour le gâteau, il faudra bien penser à remercier les Restos du Cœur.

---

1. Également appelée chasse close ou chasse en cages : chasse aux trophées dans laquelle les animaux sont élevés puis maintenus dans un enclos à la merci des chasseurs

— Papa… Tu es complètement fou.

— De toi, oui, Apo.

Et alors je me jette à son cou pour l'embrasser, répétant :

— Oh, mon petit papa. Merci, merci, merci, merci… Et on part quand ?

— Samedi prochain. Dans une semaine, en fait, il fallait faire très vite ! Tu vas devoir sécher quelques cours…

— Mais non ?!… Génial. Non, mais sérieux, c'est génial !

On nous applaudit alors, comme pour lancer le début de la fête. Le traiteur apporte tout un tas de trucs à manger, les pose sur la nappe qui couvre la table du salon. Amaury vient m'embrasser à son tour.

— Petite veinarde. Profites-en bien, hein.

— Ça, tu peux compter sur moi, grand frère.

— C'est peut-être l'occasion de t'ouvrir enfin une page Instagram, non ? Qu'on puisse suivre tout ça en photos, au moins.

— Heu, non, je ne crois pas… Je ne voudrais pas priver papa de ce privilège.

Il me charrie :

— Espèce d'asociale.

— Gnagnagna.

Je reçois plein d'autres cadeaux, moins grandioses évidemment, je les ouvre un à un, avec en tête la perspective de ce voyage imminent. Je voudrais que maman soit encore là, avec nous, pour voir tout ça, rembarrer papa et se moquer de lui quand il va trop loin. Tout le monde a l'air content d'être ici, les discussions s'engagent, par petits groupes. Papa et ses amis évoquent la réforme du permis de chasse engagée par le nouveau ministre, et aussi cette campagne de communication lancée par la Fédération nationale des chasseurs pour contrer les attaques des écologistes et autres animalistes jamais sortis de leurs villes. Mes tantes et mes oncles goûtent aux vins du Jurançon, trop moelleux à leur goût. Maribé raconte sa vie à Enguerrand, jette des regards vers les têtes inconnues comme si elle se cherchait un nouveau mec. La soirée dure, les conversations se prolongent dans la véranda, puis sur le perron quand la pluie s'arrête enfin de tomber.

Il est minuit passé quand partent les premiers invités, les voitures empruntant l'allée de graviers pour rejoindre le portail. Un peu fatiguée, un peu éméchée par le vin, aussi, je m'éloigne de la foule pour me retrouver un peu toute seule, me rends dans le hall d'entrée. Et je lève les yeux vers la tête en cape qui trône au-dessus de la porte.

Une tête de damalisque.

Mon tout premier trophée.

Mon tout premier voyage de chasse en Afrique. Dix ans plus tôt.

À l'époque j'étais loin d'imaginer qu'un jour j'allais sauter de joie à l'idée de pouvoir chasser un lion. Pour moi la chasse c'était un truc de vieux, une tradition familiale un peu désuète. Une fois ou deux, papa m'avait traînée avec lui pour tirer le petit gibier au chien d'arrêt, des heures entières à chercher sa bécasse dans les fourrés qui me griffaient les mollets. J'étais contente de faire la grande et d'être toute seule avec lui, mais en vrai c'était la plaie. Quand il a annoncé qu'on partait tous en Afrique du Sud, je ne pensais pas tirer sur quoi que ce soit. Du haut de mes dix ans, j'étais juste ravie d'aller voir des animaux, j'espérais apercevoir un lion ou un éléphant, avoir des trucs à raconter à mon retour, c'est tout.

Mais une fois sur place, je me suis laissé tenter.

Amaury et Enguerrand, ça n'a jamais été leur truc, la chasse, c'est le grand désespoir de papa. Il ne restait plus que moi pour partager sa passion, moi sa petite dernière, moi sa fille adorée et un peu solitaire, dont il était gaga. Alors même s'il n'y croyait pas beaucoup, il m'a un peu poussée. Entraîne-toi, au moins, me disait-il quand on est arrivés au lodge. Tu ne seras pas obligée de tirer, jusqu'à la dernière seconde c'est toi qui décides si tu tires, tu sais. J'étais grande pour mon âge, mais je me souviens, quand il m'a tendu la .222 Remington, je trouvais ça hyper lourd. Mes premières balles, bien avant de me mettre à l'arc, c'est là-bas, sur une termitière qui servait de cible au stand de tir, que je les ai tirées. C'est là que j'ai appris à viser dans une lunette, à caler ma carabine, à gérer ma respiration pour bien placer mon tir, parce que avec un petit calibre il faut être précis, disait papa. J'avais envie de faire ça bien, de lui faire plaisir. Quand a explosé le haut de la termitière, il m'a regardée, étonné, comme si je venais d'accomplir un miracle. Et il a dit :

— Tu as ça dans le sang, ma puce.

Moi je lui ai tiré la langue, pensant qu'il me taquinait.

Mais le lendemain, après une nuit sud-africaine pleine des grognements des lions et des hurlements des hyènes, quand il m'a proposé de partir avec lui dans le *bush*, alors que maman et mes frères allaient rester au lodge, j'ai dit oui. Que je voulais venir. Au moins pour voir, quoi, ai-je dit à maman qui s'inquiétait un peu. Pour essayer.

Notre guide, un *professional hunter* afrikaner, était impressionnant, mais il a su me mettre à l'aise. Il m'a prise à côté de lui dans le 4 × 4, et pendant tout le trajet il m'a parlé du damalisque, une des plus grandes antilopes africaines. Il m'a décrit ses habitudes, les combats entre mâles, la façon si particulière qu'ils avaient de piétiner le sol et de faire voler le sable avant de se courber et de s'imbriquer les cornes. Tu vas voir, c'est très beau, un damalisque, il disait dans son français approximatif. Pour commencer, c'est parfait. Papa le laissait faire, ne disait rien, l'air tellement heureux de me voir ici avec lui. J'avais peur, je crois, et en même temps j'étais tout excitée, j'avais l'impression d'être une adulte. On est descendus du 4 × 4, avec les deux pisteurs noirs qui nous accompagnaient, on a marché un moment dans une savane arborée, pour s'approcher des damalisques sans les faire fuir. Il y avait tout un troupeau, une vingtaine de bêtes affairées dans une clairière, pâturant les pailles jaunes, les robes noir et roux magnifiées par le soleil rasant, les cornes annelées dépassant des buissons quand ils relevaient la tête entre deux broutées. On les a observés un moment depuis la lisière d'un bosquet, alors que se levait le jour au-dessus du *bush*. C'était beau, c'était vraiment beau de les voir comme ça. Je me sentais loin de chez moi, et en même temps tellement bien. Je me suis retournée vers papa, je lui ai souri de mes dents de gamine.

Le guide a tendu le doigt en se rapprochant de moi, il m'a chuchoté :

— Tu vois celui qui a les belles cornes, là-bas ? C'est un vieux mâle.

J'ai hoché la tête en me concentrant sur cet animal-là,

comme s'il se détachait soudain du troupeau. Il était bien positionné, son flanc largement dégagé. J'ai vu le guide échanger un regard avec papa, pour avoir son accord, puis il a installé ma carabine sur son *stick*, à ma hauteur d'enfant, avant de se reculer un peu. J'ai regardé le damalisque dans la lunette de visée. Un instant, bien sûr, il m'est venu l'idée de ne pas tirer, de le laisser filer, il était si beau au milieu des autres bêtes.

Mais quelque chose d'autre me poussait à le faire.

L'envie, je ne sais pas, qu'il m'appartienne.

Alors j'ai tiré.

Je me souviens que j'ai froncé les sourcils quand la balle a percé sa peau, comme si j'avais mal, moi aussi. J'avais complément raté mon tir, le damalisque était juste touché au ventre, m'a dit le guide. Les autres bêtes ont fui, alertées par le coup de feu. Mais lui s'est cabré, du sang giclant du trou au milieu de son pelage roux. Il a filé un peu plus loin en quelques foulées bancales. Je voyais bien que c'était douloureux, je serrais les dents avec lui.

— Tu vas l'avoir, m'a dit le guide avec calme. N'oublie pas, tu as un petit calibre, il faut bien placer ton tir.

Alors j'ai tourné la carabine sur le trépied, pour retrouver mon damalisque dans la lunette, à nouveau immobile.

Et j'ai tiré une deuxième fois.

Mal, à nouveau.

La balle s'est plantée dans la cuisse de l'antilope qui s'est mise à boiter en sautillant comme une malheureuse, et en la regardant ainsi blessée j'ai posé une main sur ma bouche et serré très fort, avec des larmes qui commençaient à monter dans mes yeux. Pendant qu'elle filait derrière un buisson, j'ai regardé le guide, j'ai regardé papa, mes doigts écrasés sur mes lèvres. J'étais désolée, tellement désolée. Désolée de les décevoir, désolée d'avoir fait mal à l'antilope, désolée de n'être qu'une enfant. Papa m'a souri, compatissant. Il m'a dit que ce n'était pas grave, que je ferais mieux la prochaine fois. Il a empoigné la .222 en expliquant qu'il allait se charger de finir l'animal. Mais le guide l'a stoppé, la voix grave et catégorique :

— *Nee*. C'est à elle de terminer ce qu'elle a commencé.

Il m'a dit Viens avec moi, et il a commencé à marcher sur le sol sableux, vers l'endroit où avait fui le damalisque. Il n'était pas parti très loin, en fait, on l'a retrouvé au pied d'un buisson, assis sur son arrière-train. Il ne bougeait plus du tout, il était juste là, avec ses deux blessures, la peau tachée de sang. Il respirait par petites saccades, comme s'il avait de l'asthme, et du sang, il en avait aussi autour de la bouche, j'avais touché les poumons, je crois. Il m'a regardée, je me souviens très bien de ses grands yeux tout noirs et moi aussi je l'ai regardé, des grosses larmes sur mes joues d'enfant. J'avais envie de ne jamais lui avoir tiré dessus, de revenir en arrière, et en même temps j'étais fascinée. Consciente, du haut de mes dix ans, de ce qui nous reliait, lui et moi.

— *Kom*, a dit l'Afrikaner. Il a mal, là. Il faut que tu le fasses, maintenant.

Alors j'ai ravalé mes larmes. J'ai levé ma carabine à bras francs, comme je l'avais fait à l'entraînement, j'ai calé la crosse contre ma clavicule. Le damalisque était tout près, presque à bout portant, sa tête et ses bruits de respiration à moins d'un mètre du bout de mon canon. Je réalisais le pouvoir que j'avais là, que sa vie ne dépendait que de ce qu'allait faire mon index, là, dans la seconde qui allait passer.

— Allez, a encore dit le guide en me voyant hésiter.

Et alors j'ai tiré.

Le recul m'a poussée en arrière.

Le sang a giclé.

Le damalisque s'est effondré.

Et il y a eu un immense silence.

Plus personne n'a parlé pendant plusieurs secondes, ni le *professional hunter*, ni papa, ni les pisteurs. Je me suis mise à trembler, juste un instant, envahie par un grand vide. Je ne savais plus ce que j'étais censée faire, à présent qu'il était mort. Alors un des pisteurs s'est approché de moi et m'a fait un signe de tête pour que je vienne avec lui. On s'est agenouillés, tous les deux, auprès du damalisque plein de sang. Ce n'était pas beau à voir, vraiment, il y en avait partout. Le Noir a prononcé des paroles dans son anglais bancal, il a prié, il a remercié Dieu. Puis il a passé son pouce sur la plaie, pour le mouiller avec le sang qui coulait dans les poils, il a levé la main au niveau de mon front. Et il y a tracé une croix rouge en disant :

— Voilà, là, tu es baptisée.

9 mars

Komuti

La sécheresse, certains disent que les Himbas sont condamnés à s'y habituer. Que désormais les années sans pluie ni courant dans les rivières vont devenir la règle, que le Kaokoland tout entier va devenir aussi sec qu'une bouse au soleil, que nous serons contraints de migrer jusqu'en Angola pour trouver de quoi nourrir nos bêtes. Meerepo prétend que c'est la faute des Blancs, qu'après avoir colonisé l'Afrique, ils ont même infesté le ciel et les nuages avec leurs usines. J'ignore s'il dit vrai : des sécheresses, nos aïeux en ont enduré plus d'une par le passé, notre existence est ainsi faite de temps plus rudes que d'autres. Peut-être aurions-nous dû honorer les ancêtres avec plus de ferveur, comme l'explique le gardien du feu sacré. Peut-être est-ce l'œuvre de quelque sorcier de la capitale, jeté sur les Himbas parce que nous nous opposons à ce barrage que le président de la Namibie entend ériger sur nos terres. Je ne sais pas.

Ce dont je suis certain, en revanche, c'est que jamais nous n'avions connu d'année aussi aride que celle-là. Et qu'à bien y réfléchir, sans cette sécheresse, jamais je n'aurais pris la décision de tuer le lion.

Je venais de terminer la clôture lorsque mon père s'approcha, pour dire :

— *Tara.* Ici, ce n'est pas assez solide. Il faut que tu rajoutes du bois avant que n'arrive la nuit.

Je soupirai, agacé par ses mots. Mon père était ainsi : toujours plus exigeant avec moi qu'avec Tutaapi, toujours à dénigrer mon travail. Il ne me regardait même pas, le visage grave au-dessus de son gros collier *ombongora*. Je considérai le *kraal* dans lequel étaient massées nos quatre-vingt-treize chèvres. J'avais collecté tous les troncs de mopane disponibles aux alentours, ramassé jusqu'à la dernière souche fendue, en haut de la colline qui nous faisait face, j'avais enfoncé le bois dans la terre, enchevêtré chaque branche pour former la clôture. Je ne voyais pas ce que je pouvais faire de plus pour que mon père soit satisfait de mon ouvrage.

J'observai le *bush* aride qui nous entourait. Après nous avoir harassés tout le jour de sa chaleur caniculaire, le soleil s'était enfin couché derrière la corniche, bientôt la nuit allait s'abattre sur le désert. Bientôt arriverait l'heure où, si nous avions encore été au village, je me serais préparé pour retrouver Kariungurua. En vérité je n'avais aucune envie d'être ici, seul avec mon père, nos chèvres qui bêlaient sans arrêt, et pas la moindre barre de réseau pour mon téléphone cellulaire.

En temps normal, nous avions l'habitude de vivre au village pendant toute la saison sèche. Les réserves d'eau permettaient de tenir jusqu'au retour des pluies, les pâturages alentour suffisaient à nourrir le bétail. J'aimais cette période de l'année où nous nous retrouvions tous ensemble après nos mois de transhumance à travers plaines et montagnes. C'est durant ces mois que se tenaient les cérémonies de mariage ou d'offrandes aux ancêtres, autant d'occasions de sacrifier une chèvre et de manger un peu de viande. Tous les matins, nous partions en bande avec les bêtes et nos badines pour les pousser, sifflets en feuille de mopane coincés entre les lèvres. Dans la journée, entre la traite et le ramassage du bois, tandis que le gardien veillait sur le feu sacré, nous avions des moments rien qu'à nous, pour jouer au football ou à l'*omuwa*. Certains soirs s'élevaient les chants d'un *ondjongo*, les filles frappaient des pieds et des mains, imitaient dans la nuit noire la danse de quelque animal affolé. Dès que l'occasion se présentait, aussi, je profitais d'un 4 × 4 pour me rendre à Opuwo, retrouver mon ami Meerepo s'il était en ville, consulter mon compte Facebook avec son aide et un réseau digne de ce nom, aller sur YouTube et sur Instagram qu'il m'avait fait découvrir.

Mais cette année, tout était différent.

Cette année ne ressemblait à aucune autre.

D'abord parce qu'au village, trois soirs de suite, j'avais fait l'amour à Kariungurua, la femme dont je rêvais depuis des années. Mais aussi parce qu'à cause de cette fichue sécheresse, nous étions partis plus tôt que jamais nous ne l'avions fait depuis que je suis en âge de guider un troupeau.

Lorsque nous avions compris que le point d'eau était presque à sec, j'avais l'impression que nous venions à peine de revenir de transhumance. Le puits où nous allions chercher notre eau ne permettait plus de remplir qu'un minuscule bidon par jour. Dans ce qui devait être des prairies pour les vaches et les chèvres, l'herbe était rase et brûlée, le cheptel se traînait sous le soleil, cherchait le moindre buisson rabougri pour s'abriter dans son ombre. Des rumeurs racontaient qu'à l'est du pays, des éleveurs s'étaient déjà résolus à vendre des troupeaux tout entiers de peur de les voir dépérir. Mon père est de nature inquiète, il a peur de tout, mais jamais je ne l'avais vu aussi soucieux. De jour en jour, tandis qu'il observait se tendre la peau et pointer les os des animaux, son visage se fermait. Il n'a jamais eu une seule vache à lui, mais ses chèvres, il les aimait plus que ses deux fils. Plus que moi, en tout cas, c'est certain.

Un après-midi, la jeune Uapeta était revenue au village avec une vache en moins. Elle avait expliqué comment, sur le chemin du retour, l'animal s'était effondré dans la terre pour ne plus s'en relever, terrassé par la soif et la faim. La nouvelle avait plongé les habitants dans le désarroi, hommes et femmes ne parlaient plus que de ça, de cette sécheresse exceptionnelle qui frappait toute la Namibie. Ça devait arriver, disait-on, il n'avait pas assez plu avant la saison sèche. Mon père n'avait pas ouvert la bouche de toute la soirée, le front barré des rides de l'inquiétude. Il avait rejoint sa case avant tout le monde, songeur et silencieux dans la nuit noire. Et au matin, alors que le jour n'était même pas levé et que je me remettais à peine de ce que Kariungurua et moi avions fait en début de nuit, il avait dit, sans se soucier de mon avis sur la question :

— Komuti. Toi et moi, nous allons partir dans la montagne avec les bêtes.

Et je savais que protester n'aurait servi à rien.

Il avait fait un aller-retour à la ville, vendu une chèvre, acheté de quoi tenir plusieurs semaines : farine de maïs, sucre, huile, allumettes. Nous avions chargé l'âne de tout ce que l'animal était capable de supporter, ficelé l'ensemble. J'avais dit au revoir à ma mère et à mon petit frère qui allaient rester sur place, saisi ma badine posée contre l'enduit de ma case. Nous avions sorti nos chèvres amaigries, j'avais sifflé pour les pousser hors du village. Et, pensant devoir attendre une éternité entière avant de revoir la femme de ma vie, j'étais parti avec mon père, en transhumance anticipée.

Le troupeau cheminait à pas lents, râleur et paresseux. Mutique, mon père veillait à ce qu'il ne se disperse pas trop. Moi-même je moulinais des bras, jetais des cailloux sur les flancs pour orienter la marche. Nous avions dépassé l'ancien puits et son panneau photovoltaïque qui ne servait plus qu'à recharger les téléphones ; l'*omutara*, abri de bois et d'étoffes où, quand le soleil devenait trop violent, femmes et enfants venaient s'abriter. Et bientôt il n'y avait eu rien d'autre que le *bush*, désert de poussière, taillis d'épines et de troncs cagneux entre lesquels nous avancions. En continu je pensais à Kariungurua, son image m'habitait comme si un esprit s'était emparé de moi. J'en voulais à mon père, convaincu que nous aurions pu rester plus longtemps au campement, que les chèvres étaient encore vaillantes. La faune était rare, elle aussi décimée par la sécheresse, elle nous observait sans même chercher à fuir : un oryx solitaire au sommet d'une petite dune, dans l'ombre étirée d'un bloc de roche ; une girafe et son petit, traquant les hautes feuilles d'un acacia. À deux reprises nous avions dû resserrer les liens autour de l'âne, pour éviter que ne s'effondre son chargement.

Guidant nos bêtes fourbues, nous avions traversé la plaine, franchi des dunes de rocaille où mes sandales avaient failli rendre l'âme. Puis nous avions gravi les pentes de cette montagne où, ainsi que l'espérait mon père, il pourrait y avoir de quoi faire paître les bêtes. C'était un massif de roche rouge et de sable gris, que chaque année nous arpentions et où était mort autrefois le père du père de ma mère, sans que jamais personne sache ce qui l'avait tué, sinon un mauvais sort envoyé par quelqu'un de son propre village. Cette montagne, j'en connaissais tous les détails, les corridors étroits autant que les sommets. Les chèvres suffoquaient dans la montée, j'avais sifflé tout ce que je pouvais pour les encourager, des moignons de troncs sortaient d'entre les pierres et meurtrissaient les pieds. Mon père avait crié lui aussi, pour motiver le troupeau dans son dernier effort.

Et enfin nous avions atteint la petite cuvette entourée de mornes qu'empourprait le soleil de fin de journée. C'est ici que nous avions l'habitude de nous établir chaque année, lors des premières semaines de transhumance, avant de pousser plus loin encore. En temps normal, on trouvait dans le secteur des prairies d'herbe des Bochimans parmi les plus belles de tout le Kaokoland. L'endroit était sec comme jamais je ne l'avais vu, les pailles jaunes et rases, mais au moins les chèvres pouvaient brouter quelques feuilles dans les halliers qui survivaient çà et là. Mon père avait détaché les paquets de l'âne au bord de l'agonie, monté la tente et le campement, à côté du petit arbre du berger. Et il m'avait chargé de réparer la clôture de ce qui restait du *kraal* de l'an passé.

Ce que je pensais avoir bien fait, avant qu'il ne vienne en inspection.

Tandis qu'il s'en retournait vers la tente, je pestai intérieurement, et pourtant j'ajoutai quelques écots à l'édifice, pour ne pas le contredire. Avec le morceau de grillage que nous avions apporté, j'érigeai un enclos plus réduit, mais mieux protégé, dans lequel je parquai les chevreaux nés les jours précédents. Et bientôt j'allai m'accroupir auprès du foyer sur lequel mijotait la marmite de bouillie de maïs, les sandales dans le sable. Je lissai de la main ma tresse *ondato*, emballée dans son fourreau de tissu en haut de mon crâne rasé, songeai encore à Kariungurua. Dans les branches du boscia, au-dessus de la tente de fabrication chinoise aux couleurs délavées, nous avions suspendu l'essentiel de nos affaires, pour ne pas tenter les chacals qui bientôt allaient se mettre à rôder.

Lorsque mon père vint me rejoindre, nous restâmes longtemps silencieux, lui perdu dans je ne sais quelles nouvelles inquiétudes, moi trop contrarié par notre départ précipité pour lui adresser la parole. La nuit se répandit sur la montagne, avala plateaux tabulaires et corniches, le silence percé par les cris des gangas. Je mangeai ma bouillie par poignées généreuses, près du feu dont les flammes révélaient nos visages comme des masques dansants.

— Tu as vérifié que toutes les bêtes étaient à l'intérieur ? fit finalement mon père.

— *Iiii*, confirmai-je.

— Demain nous les guiderons vers le nord. Là-bas il devrait y avoir un peu d'herbe.

— *Iiii.*

Les chèvres, c'était son unique sujet de conversation.

Nous allâmes nous coucher tandis que se levait le

vent, apportant un peu de fraîcheur pour achever ce jour brûlant. Serrés sous la toile de la tente, emmêlés dans nos couvertures effilochées, je sentis venir le sommeil, tandis que mon père continuait de cogiter, et qu'un peu plus loin, dans leur enclos, ses précieux animaux chevrotaient en un bruit de fond trop familier.

Mais lorsqu'ils nous réveillèrent, en milieu de nuit, c'est d'autres cris qu'ils poussaient.

Des cris de peur et d'affolement.

Je me redressai d'un coup sur ma couchette, trouvai mon père dans la même position que moi, les yeux grands ouverts, raide et immobile sous le tissu synthétique que faisait vibrer le vent. Dehors, c'était la panique, les chèvres hurlaient comme des démons. Nous les entendions frapper des onglons dans la poussière, se cogner contre la palissade, des coups mats et violents, le bois craquait comme si le *kraal* était en train de s'effondrer sur lui-même. Mon père serrait les lèvres, une expression d'horreur sur le visage, l'air d'assister au massacre de sa propre famille.

— Tu ne sors pas ?

— Il n'y a rien à faire, dit-il, la voix atone.

Je le dévisageai. La peur, devinai-je. C'est la peur qui le paralysait. Et à cet instant je le détestai : cet homme n'avait aucun courage. J'hésitai quelques secondes, moi aussi glacé par les bêlements qui se poursuivaient à l'extérieur. Puis je repoussai la couverture et ouvris la fermeture éclair de la tente. Il tenta de me retenir, me saisit le bras.

— Non, Komuti. *Ovyo ovizepe.* C'est trop dangereux.

Mais d'un coup sec, je me libérai pour me jeter hors de la toile, le laissant à sa pleutrerie.

Le *kraal* était encore debout : sous la lune blafarde qui surplombait les monts, je distinguais ses contours de branches entremêlées, comme autant de créatures difformes et pétrifiées. Piégées à l'intérieur, les chèvres couraient de tous côtés, se bousculaient les unes les autres, se ruaient contre la clôture qui tremblait sous les assauts. La poussière s'élevait en volutes au-dessus du troupeau hurlant. Debout sur la terre sèche, je fouillai du regard les alentours de l'enclos.

Pour enfin deviner la silhouette du lion.

Son ombre, en tout cas, noire et massive, qui tournait et retournait autour du *kraal*. Les odeurs et les bruits des bêtes l'avaient attiré jusqu'à nous, tant de proies réunies en un seul lieu. Je le vis s'approcher des clôtures, s'en éloigner, je l'entendis grogner en direction des chèvres emprisonnées, rivalisant avec leurs cris d'épouvante. Je tentai de me persuader que j'avais fait ce qu'il fallait, que l'enclos était solide, la barrière infranchissable. Mais je le voyais chercher la faille dans l'édifice, le moyen d'atteindre cette viande qui lui semblait déjà promise.

J'étais terrorisé, bien sûr. Mais je ne pouvais pas rester sans rien faire. Tandis que mon père me rappelait à l'intérieur de la tente, répétait que nous ne pouvions pas lutter contre un tel prédateur, je courus vers le feu à moitié éteint, me saisis d'une branche au bout incandescent, l'agitai vers le *kraal* en criant à mon tour. J'ordonnai au lion de déguerpir, d'aller plutôt chasser le zèbre ou le springbok, de nous laisser ces bêtes sans lesquelles nous n'étions rien. Je ramassai des pierres et les lui lançai pour tenter de l'effrayer. Le fauve sursauta, recula par deux fois. Mais à chaque reprise, il revenait vers le *kraal* et longeait à nouveau les entrelacs de mopane, plus menaçant encore. Tout ce qui me passa par la tête, tout ce qui aurait pu l'éloigner, je le tentai. Je pris la marmite, tapai dessus avec un bout de ferraille, fis tout le vacarme possible au milieu des braillements. Je voyais bien que j'agaçais le lion, que ses mouvements se faisaient plus nerveux. Mais à aucun moment il ne renonça, il explora chaque recoin de mon enclos, se hâtant vers l'extrémité, revenant à pas plus lents. Alors qu'il était tout proche de moi, à peine à quelques mètres, il fit une halte. Un court instant figé, sans rugir ni grogner. Et malgré l'obscurité, je jure qu'il me fixait de ses yeux jaunes et brillants. Qu'il me défiait, même. J'entendis son souffle entre les cris des chèvres, j'imaginai sa gueule ouverte, sa langue, ses crocs. Mon cœur battait en moi avec violence, des coups que je ressentais jusque dans mes tempes.

— Va-t'en, démon ! criai-je encore, lançant ma torche vers lui.

Les braises vinrent s'échouer à ses pieds, le firent reculer d'un mètre. Je crus qu'il allait se jeter sur moi et me déchiqueter sur place. Mais il n'en fit rien. À peine impressionné, il s'en retourna harceler nos chèvres. Alors je mis tous mes espoirs dans cette clôture, dernier rempart avant le massacre. Je me rappelai chaque détail de ma tâche de la veille, chaque tronc ajouté à l'ancien édifice, pour le consolider. Je vis le lion raser les murs de bois tressé, raviver la terreur de son odeur de prédateur, j'entendis encore notre troupeau hurler, hurler, hurler, tout entier animé par le même effroi. Je me répétai Ça va tenir, Ça va tenir, que mon *kraal* était solide, que le monstre allait finir par renoncer.

Mais l'instant d'après, le *kraal* cédait. Le bruit des troncs entrechoqués, du bois qui craque et qui s'effondre : une brèche venait de s'ouvrir dans la clôture. Cette fois je ne pouvais plus rien faire. Je devinai seulement l'ombre du fauve, en train de se jeter à l'intérieur de l'enclos. Et le chaos qui s'empara du troupeau promis à l'hécatombe.

10 mars

Charles

Précieuse autant que la viande lorsque le soleil se hissait en haut du ciel et faisait danser les troncs tant sa chaleur était intense, l'ombre était son refuge, il y aurait passé sa vie entière s'il n'avait fallu se nourrir, il resta des heures ainsi affalé sous les frondaisons, cent cinquante kilos couchés dans la pierraille, les arêtes saillantes sous son ventre et ses cuisses, à observer de loin s'en aller les deux hommes, plier l'étrange abri qu'ils emportaient partout, charger l'âne épargné de ce qu'il leur restait, et laisser derrière eux cette traînée odorante, il étira sa gueule immense, langue et crocs à l'air libre, secoua les oreilles, attendit encore que les bipèdes détalent, eux qui, la veille, l'avaient tant hérissé, lui surtout, le petit, avec ses cris et ses projectiles de feu, lui dont l'image était encore vivace, lui qui l'avait défié en faisant mine de n'avoir pas peur, mais qui pourtant sentait si fort quand il l'avait approché, il attendit encore et enfin se dressa, l'odeur des carnes jetée vers lui en bouffées lancinantes.

Les temps étaient plus durs depuis son bannissement, depuis qu'en vieux mâle il avait dû quitter son clan, pour errer solitaire sur les plaines désolées, vidées de leur faune par la sécheresse, la faim chevillée au ventre, des jours entiers à chercher sa pitance, un temps de disette où les oryx eux-mêmes semblaient au bord de l'extinction, il avait connu la soif, que parfois seule la chair des autres bêtes pouvait étancher, avec ce sang qui coulait dedans comme le faisait l'Hoanib dans son lit quand par miracle il devenait rivière : parce qu'en ces lieux boire était un luxe, lui et les siens avaient appris à vivre sans, les organes habitués, génération après génération, la lignée adaptée pour survivre au désert comme aucune autre.

Il déroula ses pas sur le sable brûlant, imprima ses empreintes de géant, et refit le chemin qui menait au charnier, les dépouilles à l'air libre, offertes à tous les charognards, hyènes, chacals, corbeaux-pies, insectes agglutinés dans les plaies faisandées, chacun venu tenter sa chance dans ce garde-manger géant. Des festins, il en avait connu autrefois, les crocs plongés dans la chair des zèbres éventrés, muscles et viscères entre les côtes brisées, des repas de roi dont rêvaient tous les carnivores, mais aucun comme ceux qu'il avait découverts en se rapprochant des hommes, une fois franchis les bois qu'ils érigeaient en barrière comme si ces proies étaient à eux, des bêtes dociles, à peine si elles fuyaient quand elles sentaient la mort toute proche, d'entiers troupeaux à portée de griffes. Aucun, surtout, comme le festin de cette nuit, une orgie de chairs dans laquelle il s'était vautré comme jamais auparavant, des bestiaux par dizaines, les souvenirs incertains tant il avait tué, ivre de viande et de sang, assourdi par les cris de ses victimes à demi mortes, dévorant les carcasses encore chaudes, raclant les os à vif jusqu'à n'en plus pouvoir. Il retrouva les lieux de sa tuerie de masse, enjamba les troncs effondrés, en un de ces points où la clôture s'était rompue, il erra à nouveau parmi les corps à terre, ventres ouverts, membres cassés, gorges arrachées, la mémoire pleine des images de cette ventrée d'apothéose, il fit fuir les corbeaux-pies, relégués sur les piquets pour lui laisser le champ libre, se choisit un morceau de carne encore en bon état, y replongea son mufle, du sang collé aux poils jusque dans la crinière. Et décida qu'en ces saisons de sécheresse, pour les vieux solitaires dont il faisait partie, même si certains des hommes s'employaient à l'en dissuader, comme celui d'hier soir avec ses pierres et ses bâtons incandescents, se nourrir de ces animaux parqués était le meilleur moyen de rester en vie.

16 avril

Martin

Dès que je me suis réveillé, alors que ma chienne cagnait sur son coussin et que derrière les fenêtres le jour traînait à se lever sur la vallée, j'ai ouvert mon ordinateur pour me reconnecter au groupe Facebook, voir si les recherches avaient avancé. Pendant la nuit, la photo de la chasseuse de lion s'était répandue sur le réseau social. Plus brute, moins aseptisée, plus choquante que celles qu'on avait l'habitude de voir, elle avait été partagée des centaines de fois, comme un nouveau symbole de la barbarie des chasseurs blancs en Afrique. On la retrouvait sur toutes les pages des militants, mais aussi sur celles de personnes au profil moins spécialisé, juste sensibles à la question. Sous chaque publication, les commentaires s'étalaient à n'en plus finir, en français, en anglais, un vrai défouloir.

Hugo Girbal : Pauvre bête. Tuer un lion c'est tuer la beauté.
Angela Johnson : Cowardly enough to kill a lion but definitely not brave enough to give her name !
Stphn Vnn : Faudrait l'embrocher et faire un trophée avec sa petite gueule de pute.

Clément Fuckleschasseurs : On devrait organiser une chasse et lui faire subir la même chose à cette femelle.
Love Animals : Espèce de grosse salope pétée de thune !!!
Claire Anato : I would like to see that girl trampled byelephants and eaten by lions. THAT would make a wonderful photograph.

Évidemment, il y avait aussi des trolls qui s'invitaient dans les fils de discussion, des gars qui voulaient créer de la polémique en semant le doute dans nos têtes et en nous traitant d'*escrolos*. Certains ressortaient les arguments des chasseurs, comme quoi sans la chasse aux trophées, les lions auraient disparu d'Afrique depuis bien longtemps, exterminés par les braconniers, franchement elle est bien bonne celle-là. D'autres mettaient en doute ce qu'on voyait sur le cliché, soi-disant que tuer un lion avec un arc c'était impossible, que ça se voyait que ce n'était pas elle qui l'avait tué, cet animal, que d'après la position du félin on pouvait se demander si c'était bien un lion, d'ailleurs. Il y en avait même pour prétendre que c'était un montage, que la photo était truquée. Mais ce n'est pas à moi qu'ils allaient faire gober ce genre de conneries.

Pourtant, malgré le buzz, l'identité de la fille restait inconnue. Les administrateurs de STOP HUNTING FRANCE avaient échangé plusieurs messages sur le sujet, cherché des heures entières sur les réseaux. La seule information qu'ils pensaient acquise, c'était la nationalité de la chasseuse. Sur sa casquette, il y avait un petit symbole et deux mots que Jerem Nomorehunt avait fini par identifier : *Universität Stuttgart*. Le logo de l'université de Stuttgart. Alors pour lui, elle n'était pas américaine, mais plutôt allemande, ce qui lui avait permis de conclure :

Jerem Nomorehunt : Plus que quatre-vingts millions de suspects potentiels.

Autant dire qu'on était largement dans le flou.

Cannelle s'est mise à grogner sur son coussin. Elle a levé le museau et m'a regardé avec sa tête de chienne qui veut ses croquettes.

— Ouais ouais, j'arrive, je lui ai dit.

Mais je suis resté encore un peu face à mon écran. À défaut de pouvoir dénicher cette blondasse, j'ai vérifié des trucs sur Internet. Pour *qualifier l'infraction*, comme on disait au bureau, entre policiers de l'environnement. La situation était pire que ce que j'avais en tête : en Afrique, des lions, on n'en comptait plus que vingt mille, dix fois moins qu'au milieu du XXe siècle. Ils occupaient le quotidien de nos gosses, fiers comme des seigneurs dans les Walt Disney, doux comme des nounours sous les couettes bariolées. Les gamins, ils les pensaient immortels, ces félins d'exception. Mais la vérité, c'est que sur cette Terre que l'homme n'aurait jamais fini d'abîmer, il existait plus de lions en peluche que de lions vivants. Et, c'est certain, un jour on en parlerait comme d'un animal du passé.

J'ai essayé d'imaginer combien ça avait pu coûter, une chasse comme celle-là. Dix mille euros ? Cinquante mille ? Quelque chose de cet ordre, à tous les coups. Cinquante mille balles pour s'octroyer le droit d'ôter la vie à un des derniers représentants d'une espèce menacée d'extinction, franchement ces gens-là sont des psychopathes. J'ai soupiré, ouvert à nouveau la photo que j'ai mise en fond d'écran, histoire d'être sûr de ne pas oublier ce meurtre-là. Puis je me suis levé et je suis allé remplir la gamelle de Cannelle en lui grattant le dessus de la tête.

— Allez, mange un peu. C'est pas à toi de payer pour ces sauvages.

Dehors le jour se décidait à émerger, un jour tout gris, des murs de la maison d'en face au ciel plombé de nuages. J'allais bientôt devoir y aller, enfiler ma veste de garde et rejoindre les locaux du parc national, avec ce rendez-vous dans le bureau de mon chef qui ne me réjouissait pas franchement. Je me suis servi un café que j'ai bu debout dans mon petit salon. Tandis que ma chienne se goinfrait dans mon dos, j'ai fait face à ma bibliothèque remplie de bouquins naturalistes et de récits d'explorateurs. J'ai encore observé la photo, agrandie sur mon écran.

C'est à ce moment précis que j'ai remarqué l'emblème.

J'ai froncé les sourcils au-dessus de ma tasse brûlante, je me suis rapproché.

Quand le photographe avait appuyé sur son bouton, la blonde était en train de se retourner vers lui. Autour du cou, elle portait deux colliers qui n'allaient pas très bien ensemble : un genre de collier africain, fait de perles blanches artisanales qu'éclairait le flash ; et une chaîne en or avec un médaillon ovale. Pour tout le monde, ce médaillon n'aurait été qu'une bondieuserie sans intérêt. Mais pas pour moi. Parce que je venais de remarquer un truc. Sur la surface dorée, il y avait des lettres assemblées en un petit emblème qui me semblait familier. Un dessin que j'avais l'impression de connaître. Je ne savais pas où, mais je l'avais déjà vu, j'en étais certain. J'ai tenté de déchiffrer les lettres, fouillé dans mes souvenirs.

Dans mon dos, Cannelle ronchonnait.

— Deux secondes. Laisse-moi me concentrer, là.

J'ai ouvert de nouvelles fenêtres sur mon navigateur, fait tourner mon moteur de recherche, exploré tout ce qui me passait par la tête. Jusqu'à ce qu'enfin l'emblème s'affiche en grand sur mon écran. Et que tout me revienne en mémoire. Ça remontait à un paquet d'années, quand j'étais au lycée, à Pau. Les profs nous avaient traînés dans un genre de salon du bénévolat, et il y avait ces nonnes qui tenaient un stand : les Petites Sœurs de Saint-Martin de Lourdes. Les autres ados m'avaient bassiné avec ça, saint Martin, saint Martin, comme quoi il fallait que je propose mes services aux petites sœurs, que Jésus avait besoin de moi pour tenir la main de ses fidèles en fauteuil roulant. Ça leur avait fait la semaine, ces cons-là avaient même piqué mon sac à dos pour transformer US en PSSM, au stylo-feutre. Forcément, ça m'avait marqué.

Voilà l'emblème qui se trouvait sur la médaille de la blonde.

PSSM : les Petites Sœurs de Saint-Martin de Lourdes.

J'ai posé une main sur mes lèvres et massé mon menton pas rasé, évalué l'information que, à en croire les fils de discussion sur Facebook, j'étais le seul à posséder. Sans me retourner, les yeux rivés à l'écran, j'ai dit à ma chienne :

— Si ça se trouve, elle n'est pas plus allemande qu'américaine, cette fille-là.

Fier de ma trouvaille, je suis retourné sur mon groupe d'anti-chasseurs qui n'attendait que ça : une info pour avancer, pour enfin pouvoir livrer la tueuse de lion à la vindicte, comme on le faisait chaque semaine avec de nouveaux noms. J'ai ouvert un message pour Jerem Nomorehunt, commencé à écrire :

Martinus arctos : Je crois que j'ai trouvé un truc. Sur la photo il y a...

Mais je me suis interrompu.

Un instant immobile face à mon écran.

Lourdes, c'était tout près de chez moi. Une heure trente de bagnole, pas plus.

J'ai regardé ma montre, pensé aux collègues qui n'allaient pas tarder à arriver au bureau, au chef de secteur, à cette histoire de pneu crevé avec laquelle il allait me bassiner. Je me suis tourné vers Cannelle qui m'a regardé, des croquettes plein la gueule. Et je lui ai dit :

— Ça te dit un tour chez les bonnes sœurs ?

Quinze minutes plus tard, j'étais sur la route, au volant de ma voiture perso, emballé dans ma veste d'hiver, Cannelle avachie sur les sièges arrière. Direction le piémont, noyé dans un brouillard épais et glacial. Les camions des Espagnols se suivaient en un flot continu de marchandises à l'assaut des supermarchés d'Europe, ça commençait à bouchonner sérieusement. Ce tunnel du Somport entre les deux vallées, c'était une belle connerie, ça aussi. Mais ce qui se voyait le plus, c'étaient les slogans des anti-ours. Des lettres blanches peintes ici et là, à même la route, à l'entrée des ronds-points et des hameaux :

OURS NON !
NON AUX OURS DE L'EST

Ceux-là, ils étaient apparus ces dernières semaines, quand le ministre avait remis sur la table l'idée de réintroduire des femelles slovènes dans cette partie des montagnes. L'idée, c'était de recréer une population d'ours en Béarn, comme ils l'avaient fait dans les Pyrénées centrales. On se doutait bien que ces tags, c'était l'œuvre des éleveurs qui voulaient rester peinards avec leurs moutons sur les estives, maintenant que l'homme avait quasi exterminé les plantigrades. Mais franchement, contrairement aux collègues, moi je n'y croyais pas du tout à cette réintroduction. À tous les coups l'État allait encore faire marche arrière, se coucher face aux élus locaux et à la FNSEA. Comme ils l'avaient déjà fait en 2011, en nous sortant des excuses bidon. J'en étais malade, mais pour moi, depuis la mort de Cannelle, l'ours du Béarn, c'était plié.

Passé le bas de vallée que défigurait la carrière de craie, j'ai piqué vers l'est.

Et bientôt, longeant le gave de Pau, j'entrais dans la cuvette glaciaire de cette ville indécente où chaque année venaient s'entasser six millions de pèlerins parce qu'un jour une illuminée avait cru y voir la Vierge. La saison n'avait pas commencé, les rues n'étaient pas plus peuplées que celles de mon village de fond de vallée. Dans le centre-ville, le château fort me regardait de haut, fiché sur son éperon calcaire. J'ai roulé le long des hôtels kitsch et des rideaux fermés des vendeurs de gourdes-Vierge Marie, puis je me suis garé devant l'immeuble où étaient hébergées les Petites Sœurs de Saint-Martin de Lourdes. À côté des édifices où siégeaient les principales communautés religieuses de la ville, les Filles de Notre-Dame des Douleurs, celles de la Croix de Saint-André et autres fraternités sacerdotales de je ne sais quoi, c'était un bâtiment minuscule, avec juste le nom de l'association écrit au-dessus d'une porte. C'était la première fois que ma chasse aux chasseurs de trophées me faisait sortir des réseaux sociaux et des sites Internet, qu'elle m'amenait *sur le terrain*, comme aurait dit un flic. Je ne suis pas du genre à me faire des films, je savais qu'il y avait très peu de chances que ça donne quelque chose. Mais j'avais quand même envie de tenter le coup.

Pas bavarde avec sa croix en bois autour du cou, une des petites sœurs m'a ouvert la porte, puis m'a mené dans un couloir au sol couvert de petits carreaux beiges. Ça ne bronchait pas dans leurs locaux, on aurait dit qu'il n'y avait qu'elle et moi à l'intérieur. Arrivée à la porte du secrétariat, elle m'a fait ce qui devait être un sourire et elle a frappé tout doucement. La porte s'est ouverte aussitôt, et sur le coup j'ai pensé : ils ne doivent pas crouler sous le boulot, ici. L'instant d'après, j'étais assis face à un administratif en col roulé qui écoutait mes bobards avec l'attention d'un prêtre à confesse.

— Voilà, je suis vraiment désolé de vous importuner, et j'imagine que ce n'est pas commun, mais je suis à la recherche d'une personne qui a travaillé ici. Ou qui a été bénévole, je ne sais pas bien.

— Hum hum, a fait l'homme.

— C'est que… je viens de perdre mon père, j'ai balancé pour l'émouvoir. Il était atteint de la maladie de Parkinson… Il était venu à Lourdes, il y a quelques années, ça lui avait fait beaucoup de bien. À la maison, il parlait souvent de cette jeune fille qui l'avait accompagné vers la grotte, il disait que c'était quelqu'un de bien, ils avaient parlé de plein de choses tous les deux. Alors j'avais envie de lui dire. Enfin, de la remercier pour ça, vous comprenez.

— Hum hum.

Le secrétaire m'a regardé en plissant les yeux et un instant je me suis dit Laisse tomber, il va t'envoyer balader, ce gratte-papier. Mais je me trompais. Les gens sont comme ça : les belles histoires, ils ont envie d'y croire pour oublier tout le reste. Il s'est massé le menton, l'air embêté.

— Vous savez, nous accueillons des centaines de bénévoles chaque année. Il nous en vient de toute la France et même d'ailleurs en Europe. Je suppose que vous n'avez pas le nom de cette personne, sinon vous ne seriez pas ici ?

— C'est bien mon problème. Je ne connais même pas son prénom. Quand il en parlait, mon père l'appelait *la petite*. La seule chose que je sais, c'est qu'elle était blonde, ça, il nous le répétait sans arrêt.

— Hum hum.

— Et aussi qu'autour du cou, elle portait une médaille avec l'emblème de votre association.

Là, le secrétaire a froncé les sourcils.

— Une médaille des Petites Sœurs de Saint-Martin de Lourdes ? Mais nous n'avons pas de…

Il s'est interrompu un instant, il a fait d'étranges mouvements des lèvres comme s'il mâchait un genre de chewing-gum trop collant. Puis il m'a offert son premier sourire de la discussion.

— Vous savez que vous avez une chance de… enfin, que vous avez beaucoup de chance, vous ?

— Comment ça ?

— Contrairement à d'autres, aux Petites Sœurs de Saint-Martin de Lourdes, nous n'avons pas pour habitude de faire frapper des médailles en quantité. À vrai dire, depuis que je travaille ici, nous ne l'avons fait qu'une seule fois. C'était il y a quatre ans, pour fêter le centenaire de la congrégation, dans le cadre d'une action avec le lycée Saint-André.

— Saint-André ? Vous voulez dire le lycée catholique, à Pau ?

— Exactement. Autrement dit, la personne que vous cherchez y était scolarisée. Peut-être même que je peux vous retrouver la liste des lycéens concernés.

Je suis resté coi.

D'un coup, cette blonde, sa passion pour le meurtre d'espèces protégées, son arc, tout ça m'est apparu étrangement concret. On ne parlait plus d'un profil Facebook, d'une enquête en ligne comme toutes celles qu'on avait menées sur STOP HUNTING FRANCE. Non, la chasseuse avait été au lycée à quarante bornes d'ici. À Pau. Comme moi, en fait.

19 mars

Apolline

J – 5 avant le grand départ.

Difficile de croire que je serai en Namibie dans si peu de temps : une pluie fine et continue fouette mon manteau de laine. J'ai l'impression qu'il fait moins froid que l'année dernière quand même, comme si le printemps était déjà en train d'arriver. Au loin, mes Pyrénées chéries sont invisibles, le pic du Midi d'Ossau avalé par les nuages. Arc à bout de bras, mon décocheur Tru Ball Shooter sanglé au poignet droit, je tourne la tête vers papa, en train de pianoter sur son iPhone comme un vrai geek. Il lève les yeux vers moi, me lance :

— Essaie à cinquante mètres !

Debout sur l'herbe trempée, emballé dans sa parka Härkila, il me regarde avec son petit sourire malin, tout content que je sois venue m'entraîner à la maison en sortant de la fac. Il ne me le dira jamais, mais depuis que j'ai mon appart en ville, je sais qu'il se sent très seul sur le domaine. Et moi aussi, j'avoue, ça me fait plaisir d'être là : en licence, je ne peux pas dire que je me sois fait des tonnes de copines.

— Tu crois vraiment ?

— Apo, à côté de toi, Robin des Bois c'est un manchot. Le facteur limitant c'est cet arc, pas toi.

— Arrête, papa. Sois un peu sérieux, s'il te plaît.

Il me fait un bisou de loin, la bouche en cœur sous les gouttes de pluie.

— O.K. Mais essaie quand même de régler le dernier point de visée à cinquante mètres, tu verras bien.

Cinquante mètres : avec mon Stinger, jamais je n'aurais pu centrer un tir assez précis à une telle distance. En vrai c'est un peu théorique, d'ailleurs : en action de chasse je ne me risquerais pas à décocher une lame d'aussi loin. Trop incertain, pour moi autant que pour le gibier. Mais papa a raison, ça ne coûte rien d'essayer. Surtout avec un Mathews AVAIL. Alors je me retourne et, à grandes enjambées, je m'éloigne d'une vingtaine de mètres. Puis je refais face à ma cible. Posé sur sa souche de châtaignier, à l'orée du bout de forêt qu'on a au fond de notre terrain, le cube de mousse hyperdense me paraît beaucoup trop loin. J'attends un peu, immobile et muette sous la pluie béarnaise.

— Allez ! m'encourage papa.

— Hé, mais laisse-moi deux secondes.

Il m'énerve quand il fait son impatient, comme ça. Je l'adore, mais il m'énerve.

Les pieds calés sur la pelouse, j'inspire une grande bouffée, l'air des montagnes toutes proches me remplit les poumons. Mes flèches sont équipées de leurs pointes d'entraînement, j'en déloge une du carquois d'arc, je l'engage sur la corde de l'AVAIL et sur le repose-flèche. De l'index, je caresse la médaille des Petites Sœurs au creux de mon cou, mon petit rituel avant chaque tir. Puis je crochète le D-Loop avec le décocheur, redresse l'ensemble en bloquant mon bras d'arc. Et, impressionnée par la facilité avec laquelle les deux cames me permettent d'armer à cinquante livres, j'attire l'empennage contre ma mâchoire.

Les quatre premiers points de visée, je les ai déjà réglés, en attendant d'ajuster tout ça une fois en Namibie : dix, quinze, vingt et trente mètres, chacun sa place dans le cercle noir de mon viseur, chacun son point lumineux, sa couleur. Il n'en reste plus qu'un, la fibre optique allumée en rouge. Je l'aligne entre ma visette de corde et le centre de ma cible, le tunnel parfait, la corde en butée retenue par le décocheur, un bon quinze livres dans mon bras de corde, respiration ample et régulière, aucun tremblement, verticale et figée comme les sapins en vallée d'Aspe. J'imagine mon lion, là-bas, à la place de cette mousse, silhouette féline et massive au milieu du *bush*. Quel côté m'offrira-t-il au moment où je planterai en lui la lame d'une de ces flèches ? Sera-t-il debout, fier sur ses quatre pattes, en seigneur de la faune d'Afrique ? En plein repas, la gueule ensanglantée entre les côtes d'un zèbre ?

L'index sur la détente de mon décocheur, je libère ma flèche.

Cinquante mètres.

Cinquante livres.

Trois cents pieds par seconde.

Elle se fiche en plein centre du disque jaune fluo.

Perfect shot.

Tout à ma concentration, sans un regard pour papa qui m'observe en silence, j'encoche une deuxième flèche, arme mon AVAIL, aligne mon tunnel de visée et tire à nouveau. Puis j'enchaîne avec une troisième, une quatrième, toute une volée de flèches d'entraînement. Qui chacune se plante dans le même cercle de moins de dix centimètres de diamètre. Comme si ce cinquième point de visée avait déjà été réglé, spécialement pour moi. Comme si cet arc était le mien depuis des années.

Un instant je reste silencieuse.

Jusqu'à ce que retentissent les claquements de mains de papa. Oui, il applaudit, une moue impressionnée sur le visage. Il applaudit en marchant vers moi.

— Il est parfait, cet arc ! je lui dis lorsqu'il arrive à mon niveau. Pas la moindre vibration à la décoche. Niveau précision, j'avoue, c'est incroyable.

— C'est toi qui es incroyable, ma chérie.

Mon arc encore en main, je hausse les épaules.

— Tu vas les bluffer, les chasseurs de Namibie.

— Arrête.

Avec deux fils qui se sont vite désintéressés de la chasse, papa a toujours projeté sa passion sur moi, et depuis la mort de maman, ça ne s'arrange pas. Je suis consciente que chasser le lion à vingt ans, ça n'arrive pas à beaucoup de monde : je suis partie pour griller toutes les étapes du parcours normal des amateurs de grande chasse africaine. En général, les gens commencent par chasser le petit gibier en Afrique de l'Ouest, puis un premier phacochère, puis des antilopes. Ce n'est qu'au cinquième ou sixième safari qu'ils se mettent à parler buffle, et seulement après que s'envisage le lion ou le léopard. Tout ça avant de passer à l'éléphant, l'étape d'encore après, même si pour le moment, prélever un éléphant, j'avoue ça ne me tente pas vraiment. Mais voilà, papa me prend pour une petite surdouée, prodige du tir à l'arc, capable de deviner ce que le gibier a dans la tête. J'ai ça dans le sang, paraît-il, et mon physique de skieuse ne fait que renforcer sa conviction. J'avoue, je suis hyper flattée, mais des fois ça me met mal à l'aise. Des fois, j'ai peur de ne pas être à la hauteur.

Et alors qu'il me félicite pour ma volée parfaite à cinquante mètres, un doute me traverse : et si je n'y arrivais pas ? Plusieurs fois il m'a raconté son unique chasse au lion, en Tanzanie. À la lionne, en fait. Chasser un prédateur, à part en *canned hunting* bien sûr, c'est très particulier : à l'entendre, il y a une tension que jamais tu ne ressens quand tu poursuis un herbivore, une impression de danger impossible à vraiment raconter. Il paraît que certains renoncent à la dernière minute, trop impressionnés, ne parviennent pas à tirer quand ils se retrouvent face à l'animal. Que, parfois, quand le guide qui les accompagne ne réagit pas assez vite, les choses se gâtent. Des accidents, en vrai il y en a presque tous les ans, surtout en Afrique australe où les lions sont habitués à l'homme. Je me perds un instant dans ces doutes, prise d'une soudaine angoisse. Papa s'en rend compte, évidemment. Il pose sa main sur ma joue, la caresse de son pouce en me dévorant des yeux.

— Apo, qu'est-ce qu'il y a ?

Je croise son regard rempli d'amour, toute sa fierté de père, tous les espoirs qu'il place en moi. Et alors, pour ne pas lui faire de peine, je lui fais un grand sourire. Et j'invente un gros mensonge :

— Rien. Je pensais à maman.

— Oh, ma chérie…

Il me serre dans ses bras, la pluie continue de mouiller nos habits d'hiver. Et moi, je tente d'enfouir cette peur qui vient de germer en moi.

12 mars

Komuti

— Quatre-vingt-treize chèvres ! Il est entré à l'intérieur du *kraal* et il a tué mes quatre-vingt-treize chèvres. C'est toute ma vie qu'il a dévorée comme ça.

La voix de mon père tremblait lorsqu'il lâcha ces derniers mots. *Ombongora* autour du cou, coiffe de toile *ondumbu* sur le crâne, il pinça les lèvres. Personne ne l'a jamais beaucoup estimé, mais cette fois l'assemblée resta silencieuse pendant plusieurs secondes, compatissante face à l'ampleur du drame qu'il venait de raconter.

— J'ai cru qu'il allait se mettre à pleurer, me chuchota Meerepo.

Je hochai la tête, un œil vers l'écran de mon téléphone portable.

C'est Tjimeja qui prit ensuite la parole, la voix haute et posée :

— À moi, il a pris la plus belle de mes vaches, annonça-t-il.

Déjà son veau a été tué par un léopard il y a deux ans, et maintenant c'est elle ! Il a traîné son corps en dehors du *kraal*, sur des dizaines de mètres.

Lorsque Tjimeja parlait, les gens l'écoutaient sans

jamais l'interrompre, il était respecté, lui. Il conclut sa tirade dans son afrikaans presque parfait :

— *Meneer*, dites-le bien au ministre : ce lion-là, c'est un tueur de bétail. *Vee moordenaar.*

Et tout le monde approuva ses propos d'un long :

— *Iiii...*

— Il a tué mon âne, enchaîna Karikuruka, venu d'Okandjambo et emballé dans le long manteau beige que je lui avais toujours connu. Un âne à six cents dollars[1] !

— Six cents dollars ? Il exagère, glissa Meerepo à mon oreille. Son âne, il était déjà à moitié mort.

Lunettes noires sous son chapeau troué, un éleveur herero se mit debout.

— Moi, il n'a pas réussi à entrer dans mon *kraal*. J'avais mon pick-up : j'ai allumé les phares et fait tourner le moteur toute la nuit, ça l'a fait fuir. Mais il va revenir, j'en suis sûr. Avec sa tête, il tapait, il tapait, il tapait contre les clôtures pour effrayer les bêtes. (Le poing frappant la paume, il mimait l'attaque pour bien se faire comprendre.) Je n'ai jamais vu ça.

— *Iiii...* firent encore les autres.

Mal assis sur son pliant de camping, le monsieur du ministère de l'Environnement et du Tourisme opinait pour montrer qu'il s'intéressait à nos histoires, prenait des notes dans son carnet. Il y avait au moins trente personnes réunies là, et pas seulement des membres de la *conservancy*[2]. On était venu d'un peu partout pour

---

1. Six cents dollars namibiens, soit environ 40 euros.

2. Les *conservancies*, ou conservatoires communautaires, sont des territoires où la gestion des écosystèmes est confiée aux

faire passer le même message à cet homme en chemise blanche, de Kaoko Otavi, d'Otjinanwa, d'Orupembe et même de Sesfontein. Les hommes à droite, chacun son siège, glacière, bidon de plastique, grosse pierre. Les femmes à gauche, massées sous un arbre du berger, la plupart en tenue traditionnelle himba, des tissus sous les cuisses pour ne pas salir leurs peaux ocrées ; d'autres en robes bariolées des hereros de la ville, coiffe à deux pointes imitant des cornes bovines. Vaches et chèvres erraient sans gêne autour de la petite foule, parfois un veau venait s'allonger auprès des femmes pour profiter du précieux bout d'ombre. Moi, j'écoutais la réunion de loin, appuyé sur mon bâton en plein soleil, en un point stratégique où mon cellulaire captait un peu de réseau. Meerepo était debout à côté de moi, venu d'Opuwo pour entendre ce qui se disait. Maillot de football, bonnet en laine, son portable dans un bel étui à sa ceinture, il commentait chaque intervention à voix basse, fidèle à lui-même.

Le lendemain de l'attaque, une fois le jour levé sur notre enclos devenu charnier, la terre jonchée des corps de nos bêtes, nous avions rebroussé chemin et regagné le village, mon père et moi. Avec pour seuls rescapés notre âne, qui par chance avait passé la nuit loin du campement, et nos huit chevreaux d'à peine une semaine, épargnés par miracle dans leur enclos grillagé. Mais sans mère pour les allaiter, c'est comme si le lion les avait condamnés à mourir, eux aussi. Mon père était

---

communautés locales, à la différence des parcs nationaux, gérés par l'État, et des réserves privées. Elles couvrent 20 % de la surface de la Namibie.

resté longtemps muet, le visage fermé, puis il avait rompu le silence, en disant :

— Je te l'avais dit, Komuti. Il fallait la consolider, cette clôture.

Évidemment, pour lui tout était ma faute.

Mais moi, je voyais les choses différemment.

Depuis le tronc couché sur lequel il était assis, au milieu des autres hommes, il me surveillait, de peur que je prenne la parole dans cette réunion officielle. Pourtant j'en aurais eu des choses à dire. J'aurais pu raconter que pendant que mouraient nos chèvres, le pasteur qu'il était se terrait au fond de sa tente comme un suricate dans son terrier. Qu'avec plus de courage, à nous deux, nous aurions sûrement pu faire fuir le fauve comme l'avait fait cet éleveur herero avec les phares de son 4×4. J'aurais pu dire que c'était lui qui avait pris la décision de quitter le village pour aller chercher de l'herbe dans la montagne et faire courir un tel danger au troupeau. J'aurais pu dire, aussi, que si lui et son clan n'avaient pas été si pauvres, nous aurions possédé des vaches et pas seulement des chèvres. Et qu'alors le lion se serait contenté d'une ou deux têtes, comme il l'avait fait chez Tjimeja.

Non, définitivement, il valait mieux pour mon père que je reste silencieux.

Parce qu'à mes yeux, ce drame, il en était le seul responsable.

Quand toutes les victimes eurent achevé leur témoignage, le représentant du ministère releva le stylo de son carnet et demanda :

— Ce lion dont vous parlez, quelqu'un l'a vu de près ? Vous pouvez me dire à quoi il ressemble ?

— *Dit is'n leeumannetjie*, affirma aussitôt Tjimeja. Oui, un mâle. Avec une grosse crinière.

— C'est ça. Une crinière noire, précisa Karikuruka.

— C'est tout ce que vous avez vu de lui ? Une crinière noire ?

Un brouhaha s'éleva, les hommes commentant entre eux les questions du citadin, les femmes secouant la tête de dépit. Je les regardai faire, hésitai à ouvrir la bouche.

— Qu'est-ce que vous croyez ? riposta l'éleveur au chapeau. Que j'allais m'approcher pour lui nettoyer les griffes ? On vous parle d'un lion, *meneer*, pas d'un chacal ! Vous vous êtes déjà retrouvé en face d'un lion, vous ?

L'homme s'abstint de toute réponse, et les apartés reprirent dans l'assistance en une rumeur confuse. On s'offusquait, on se renvoyait la balle, Et toi, tu as vu quelque chose ? Jusqu'à ce que :

— Il a une cicatrice !

Les mots avaient jailli d'entre mes lèvres sans que je puisse les retenir, ils firent sursauter Meerepo. À présent tous les regards étaient tournés vers moi, sourcils froncés, moues intriguées sous les *ondumbu* et les *erembe*. Je jetai un œil à mon père qui surveillait mes paroles. Pour finalement m'avancer vers la petite foule, désigner le côté de mon tee-shirt ouvert en grand sous mes aisselles, au-dessus du pagne. Et répéter :

— Là, sur le flanc gauche, il a une longue cicatrice, toute droite. Je l'ai très bien vue, moi.

Il y eut un moment de flottement pendant lequel je ne sus pas si on me prenait pour un menteur, pour un inconscient, ou au contraire pour un brave comme il y en avait de moins en moins chez nous autres Himbas. On entendit à peine la voix de l'homme en chemise blanche qui murmurait pour lui-même :

— Charles…

Quand l'attention se détourna de moi et qu'à nouveau chacun se pendit à ses lèvres, il se tortillait de gêne sur son pliant.

— Ce lion, c'est celui qu'on appelle Charles, répéta-t-il enfin, à voix haute cette fois.

Soulagé de ne plus être au centre des regards, je me penchai vers Meerepo :

— Mais pourquoi ces gens-là donnent-ils des noms à des lions ? Ce ne sont pas leurs enfants que je sache !

Ce qui fit rire mon ami, bien d'accord avec moi. J'avisai à nouveau mon téléphone, au cas où serait arrivé ce message que j'attendais comme un signe des ancêtres. Mais l'écran restait noir.

— C'est un mâle de huit ans, reprit l'homme à la chemise. Quand il était plus jeune, un oryx lui a planté sa corne dans le flanc : cette cicatrice, c'est son signe distinctif. Nous savions qu'il s'était fait exclure de son groupe, qu'il était solitaire. Mais nous avions perdu sa trace depuis plusieurs mois. Avec la sécheresse, il y a beaucoup moins de gibier, c'est pour cette raison que les lions se rapprochent des troupeaux. (Il se massa les joues, hésitant face à l'impatience qu'il sentait monter autour de lui.) Ce que l'on pourrait envisager, c'est… une translocation. Sur la côte des Squelettes, il y a deux lionnes qui se sont établies près d'une colonie d'otaries, sans mâle dominant. On pourrait l'emmener là-bas, pour l'éloigner des…

— *Nee !* le coupa Karikuruka. Vous pouvez l'emmener

n'importe où, vous savez très bien qu'il reviendra en moins d'une semaine. Vos histoires de translocation, ça ne marche pas ! Ça va finir très mal, comme à Tomakas. Ce lion, il faut l'abattre, c'est tout.

— *Iiii…*

Je vis le citadin se raidir, comme si Karikuruka venait de dire quelque chose d'interdit. Nous savions tous ce qui s'était passé à Tomakas. Là-bas, des attaques de lions sortis de l'Hoanib, les éleveurs hereros et damaras en avaient connu plus que nulle part ailleurs. Alors, fatigués de voir leur bétail ainsi décimé, ils avaient réglé le problème eux-mêmes, à coups de poison enduit sur les charognes de leurs bêtes, que les félins allaient inévitablement revenir manger pendant plusieurs jours. Trois lions étaient morts empoisonnés, là-bas, en quelques mois seulement.

— Ce ne serait pas bon pour la Namibie si ça recommençait, commenta Meerepo en haussant les sourcils. Très mauvaise publicité…

L'homme gratta son carnet de la pointe de son stylo, comme pour gagner du temps.

— Vous savez qu'en ce moment, abattre un lion, c'est vraiment devenu…

Mais l'assemblée perdait patience. Les éleveurs s'énervaient sur leurs sièges de fortune, les femmes s'agitaient dans les parures et les robes victoriennes. Les critiques fusaient jusqu'aux oreilles du visiteur, le gouvernement en prenait pour son grade :

— De toute façon, à Windhoek, ils ont toujours pris les Himbas pour des babouins.

— Pour eux, un seul lion, ça vaut plus que toutes nos vaches.

Un homme se leva, furieux, tendit un doigt menaçant vers la chemise immaculée.

— Et quand la sécheresse aura fait mourir notre bétail, aussi, quand les lions s'attaqueront à nos femmes et à nos enfants parce qu'ils n'auront plus rien d'autre à manger, vous ferez quoi ? C'est cela que vous attendez pour réagir, que ce monstre s'attaque à l'homme ? Vous savez très bien que c'est déjà arrivé.

Depuis mon coin de soleil, je devinais la transpiration en train de couler sur le visage du citadin. Il cherchait comment se sortir de ce guêpier dans lequel l'avaient sûrement envoyé ses chefs. Mais aucune de ses solutions, inventées dans la capitale, n'aurait pu calmer la rogne des pasteurs, que je partageais très largement.

Je faillis sursauter lorsque mon cellulaire se mit à vibrer dans ma main gauche. Mon cœur fit un bond, soudain j'oubliai tous ces éleveurs et m'éloignai de quelques mètres, pour trouver un bout d'ombre où j'arriverais à lire ce qu'affichait mon écran. Quand je revins auprès de Meerepo, la réunion se terminait.

— C'est d'avoir perdu toutes tes chèvres qui te fait sourire aussi bêtement ?

— Heu, non… bredouillai-je. Non, c'est…

Il haussa les sourcils, amusé.

— Tu mens très mal, mon ami. C'est qui ta princesse ?

— Mais c'est personne, enfin… je…

Je ne voulais pas que Meerepo sache, cette histoire devait rester secrète. Mais je savais qu'il n'allait pas me lâcher.

— Allez, Komuti, on se connaît depuis longtemps toi et moi.

— …

— *Kambura mwami.* Je saurai garder ça pour moi. Parole de Himba.

— Toi, un Himba ? me moquai-je.

J'hésitai, regardai à droite, à gauche, m'assurai que personne ne nous épiait. Puis je montrai à mon ami l'écran de mon téléphone.

— Kariungurua ?! La fille de Tjime…

— Chuut… le coupai-je. Personne ne doit savoir, tu comprends.

— Ça oui, je comprends très bien, fit-il. Kariungurua… *Wow !*

Et il sembla me considérer d'un autre œil, impressionné par la nouvelle, comme si d'un coup je venais de m'enrichir de cinquante vaches. Je m'empressai de changer de sujet.

— Il a dit quoi, finalement, le monsieur du ministère ?

Meerepo se gratta le crâne à travers son gros bonnet. Plus loin, les villageois se levaient de leur siège et regagnaient les cases avec une sorte de colère muette, figée sur leurs visages. Le bétail se dispersait au ralenti.

— À ton avis ? Il a dit qu'il allait voir ce qu'il était possible de faire.

Je soupirai.

— Ce qu'il est possible de faire… Ce n'est pas compliqué, il faut tuer ce lion, c'est tout.

— Pour toi, ce n'est pas compliqué, Komuti. Pour eux, c'est autre chose… Avant c'était plus facile, mais là, s'ils décident de le faire abattre, ce ne sera pas bon pour l'image du pays. Pour le tourisme, pour l'économie, pour la politique, tu ne te rends pas compte. Un lion, ce n'est pas un phacochère, mon ami. Pour les Blancs, c'est le roi des animaux, tu vois, il ne faut pas y toucher. Et en Afrique, il y en a de moins en moins.

J'ajustai le fourreau de tissu qui emballait ma tresse.

— En Afrique, je ne sais pas, mais moi je trouve que dans le Kaokoland, des lions, il y en a beaucoup trop. *Pena ovina ovingi.*

— Tu penses ce que tu veux, se moqua Meerepo en découvrant ses dents blanches. Mais le reste du monde, ça ne l'intéresse pas ce que pensent les Himbas.

Je soupirai.

Parfois j'enviais Meerepo. Je n'aurais pas voulu vivre comme lui, depuis qu'il avait gagné la ville et troqué les habits traditionnels contre des jeans et des casquettes américaines, il semblait avoir oublié ce que c'était que d'être un Himba, comment traire une vache, comment mener un troupeau. Mais il savait tellement d'autres choses. Il me parlait d'endroits dont je ne connaissais même pas l'existence, il avait un avis sur tout. À une époque, il avait été employé dans un cyber à Opuwo, s'y connaissait comme personne en informatique. À présent, il travaillait pour un chasseur professionnel, il s'occupait des peaux du gibier. Voilà pourquoi il en savait tant sur le sujet.

Il ouvrit l'étui à sa ceinture, en sortit son cellulaire, commença à fouiller dedans.

— Tiens, regarde. Je suis tombé là-dessus ce matin, avec mon collègue du camp de chasse. C'est un Américain.

Son téléphone avait un écran plus grand que le mien, à peine rayé. Il me montra la photo d'un oryx mort et d'un chasseur blanc qui posait à côté, avec sa grosse carabine.

— Et alors ? lui dis-je, sans bien comprendre où il voulait en venir.

— Attends, tu vas voir.

D'un coup de pouce, il découvrit les commentaires qui, par dizaines, s'étalaient en dessous.

— Le chasseur se fait insulter, m'expliqua-t-il, sachant que je ne maîtrisais pas bien l'anglais.

Je le dévisageai, incrédule.

— Pourquoi ? Pour avoir chassé un oryx ?!

— Oui, oui, juste pour ça, je te jure. Là, par exemple, tu sais ce que ça veut dire ?

— Vas-y.

— Ce fils… de pute… mérite de crever.

13 mars

Komuti

C'est le cœur battant que j'attendis que la nuit s'installe au-dessus du campement, les étoiles perçant une à une le ciel immense du Kaokoland. Les visiteurs de la veille étaient repartis, Meerepo avec eux. Certains avaient dormi sur place, les tentes éparpillées autour de nos cases. D'autres n'avaient pas attendu pour se remettre en quête d'hypothétiques pâturages que la sécheresse aurait épargnés, à des jours de marche d'ici. Mais nous, nous n'avions plus une seule bête à emmener paître, plus aucune raison de repartir en transhumance. Mon père avait passé la journée à Opuwo, il en était revenu avec les mêmes traits tirés qu'au matin. Il fuyait le regard des autres et même celui de ma mère, sa seule femme, qui le regardait avec dédain.

Mon père, il me faisait honte, j'aurais tout fait pour ne pas finir comme lui. Plusieurs fois il m'avait raconté comment, à l'époque de la guerre, il avait combattu aux côtés des Sud-Africains contre les indépendantistes ovambos qui depuis toujours voulaient du mal aux Himbas. De ce temps-là, il avait encore son fusil qu'il gardait précieusement dans la case, il me l'avait montré plusieurs fois. Mais cet homme-là, ce combattant, je ne l'ai jamais connu. J'aurais voulu avoir un père fort et respecté. Un père qui ne se serait pas caché dans sa tente pendant l'attaque du lion, un père qui aurait tenu tête au citadin du ministère lors de la réunion de la veille, au lieu de pleurer sur son sort comme il l'avait fait. Il avait beau me sermonner et toujours me rabaisser devant les autres, la vérité c'est que c'était un faible. À présent, docile et résigné face au mauvais sort qui nous frappait comme si nous avions offensé les ancêtres, il se contentait d'attendre les indemnités promises par le ministère en compensation de ses pertes. De quoi, peut-être, reconstituer un semblant de troupeau en achetant de nouvelles bêtes.

Mais alors que le noir se faisait plus dense, alors que seuls luisaient encore les feux tremblants au pied des cases encombrées de calebasses et de bidons de plastique, que visages et silhouettes se noyaient peu à peu dans l'obscurité, moi, ce n'est plus à tout ça que je pensais. Brûlant de trac autant que d'impatience, je n'avais plus qu'une seule image en tête.

Kariungurua.

Kariungurua et les fesses rondes cachées sous sa jupe en peau de veau.

Depuis le matin je suivais ses mouvements dans le village : Kariungurua guidant les vaches de son père hors du *kraal*, Kariungurua secouant sa calebasse de lait pour en faire du caillé, Kariungurua enfilant des éclats d'œufs d'autruches pour créer des colliers à vendre aux rares touristes, Kariungurua broyant son ocre sur une pierre plate. Mon portable avait passé toute la journée perché en haut d'un mopane, disposé dans un pot en plastique accroché à une branche, le moyen le plus sûr de ne pas rater un message, faute de réseau. Dès que je parvenais à m'éclipser, je montais le décrocher pour écrire à Kariungurua, lui dire combien j'avais envie d'elle, à quel point elle m'avait manqué pendant ma transhumance avortée. Et elle me répondait qu'elle aussi elle avait envie de moi, mais que, Attention, Komuti, il fallait que nous restions discrets sans quoi son père allait me tuer. Et à peine avais-je lu ses mots que déjà je me mettais à trembler tant j'étais pressé d'être ce soir.

— Je vais me coucher.

Lorsque mon père prononça ces paroles, tout se mit à bouillir en moi. Il se leva au-dessus du foyer de flammes, son visage s'effaça, il marcha vers la case dont le petit dôme se découpait vaguement dans le noir. Ma mère le regarda faire en soupirant, elle aussi honteuse, peut-être, d'avoir été mariée à un tel homme. Elle attendit tout comme moi que le silence se fasse autour de nous, que seuls demeurent les crépitements du bois et les murmures des hommes encore en train de parler du lion et de leurs vaches assassinées, quelque part dans le village. Puis elle me fixa longuement et ferma les paupières pour me dire Allez vas-y. Qu'elle me connaissait trop bien pour ne rien avoir remarqué. Que je pouvais m'éclipser, aller la retrouver, cette princesse inconnue, mais qui avait l'air de me faire tellement d'effet.

Alors je me levai à mon tour.

— Où vas-tu ? demanda Tutaapi, la bouche pleine de bouillie de maïs.

Mais je ne répondis même pas à mon petit frère.

Retenant mes pas poussés par l'impatience, laissant mes yeux s'habituer à l'obscurité, je louvoyai entre les cases de nos voisins, à distance de leurs feux et de leurs lampes électriques, avec la discrétion d'un léopard. Je contournai le grand *kraal* et les branchages du feu sacré pointés vers lui. L'arbre dans lequel le vieux Karikuruka entassait des crânes bovins en prévision de prochaines funérailles. Et bientôt je dépassais la dernière des habitations, vague frontière entre notre campement et le désert. Les feux dans mon dos, je me mis à courir pour de bon, manquant de trébucher sur les obstacles que masquait la nuit, troncs morts et poussiéreux, rochers pris dans la terre sèche. Face à moi grandissait l'ombre grêle et chevelue du palmier *makalani*, mon point de repère.

C'est au pied de ce palmier que je devais retrouver Kariungurua. Dans le lit de cette rivière qui nous venait de la montagne, mais n'avait pas coulé depuis deux ans.

Comme les dernières fois, avant que je ne parte avec mon père.

— Komuti ? Tu en as mis du temps !

Sa voix chaude a brisé le silence quand je me suis approché de la berge. Elle était là, assise dans le noir sur un rocher plat, entourée par les racines noueuses d'un ficus, jouant avec son téléphone qui jetait une lumière bleue dans les feuillages. Silencieuse et pourtant si présente, pareille à l'esprit d'une éminente ancêtre. Je devinais les détails de sa parure : l'*ombware* autour du cou parce qu'elle n'avait pas encore d'enfant ; l'*otjitenda*, seulement au poignet droit depuis le décès de sa mère ; le gros coquillage *ohumba* entre ses seins parfaits. Comme aucune autre Kariungurua arborait les ornements himbas, traditionnelle et moderne à la fois. Refaites le jour même, ses tresses gainées d'ocre et de graisse tombaient autour de son crâne, terminées en touffes noires, comme les queues d'une fierté de lions qu'elle aurait terrassée tout entière.

— Kariungurua… Tu es… Enfin, pendant tout ce temps, tu m'as tellement…

— Oh, tais-toi, me coupa-t-elle moqueuse, comme si elle savait tout cela mieux que moi.

Et d'un geste qui semblait guidé par l'impatience, elle m'attrapa le poignet et m'attira à elle, et alors me parvinrent en effluves les parfums secrets dont elle s'était enduite, feuilles, écorces, graines, myrrhes, que sais-je, et son mouvement fit se heurter les guirlandes de graines qui lui pendaient des hanches, un bruit qui la suivait partout, et consciente du désir qu'elle provoquait en moi elle ne me laissa aucun répit : l'instant d'après sa jupe était relevée et collée à mon ventre et mon sexe était en elle, ses fesses contre moi, ses cuisses rouges et généreusement graissées. Et je crois que ce fut plus fort encore que la dernière fois que nous l'avions fait, là, en ce lieu devenu un peu à nous, sous les branches de cet arbre et les étoiles qui trouaient le ciel tout là-haut. Un miracle aurait pu se produire, la rivière aurait pu se mettre à couler dans son lit de sable et de galets que nous ne l'aurions pas remarquée tant nous étions ensemble. Et nous restâmes longtemps l'un près de l'autre, moi encore haletant, revenant à peine de cet ailleurs où elle m'avait emmené, elle animée d'une respiration lente et profonde, l'*ohumba* allant et venant sur son torse où la sueur se mêlait à l'ocre, son cellulaire abandonné sur la roche. La chaleur du jour retombait doucement, le vent frais au contact de ma peau moite. Les arbres de l'autre berge dessinaient des entrelacs noirs au pied des montagnes. Du côté du village, tout était devenu silencieux, ça dormait sous les toits de bouse séchée, les feux mouraient dans les foyers, et un instant je rêvai que nous n'étions pas si près des cases de nos familles, mais dans la plus reculée des plaines du Kaokoland, vers Marienfluss, vers les rives sauvages de la Kunene, ce fleuve toujours en eau, comme mû par une magie à laquelle ici nous n'avions pas accès.

Je me tournai vers Kariungurua pour lui dire en la mangeant des yeux :

— *Eyuva rimwe me ku kupu.* Oui, un jour, je t'épouserai.

Elle sourit, amusée par mes paroles.

— Komuti… Tu es drôle. (Elle s'adossa au tronc rugueux, plongea son regard vers les étoiles.) Tu me plais, c'est vrai. Mais tu sais très bien que ça n'arrivera jamais.

— Bien sûr que si, ça arrivera.

Elle se tut un instant pendant lequel je devinai, sous ses airs supérieurs, qu'elle en rêvait tout de même un peu. Elle lissa de la main ses tresses-queues de lion.

— Mon père voudrait que j'épouse Kaveisire. Jamais il n'acceptera que je m'unisse avec quelqu'un d'un clan comme le tien. Et encore moins depuis ce qui vient d'arriver à ta famille.

Je reçus ces mots tel un coup de pioche dans la mine d'ocre de Ruacana. Kaveisire : le fils du chef d'un village voisin, déjà marié à une première femme, et mauvais comme un babouin. Imaginer Kariungurua avec un tel personnage, c'était insupportable. Pourtant je n'étais pas tant surpris : Kariungurua, ce n'était pas n'importe quelle jeune femme. Elle n'était pas seulement la plus belle de toutes les Himbas jamais nées sur ces terres désertiques, elle était surtout issue d'un clan fortuné et respecté dans tout le Kaokoland. Son père, c'était Tjimeja. Il possédait l'un des plus fameux cheptels bovins de la région, des vaches de toute beauté dont il s'occupait comme personne, passant des heures à s'émerveiller de la couleur de leur robe ou de l'ouverture de leurs cornes. Tjimeja avait trois épouses, dont l'une s'habillait à la mode herero, et j'ignorais même de combien d'enfants il était le père. À côté de lui, mon père à moi n'était qu'un mendiant, et plus que jamais à présent que son troupeau de chèvres avait été décimé. *Un Himba n'est rien sans bétail*, tout le monde connaissait le proverbe. C'était la triste réalité : nous n'avions jamais été grand-chose aux yeux des autres familles, mais depuis l'attaque nous n'étions plus rien.

Je gardai le silence un long moment, repensai à ce que nous venions de vivre, Kariungurua et moi, à ces frissons qui s'emparaient de moi dès que je pensais à elle, à cette courte transhumance dans les montagnes, le cœur troué par son absence. À cette nuit de massacre qui avait tout changé. À mon père et à sa lâcheté, à cette maudite famille à laquelle j'avais la malchance d'appartenir.

Et, la voix plus assurée que jamais, je déclarai :

— Tu verras, Kariungurua, ton père acceptera que je t'épouse. Et tu seras ma seule femme.

Elle me fixa, incrédule et troublée par tant de certitude.

— Il acceptera parce que ce lion qui lui a pris une vache, c'est moi qui vais le tuer.

18 avril

Martin

L'œil rivé à la longue-vue, Antoine fredonnait d'une voix nasillarde :

— *Mon truc en plumes... Plumes de zoiseaux... De z'animaux... Mon truc en plumes... C'est très malin...*

— Tu la sors d'où encore, celle-là ?

— Quoi, tu connais pas Zizi Jeanmaire ? C'est un classique, pourtant...

J'ai soupiré, puis jeté un œil à ma montre.

Quinze heures trente : plus qu'une demi-heure.

C'était un jour de suivi du gypaète barbu. Comme tous les dix jours, en période de reproduction : quatre heures à observer l'aire du grand rapace à la lunette, pour voir comment se portait cet oisillon qu'Antoine appelait *truc en plumes*. S'il était toujours là, si personne ne venait perturber son développement. Les chaussures de ski dans la neige, emmitouflés dans nos vestes, on était planqués sous les branches des pins à crochets, face à la falaise dressée jusqu'aux nuages comme un château monumental. La brume était remontée vers les crêtes, nous libérant la vue. Franchement l'endroit était magnifique, et j'ai toujours aimé ça, les protocoles de suivis scientifiques, mais ce jour-là j'avais la tête ailleurs. J'étais pressé de redescendre. Et pas d'humeur à écouter les vieilles chansons de mon collègue.

Il a décollé son œil, s'est étiré sous les épines, l'air tout content.

— Bon, ça se présente bien. Ça va être une belle année pour les rapaces, on dirait.

— Si tu le dis.

— Je le dis, oui. Ça s'appelle de l'optimisme, Martin.

— De toute façon, si un hélico se pointe et fait échouer la reproduction, on va faire quoi ? Lui mettre une douille ? Tu sais bien qu'un *dérangement intentionnel*, c'est impossible à démontrer. Ton PV, le procureur classerait sans suite, direct à la poubelle. La mort d'un poussin de gypaète, la justice, elle s'en fout, t'as pas encore compris ça ?

L'optimiste a renfoncé son bonnet pour mieux se couvrir les oreilles, frotté ses gants l'un contre l'autre.

— Ça doit être fatigant d'être toi, en fait. Tu veux pas te faire des vacances, des fois ?

— Non. Ou alors si : après l'effondrement de la civilisation industrielle, peut-être que j'y penserai.

Alors qu'il levait les yeux au ciel, j'ai regardé à mon tour à travers la longue-vue, distingué la boule de plumes grises en train de s'agiter dans l'énorme nid de branchages que l'adulte venait de quitter. Mais Antoine ne voulait pas lâcher le morceau :

— Non, mais Martin, reconnais-le : les rapaces, c'est quand même une réussite, non ? Depuis la directive Oiseaux, les effectifs ont remonté en flèche, partout en Europe.

— Après qu'on a tout fait pour les exterminer pendant

des décennies… Et je te rappelle que pour le vautour percnoptère, par exemple, c'est loin d'être gagné.

— O.K. Les isards alors ? À la création du parc national, l'espèce avait totalement disparu du massif. Ça, c'est pas une réussite pour toi ?

— Mouais. Et le grand tétras alors ? 75 % en moins depuis 1960, mais toujours autorisé à la chasse. Et l'ours ? Et le loup ? Et le lynx boréal ?

— Attends, le lynx, ça fait plus d'un siècle qu'il a disparu des Pyrénées.

— Justement… Et le lagopède, avec le réchauffement climatique ? Et les palombes qu'on voit presque plus ? Et les passereaux, les pinsons qui passaient par millions pendant les migrations ? Et les chardonnerets, franchement, depuis quand t'as pas vu un chardonneret ? Excuse-moi, mais non, je trouve pas qu'il y ait de quoi être optimiste.

Cette fois il s'est tu, le bec cloué par mes petites vérités. Autour de nous, des paquets de neige tombaient depuis les branches des pins, s'immisçant dans les cols de nos vestes en nous glaçant le cou. Par endroits, le tapis blanc était strié des traces de plumes des grands tétras, laissées par les mâles qui se cherchaient des places de chant, en prévision des parades à venir. De retour de migration, perché quelque part dans la pinède, un merle à plastron entonnait son chant lancinant.

— Bon, on y va ?

— Encore dix minutes, a fait Antoine en vérifiant sa montre. T'es bien pressé toi, aujourd'hui. T'as rencontré une fille pour partager ta vie de misanthrope, ou quoi ?

Je n'ai rien répondu, mais j'ai pensé C'est ça, oui :

j'ai rencontré une blonde, je pense à elle en continu. Il a encore observé le poussin dans la lunette, chantonné :

— *Mon truc en plumes... Ça vous caresse... Avec ivresse...*

Alors moi, j'ai commencé à ranger mon sac et à sortir mes skis de la neige où je les avais plantés. C'était du matériel à l'ancienne, des Dynastar en fibre de verre, ceux avec les vieilles fixations Diamir. Les collègues me charriaient avec ça, eux qui ne juraient que par leurs skis paraboliques et leurs fixations ultralégères, mais je m'y étais habitué. Au moins, dans mes grosses pompes à quatre crochets, je n'avais jamais froid.

On a attendu que les quatre heures se soient enfin écoulées, moi surveillant ma montre de minute en minute, comme si j'allais rater un train. Puis on a chaussé nos skis pour s'engager dans la descente entre les troncs des pins. Dure comme du verre le matin, la neige devenait lourde et mouillée l'après-midi, une vraie soupe. À cette époque de l'année, même une avalanche miniature pouvait te casser les deux jambes. Je marquais mes virages en flexion-extension, le sac alourdi par l'ARVA[1], et par la sonde et la pelle. Par endroits le manteau neigeux était traversé par les traces des isards, à la recherche de trouées pour brouter leurs premières herbes d'altitude. Quand la neige s'est faite trop rare, on a déchaussé, sanglé les skis de part et d'autre des sacs, pour finir à pied sur le sol boueux. Je marchais devant, le pas pressé dans la hêtraie et les pépiements des grives draines. Sur le versant d'en face, en partie déneigé, ça fumait. Les éleveurs brûlaient brachypodes

1. Appareil de recherche de victimes d'avalanches.

et genévriers pour éviter que leurs parcelles ne se referment, qu'elles deviennent un jour des forêts où plus jamais ils ne pourraient mener leurs bestiaux.

Alors qu'on traversait une sente, j'avais beau être pressé et chargé comme une mule, j'ai piqué sur la droite pour aller relever les clichés d'un de nos appareils photo à déclenchement automatique, fixé sur un hêtre pas trop loin de notre itinéraire.

— Xavier l'a déjà visité ce week-end, a objecté Antoine.

Mais je ne l'ai pas écouté. J'ai décroché du tronc la petite machine, l'ai libérée de son coffre étanche, et j'ai fait défiler les images, par dizaines, de chevreuils et de sangliers dont je n'avais rien à faire. Il y avait la photo d'un skieur, aussi, ou d'une skieuse peut-être, passé devant l'objectif. Mais toujours pas d'ours. Toujours aucune nouvelle de Cannellito, alors qu'on était déjà le 18 avril. En refixant l'appareil sur l'arbre, j'ai laissé mon collègue débiter ses explications naïves et sans fondement, persuadé qu'il était que le plantigrade était encore en vie. Et je me suis relancé dans la pente, sac et skis sur le dos, pour la dernière demi-heure de marche.

J'ai atteint la voiture avec pas mal d'avance.

— Allez, on décolle, j'ai pressé le collègue qui faisait la cagne.

— C'est bon, c'est la fin de journée. Il faut vraiment que tu te détendes, hein.

On a roulé jusqu'aux locaux du parc national, rangé le matériel de montagne dans le local technique. Mais quand Antoine a ouvert la porte pour entrer dans les bureaux et vérifier ses mails, je ne l'ai pas suivi.

— Tu files direct ?

J'ai fait oui de la tête.

— Sérieusement, qu'est-ce que tu trafiques en ce moment, Martin ? Tu sais que le chef était furax que tu ne sois pas là mardi. Il voulait te voir, je crois.

— Ouais, ouais. Je sais.

Mais la minute d'après, j'ouvrais la portière de ma voiture perso. Pour quitter les montagnes au plus vite, après un passage express à mon appartement pour récupérer Cannelle. La nuit tombait sur la vallée, obscurcissant un peu plus routes et villages, comme si les deux versants se refermaient l'un sur l'autre pour finir de nous couper du monde. J'ai traversé Oloron-Sainte-Marie, endormie par l'hiver autant que par la nuit, les bâtisses dressées au-dessus du gave d'Aspe comme des remparts inhabités. Puis, les montagnes dans mon dos, j'ai foncé vers Pau. Comme la veille.

Dans la liste que m'avait gentiment imprimée le gratte-papier des Petites Sœurs, il y avait vingt-deux noms, dont quatorze filles. Quatorze petites cathos, lycéennes à Saint-André quatre ans plus tôt, qui s'étaient vues remettre cette fameuse médaille avec l'emblème PSSM et, peut-être, continuaient aujourd'hui de la porter au cou. Ce que ça voulait dire, c'est que le nom et le prénom de la chasseuse de lion, introuvables sur les réseaux sociaux, étaient forcément quelque part dans cette liste. Jerem Nomorehunt continuait de chercher, écumait les pages des sites de chasse pour voir s'il ne pouvait pas retrouver la même photo, et peut-être une nouvelle piste à remonter, mais pour le moment ça ne donnait rien. Ce matin il m'avait écrit, demandé si de mon côté j'avais réussi à avancer. Mais j'avais répondu, comme aurait dit Antoine :

Martinus arctos : *Nada.*

Pas un mot sur la médaille, ni sur ma visite à Lourdes, ni sur cette liste qui ne quittait plus la poche de ma veste. Ce que je me disais à ce moment-là, c'est qu'il fallait que j'aille au bout de mon enquête avant de lui en parler. Qu'une fois toutes les infos réunies, je livrerais la fille à Internet comme on l'avait fait avec d'autres avant ça.

Avec mes quatorze noms, j'avais commencé par faire des recherches en ligne, entre Pages jaunes, Instagram, et autres LinkedIn. Sans en être certain, je pensais avoir ainsi retrouvé la trace de plusieurs des anciennes lycéennes : des filles qui semblaient avoir l'âge requis, en gros la vingtaine, un lien avec le département, voire la mention du lycée Saint-André dans un de leurs profils. Il y avait une Amandine Capdevielle, en deuxième année de médecine à Lyon ; une Mathilde Lamarque, en classe prépa dans un lycée parisien ; une Chloé Tisne, serveuse dans un bar à Biarritz, qui s'affichait sur Instagram avec ses copines de comptoir ; une Noémie Olhagaray, visiblement toujours à Pau, dont je n'avais pas réussi à trouver l'occupation actuelle. Lorsque, coup de bol, je tombais sur des photos, je les comparais à celle de la chasseuse, ce qui m'avait permis d'exclure quelques noms, dont une Jenny Lamothe, qui devait bien peser ses cent vingt kilos et que j'imaginais mal dans la savane avec son arc. J'avais essayé, aussi, de voir si ces filles étaient reliées au monde de la chasse, croisé les mots-clés sur mon moteur de recherche, espéré retrouver l'une d'elles en train de poser à côté d'un animal mort. Mais ça n'avait rien donné. Alors j'avais décidé de me déplacer, de me rendre aux adresses que je trouvais, quand elles ne m'éloignaient pas trop de la vallée. Hier, j'étais déjà venu à Pau, j'avais réussi à apercevoir celle que je pensais être Madeleine Peyroutet, une piste qui m'avait l'air prometteuse, alors qu'elle regagnait son domicile, une villa familiale du quartier de Trespoey. Mais rien à voir avec la blonde de la photo : c'était une petite brunette à la coupe au carré.

Il faisait nuit noire quand j'ai atteint la ville, pour mon deuxième soir de recherche sur place. Mon téléphone en GPS, je me suis tout de suite dirigé vers l'adresse d'une autre fille, Monique Mathurin, trouvée dans les Pages jaunes. Avenue du Loup : il y avait quelque chose d'ironique dans cette adresse, et peut-être de prémonitoire, je me disais. Ma chienne ronquait sur les banquettes arrière, pleines de ses poils. Par moments je passais ma main pour lui gratter le ventre. Je me suis enfoncé dans les rues de Pau, froides et désertes comme tous les soirs à cette saison. J'avais beau avoir fait mon lycée ici, je n'étais jamais allé dans le coin où je me rendais, à l'écart du centre-ville. Mais dès que j'ai aperçu les tours, j'ai eu un doute. C'était à Saragosse, en fait, je n'avais pas réalisé. Un des quartiers les plus pauvres de la ville, hérissé d'immeubles et autres HLM en tout genre.

— Qu'est-ce que t'en penses, toi ? j'ai demandé à Cannelle en longeant les barres de béton. Franchement, tu imagines une passionnée de chasses à cinquante mille balles habiter un endroit pareil ?

Pourtant je n'ai pas renoncé tout de suite : j'avais peut-être trop de préjugés, rien ne me disait qu'il n'y avait pas, quelque part dans ces appartements en enfilade, une cinglée qui visait les fenêtres d'en face avec son arc de chasse. Alors je me suis garé au pied du 56 avenue du Loup.

— Attends-moi là, j'ai dit à ma chienne.

Je me suis jeté vers l'immeuble, sous une pluie fine et sous la lumière crue des lampadaires du quartier. L'interphone était HS, j'ai pu entrer sans avoir besoin d'inventer des craques. Mathurin : 4e étage, j'ai pris l'ascenseur. J'ai hésité, entre attendre quelque part et y aller au culot. Finalement, j'ai sonné. Attendu un peu. Et la porte s'est ouverte, sur une femme noire d'une cinquantaine d'années, une petite croix argentée autour du cou. Fausse piste, j'ai pensé aussitôt. Elle m'a regardé avec des grands yeux derrière les verres de ses lunettes, comme si j'étais un ours descendu de sa montagne, emballé dans ma veste dont j'avais juste retiré l'écusson du parc national. J'ai tenté de prendre ma voix la plus rassurante :

— Excusez-moi. Est-ce que Monique Mathurin habite ici ?

Elle a mis du temps à répondre.

— Qu'est-ce que vous…

— Maman, c'est qui ? a demandé quelqu'un depuis l'intérieur.

Et une jeune fille s'est pointée, un genre de métisse toute frisée, avec un gros chat blanc dans les bras et un air d'enfant sage au-dessus d'un col roulé.

— Monique ? ai-je tenté.

— Oui, c'est moi, elle a dit en se collant près de celle qui devait être sa mère.

Fausse piste confirmée, je me suis dit. Rien à voir

avec la blonde. Je n'avais plus qu'à inventer une fausse excuse avant de filer, retourner à ma liste et explorer d'autres hypothèses. Mais en voyant la fille me fixer avec ses yeux noirs et son chat dont elle grattait la tête avec amour, j'ai tenté un :

— Vous étiez bien au lycée Saint-André ?

— Attendez, a fait la maman, méfiante et sur le point de refermer la porte. Qui êtes…

Mais la fille l'a coupée, plus étonnée qu'inquiète :

— Mais oui, comment vous savez ça ?

Alors je lui ai ressorti les mêmes mensonges qu'au secrétaire des Petites Sœurs : mon père atteint d'un Parkinson venait de décéder, j'étais à la recherche de la lycéenne qui s'était occupée de lui quatre ans plus tôt, à Lourdes, et j'étais bien embêté car je n'avais que cette liste de noms pour peut-être la retrouver. Il faut croire qu'elle était crédible, mon histoire, car l'instant d'après la famille Mathurin m'avait fait entrer dans son petit salon, l'accueil beaucoup plus détendu. La mère m'a servi un verre d'eau, posé sur un set de table décoré de versets bibliques, ambiance Jésus revient.

— Je suis désolée, je ne me souviens pas de votre père, a commencé la métisse, les doigts dans la fourrure de son minou. Mais c'était vraiment bien, ce bénévolat à Lourdes. Enfin… marquant, en tout cas. On était une belle équipe, il y avait une chouette ambiance. J'aimerais bien pouvoir vous aider, mais… je ne sais pas, qu'est-ce que vous savez sur cette fille ?

— Pas grand-chose, en fait. Qu'elle était blonde.

Elle a grimacé, l'air de fouiller sa mémoire. Alors j'ai ajouté :

— Et aussi qu'elle… enfin, qu'elle tirait à l'arc. Ou

qu'elle était chasseuse, peut-être. Oui, mon père m'a dit ça, une fois.

Dès que j'ai prononcé ces mots, Monique Mathurin a esquissé un petit sourire, et fait un bruit de bouche, un genre de tchip. Le matou a miaulé dans ses mains.

— Ça vous dit quelque chose ?

Elle a hoché la tête, haussé les sourcils.

— Oui… Oui, je crois que je vois très bien, en fait. C'est Apolline. (Et elle a articulé :) A-po-lline La-ffourcade.

Apolline Laffourcade : le nom s'est imprimé en moi comme l'odeur d'un ours en rut sur un arbre frayoir.

— C'était une drôle de fille, a continué la métisse. Pas méchante, mais un peu… bizarre. Un peu sauvage, peut-être. Elle était dans ma classe en première, mais on n'a dû se parler que deux ou trois fois, je dirais. Je la voyais souvent toute seule, ou juste avec une copine qu'elle avait. Je me souviens qu'elle n'avait pas de smartphone, juste un petit Nokia, vous voyez, sans Internet, à l'ancienne, quoi. Moi je ne savais pas du tout qu'elle chassait, en fait. C'est un ami qui m'a dit ça. Il paraît qu'aux vacances de Pâques, elle était partie en Afrique du Sud, avec ses parents. Tuer des gazelles, ou un truc dans le genre. (Elle s'est tournée vers sa mère.) Tu te souviens, je t'en avais parlé ? J'avais trouvé ça sinistre, comme passion, mais bon…

La mère a fait oui de la tête, et moi aussi, bien d'accord avec elle. J'ai bu une gorgée d'eau au-dessus des vers sacrés.

— Vous savez si elle habite encore à Pau ?

— Pas du tout, non. J'avoue, je l'ai complètement perdue de vue.

Elle a bougé les lèvres, plongée dans ses souvenirs de lycéenne. Avant de reprendre :

— Ah si, on m'a parlé d'elle, il n'y a pas longtemps. La pauvre, il paraît qu'elle a perdu sa maman, l'année dernière.

Elle m'a regardé, la mine compatissante.

— Comme vous. Enfin… Comme votre père, quoi.

2

L'APPROCHE

24 mars

Apolline

— Arrête, papa ! dis-je en riant. Tout le monde te regarde, là.

Cette fois, on est vraiment partis : on vient de décoller de Johannesburg, l'A319 vole vers Windhoek. Papa me fait un peu honte, mais j'avoue, c'est drôle aussi : il est en train d'imiter l'hôtesse de l'air en pleine démonstration des consignes de sécurité. Calé dans son siège, il prend une voix langoureuse, chuchote à mon oreille :

— Nous vous informons qu'il n'y a pas assez de masques à oxygène pour tous les passagers. En cas de dépressurisation de la cabine, jetez-vous dessus avant votre voisin de rangée.

— Mais, n'importe quoi… Tu es intenable, tu sais ?

— Oh là là.

Il arrête son cirque, me regarde intensément. Il est heureux d'être ici, ça se voit. C'est la première fois qu'on part en Afrique, juste tous les deux, sans maman. On pense à elle, l'un comme l'autre, évidemment, son absence est douloureuse. Mais lui autant que moi, on a envie de les réussir, ces vacances. D'en profiter autant que possible.

Je me replonge un instant dans la lecture de *Professional Hunter*, de John A. Hunter :

Il y avait là des zèbres, des élands, des girafes, des cobes sing-sing, des antilopes chevreuils, des céphalophes, des impalas, des gazelles de Thomson, des gazelles de Grant, des gnous, des duikers, des oribis et des autruches. Ainsi devait se présenter tout le veld africain avant l'arrivée des Blancs. C'est là, dans ce cratère, que se trouvait la dernière grande citadelle du gibier.

C'est papa qui me l'a offert, ce livre, pour mes treize ans. Je l'emporte à chaque fois que je pars en Afrique. J'avoue, ils me fascinent ces vieux récits de chasse. À l'époque, c'était vraiment une autre histoire, quand les hommes partaient en expédition dans le Ngorongoro, ils pouvaient revenir avec des dizaines de peaux de lions ou de défenses d'éléphants. Mais parfois aussi, ils n'en revenaient jamais.

Papa ferme les yeux à ma droite, il cherche le sommeil qu'il n'a pas trouvé pendant notre nuit de vol entre France et Afrique du Sud, même en *business class*. Je me tourne vers le hublot, j'observe le sol où peu à peu s'effacent les villes pour laisser place aux terres désertes d'Afrique australe. Je ne suis venue qu'une fois en Namibie, trois ans plus tôt, on avait chassé dans une réserve privée spécialisée dans le gibier de plaine, à l'est de Windhoek. De quoi me donner envie de revenir, et peut-être un jour d'aller dans ce Nord-Ouest sur lequel j'avais lu tant de belles choses, et regardé tant de reportages. Depuis le ciel, je détaille ces étendues qui semblent n'avoir aucune frontière, où le rouge, le jaune et l'ocre se disputent l'espace en entrelacs confus, lézardées par les méandres de rivières asséchées, comme si Dieu les avait dessinés pour nous faire croire que oui, de l'eau avait un jour coulé sur ces lits de cailloux. Par endroits, des arbres solitaires tachent ce plancher désolé, comme d'héroïques éclaireurs envoyés en territoire hostile par une armée de lâches. Je me sens soudain saisie par l'impression d'infinie liberté que m'inspire ce continent à chaque nouveau voyage, l'Afrique originelle, celle dont nous venons tous, *birthplace of humankind*. C'est quelque chose que nulle part ailleurs je n'ai retrouvé, ni en Amazonie lors de notre périple au Brésil avec Amaury et Enguerrand, ni en Australie quand j'y suis allée avec maman, avant qu'on apprenne à quel point elle était malade. Et pourtant, même ici, on devine les stigmates de la présence humaine. Des pistes, étrangement rectilignes à travers le désert, semblant ne rien relier à rien, délimitant peut-être des parcelles de bétail à l'étendue vertigineuse. Des baraques, aussi, réunies en hameaux minuscules que j'ai peine à imaginer habités.

Papa connaît bien ce pays, il y a chassé au moins cinq fois, je crois, mais notre *professional hunter*, notre *PH* comme on dit, il ne l'a jamais rencontré avant ce voyage. C'est la NAPHA, l'association des chasseurs professionnels de Namibie, qui les a mis en contact. C'est lui qui a l'exclusivité de la chasse aux trophées sur la zone où doit être prélevé le lion du désert.

— Je suis certain que c'est un type bien, m'a-t-il assuré à la maison. Il a une très bonne réputation, jusqu'en Afrique du Sud.

Mais ce n'est pas l'impression que me fait le *PH* au moment où je le rencontre.

Dès que je croise son regard, j'ai l'impression que lui et moi, on ne va pas bien s'entendre. Il s'appelle Lutz Arendt : un Allemand, forcément, avec un nom pareil. Il nous attend dans le hall du petit aéroport de Windhoek, au milieu des guides touristiques venus accueillir leurs clients pour filer voir des éléphants dans le parc d'Etosha, ou les dunes rouges de Sossusvlei. Quand je vois le morceau, la première chose que je me dis, c'est *My God*, ce gars doit peser une tonne ! En vrai c'est un type obèse, à se demander comment il fait pour se déplacer dans le *bush* avec toute cette masse. Il est vêtu d'un short et d'une chemisette XXXL, jamais vu des vêtements aussi larges. Sur sa tête est enfoncée une casquette délavée, avec un logo et une inscription minuscule : *Universität Stuttgart*. Il nous regarde venir à lui avec ses petits yeux plissés. Plusieurs fois j'ai entendu des guides de chasse me dire qu'ils préfèrent les clientes aux clients, que les chasseresses, comme ils disent, sont plus à l'écoute des conseils des professionnels, qu'elles ont une approche de la chasse plus intime que les hommes. Mais ce n'est pas son cas, visiblement.

— *Welcome to Namibia*, lance-t-il à papa, l'accent germanique et la poigne démesurée, qui fait passer mon père pour un gringalet.

Mais à moi, il ne me dit même pas bonjour, à peine me lance-t-il un regard. Il a peut-être un problème avec les femmes, je me dis. Ou avec le fait que je puisse chasser un lion à mon âge. Je devrais m'imposer, montrer que je suis là, même jeune et de sexe féminin. Mais je n'ose pas, impressionnée par le personnage. Papa non plus ne réagit pas, il fait comme si tout était normal, profite du WiFi pour checker ses mails et tweeter un truc sur notre arrivée. On sort de l'aéroport avec nos bagages à roulettes et la valise noire de mon AVAIL.

À part acheter du matériel de chasse ou de camping dans ses centres commerciaux à l'occidentale, il n'y a rien à faire à Windhoek : une heure après, on est dans le 4 × 4 de Lutz Arendt, partis en direction du Nord-Ouest. Papa sur le siège passager, en train de remplir la carte mémoire de son iPhone des premières photos de notre voyage. Moi à l'arrière, lui rendant ses sourires béats d'être ici avec moi qu'il me lance toutes les dix minutes. Je regarde par la vitre, cherche à retrouver cette Namibie qui m'a tant séduite la dernière fois. Dès les premiers kilomètres, j'ai l'impression que quelque chose a changé, sans réussir à savoir quoi. Sur les bas-côtés, on vend bottes de paille et jouets bricolés sur des stands de fortune. Des enfants traversent l'autoroute en courant entre deux volées de pick-up, j'ai peur pour eux, les pauvres. Ça me rappelle le Burkina Faso : à dix-huit ans, j'ai participé à un chantier de construction d'une école là-bas, avec les Amis de sœur Emmanuelle. C'était incroyable comme expérience, là j'étais vraiment en contact avec les populations locales, on faisait des fêtes avec les enfants, ils étaient trop mignons. Je me souviens de ce que disaient les expats de l'association : qu'en Afrique, la vie a moins de valeur que chez nous. Mais je ne suis pas ici pour aller à la rencontre des Namibiens.

Du moins, ce n'est pas ce qui est prévu.

— *Look, this is new !* fait Lutz alors qu'on dépasse un panneau en bord de route.

Une affiche immense, qui me rappelle à quel point ce pays est exemplaire dans la gestion de sa faune sauvage :

des photos de rhinocéros et d'éléphants braconnés, corne ou défenses découpées. Avec un slogan :

SAVE OUR RHINOS AND ELEPHANTS.
RHINOS AND ELEPHANTS ARE NOT JUST ICONIC WILDLIFE, BUT PILLARS OF OUR ECONOMY.

Les yeux sur la route, son ventre énorme écrasé par le volant, Lutz lève le pouce pour dire qu'il approuve le message à cent pour cent.

— On sera au camp de chasse ce soir ? demande papa.

— *Ja*. Sept heures de route, on devrait y être avant la nuit. Si on dépasse Opuwo avant dix-sept heures, c'est O.K.

Papa hoche la tête : ça lui va bien. L'agence de voyages nous a réservé deux nuits en lodge haut de gamme sur la Skeleton Coast, pour la fin du séjour. Quelque chose de confortable, avec piscine et cuisine raffinée pour bien goûter à toutes les sortes de gibier. Mais pour le moment, lui et moi, on est surtout pressés d'être sur site. Pour la première fois, je m'adresse à notre guide, hésitante :

— Et… Et le lion ? On pourra tenter une approche dès demain ?

Il grimace, l'air de me trouver bien impatiente.

— Pour un lion, je préfère qu'on attende une journée ou deux. Comme ça, on peut faire connaissance, je peux voir comment elle tire.

Comment elle tire, je me répète. Et je réalise qu'il parle à papa, pas à moi. Qu'il m'ignore, en fait. Papa ne relève pas le détail, réplique à sa façon :

— Vous voyez Legolas ? Vous savez, l'elfe, dans

Le Seigneur des anneaux, celui avec son arc ? Dites-vous que c'est ma fille, version garçon. Je ne connais personne qui manie l'arc de chasse comme elle.

Je me mets à rougir, pas sûre de mériter un tel éloge. Lutz hausse les sourcils.

— *Legolas*... Je veux bien vous croire. Mais on peut commencer par un oryx, peut-être. Ou un zèbre de montagne, si vous voulez. Il y en a pas mal dans le coin.

Coup d'œil de papa dans ma direction, sourire complice : zèbre de montagne de Hartmann, la plus belle des sous-espèces. Trop bien.

— Ne vous en faites pas pour le lion, reprend le *PH*, on n'est pas à un jour près. C'est ce qu'on appelle un *problem animal* : un lion qui a causé trop de dégâts sur les troupeaux et que le gouvernement autorise donc à prélever. Moi-même j'y croyais à peine : les lions du désert, les écolos ne veulent pas qu'on y touche, comme quoi la population est trop précieuse, ce genre de conneries, vous voyez ? Mon avis, c'est qu'on pourrait parfaitement en tirer trois ou quatre tous les ans, ça ne ferait pas de mal : depuis les années quatre-vingt, on est passé d'une vingtaine à plus de cent trente lions, et je ne suis pas le seul à penser qu'il y en a même un peu trop. *Anyway*, ne vous inquiétez pas, ce sera une chasse facile : ça fait déjà vingt-quatre heures que je le fais appâter. Ce lion, il ne bougera pas de là où il est avant plusieurs jours. Ce n'est jamais qu'un gros chat, finalement. L'affût est installé à trente-six mètres, ça devrait aller, non ? Si ça peut vous rassurer, la dernière fois qu'un individu a été autorisé à la chasse, c'est un Américain qui l'a prélevé, un de mes clients réguliers : il est arrivé au camp, il a tiré le lion le soir même, depuis la voiture, ou presque. Et le lendemain il était reparti.

Un silence se fait dans l'habitacle.

Plus que rassurée, je suis surtout refroidie par les paroles de l'Allemand, pas très doué pour vendre son affaire. Un gros chat : je savais qu'on allait chasser à l'affût mais, ainsi présentée, ma chasse n'a rien de très excitant. On est loin de ce que papa m'a raconté, de cette impression de danger que tu es censée ressentir en chassant un prédateur. Et à des kilomètres des chasses épiques de John A. Hunter, de cette époque révolue où l'homme se mesurait vraiment à la nature.

Le 4 × 4 longe des clôtures interminables, derrière lesquelles apparaissent les premières termitières, bientôt dressées un peu partout, hérissant la terre comme d'étranges doigts potelés. Des chèvres se hissent pour brouter feuilles et épines sur les acacias rabougris. La faune se dévoile, aussi, par petites touches : une famille de phacochères, les groins fouillant l'herbe ; une bande de babouins hésitant entre les deux côtés de la route, au risque d'y laisser la vie. J'observe tout cela, m'interroge. Et enfin je comprends ce qui a changé en trois ans, et qui m'interpelle depuis qu'on a pris la route. Les chèvres sont amaigries, les animaux plus rares que dans mon souvenir, les arbres moins verts, comme déshydratés.

La sécheresse : tout est plus sec.

On dirait un autre pays que celui que j'ai visité la première fois.

Le trajet est long, les villes se succèdent, avec leurs noms qui m'évoquent cette Afrique que j'aime tant : Otjiwarongo, Outjo, Kamanjab. Mes Pyrénées me semblent infiniment lointaines. À l'heure qu'il est, je serais peut-être partie randonner, en vallée d'Ossau, ou à Cauterets, j'aurais peut-être passé la nuit dans une cabane d'altitude, toute seule au fond de mon duvet. Au lieu de ça, je suis ici, en Namibie. On pique plein nord, des heures de route le long de savanes arborées, j'aperçois quelques outardes, des groupes de pintades au plumage gris.

— *No more fences*... murmure bientôt Lutz.

Et je constate, en effet, que plus aucune clôture ne se dresse en bord de route. On est dans le Nord-Ouest, à présent. Ici, les terres ne sont plus la propriété des fermiers, l'espace est ouvert, le gibier géré par les *conservancies* avec lesquelles les chasseurs professionnels tels que Lutz ont un contrat d'exclusivité.

Le jour tire sur sa fin lorsqu'on traverse la ville d'Opuwo, qui d'après Lutz veut dire quelque chose comme « terminus », en langue herero. À travers les vitres, j'observe les habitants. Il y a des jeunes un peu partout, traversant la route ou pénétrant dans les supermarchés avec leurs casquettes à l'américaine, leurs bonnets Adidas, leurs polos, leurs jeans troués, leurs énormes baskets. J'avoue, ce n'est pas vraiment l'image que je me faisais des locaux de cette région, ça ne fait pas très *authentique*, je trouve. Mais mon regard est vite attiré par d'autres silhouettes, mêlées à cette foule d'Africains américanisés. Des femmes, cheminant sur les trottoirs comme si elles arpentaient le désert, la peau rouge et luisante, les cheveux enduits d'une sorte de boue, parées de bracelets aux bras autant qu'aux chevilles, de gros colliers. Elles portent des jupes, aussi, en peau de je ne sais quoi. Des Himbas, je devine. Comme j'en ai vu dans plusieurs reportages, à la télé.

— Elles n'ont pas pris un gros coup de soleil, celles-là ?

— Papa, mais sérieux, tu ne peux pas dire des trucs comme ça.

Il ne répond pas, se contente de sourire sur son siège, fier de sa blague.

J'en aperçois d'autres, à l'entrée des magasins, sous les toits des stations-service, assises sur de vieux tissus. L'une d'elles, il me semble, suit du regard notre grosse voiture tout-terrain. Je lui fais un sourire qu'elle ne me rend pas. Puis on quitte Opuwo, et je me dis que j'ai entraperçu quelque chose, un tout petit bout d'un peuple qui m'est totalement inconnu.

Il est à peine six heures lorsque Lutz tourne à droite.

On s'écarte de la route goudronnée pour emprunter une piste à travers le *bush*, le 4 × 4 cahote sur les rochers. Ça dure une demi-heure comme ça, je me tiens à la poignée, baladée de droite à gauche sur les sièges arrière. Et enfin, plus de vingt-quatre heures après notre départ de Pau, on arrive à destination. Au milieu de nulle part, loin de tout village, au pied d'une colline rocheuse, deux crânes d'éléphants nous accueillent à l'entrée du *hunting camp*, de part et d'autre d'un portail sommaire sur une clôture en piquets de bois. Derrière, je devine les tentes où nous allons passer la nuit, les arbres en parasol au bord d'un lit de rivière à sec. J'imagine déjà le brasero où le soir, autour du feu, papa pourra déployer ses talents de conteur, narrer à qui veut l'entendre ses plus beaux souvenirs de chasseur.

15 mars

Komuti

À une époque pas si lointaine, mais que je suis trop jeune pour avoir connue, du temps où la Namibie était encore une colonie de l'Afrique du Sud, les gens qui nous dirigeaient laissaient les Himbas régler leurs problèmes eux-mêmes. À Pretoria, ils avaient assez à faire avec leur apartheid, la faune, ils ne s'en occupaient pas. À cause de la guerre et du braconnage, il y avait beaucoup moins de lions qu'aujourd'hui, m'a-t-on dit, mais lorsque l'un d'eux s'approchait trop près des campements, menaçait bétail ou familles, les hommes se décidaient à aller l'affronter. Ils partaient en groupe, à pied dans le *bush*, parfois armés d'un fusil, plus souvent d'arcs, de flèches ou de lances, accompagnés d'autant de chiens qu'ils pouvaient en rassembler. Ils retrouvaient le fauve, près du cadavre de sa dernière victime, chèvre, vache, mouton. Les chiens étaient là pour le divertir, détourner son attention. Il n'y avait que les braves pour oser s'approcher du monstre, risquer leur vie quand volaient les coups de patte, quand, la gueule ouverte, le lion se jetait sur les cous pour y planter ses crocs. Mais souvent, parmi ces braves, un seul homme avait ce qu'il fallait de courage et de force pour planter sa lame dans le pelage. Et, les fois où tout cela ne se terminait pas en drame, porter le coup final. Ces hommes-là, ceux qui avaient pris la vie d'un lion sans y laisser la leur, ils devenaient des héros. Grâce à eux, le bétail allait cesser de mourir, femmes et enfants n'auraient plus peur. La vie pourrait reprendre. Au retour dans les campements, les Himbas acclamaient leur sauveur, il y avait une grande fête en son honneur. Le tueur de lion ôtait la peau du félin, il la revêtait et déambulait entre les cases avec la fierté des grands guerriers. Il coupait la tête, il coupait les pattes, il les brandissait comme autant de preuves de sa vaillance. Il saisissait le cœur encore sanglant, le frappait contre sa poitrine pour s'approprier la puissance du fauve, s'assurer qu'à présent il n'en avait plus peur, qu'il était son égal. Que, s'il le fallait, dès le lendemain il pourrait renouveler l'exploit. Et toutes les femmes, bien sûr, ne désiraient plus que lui.

À présent tout était différent. Certes, il y avait les lois qui protégeaient les lions, les léopards, les rhinocéros, les éléphants et même les chacals. Il y avait le tourisme, il y avait la *conservancy*, il y avait les gens du ministère qui venaient nous expliquer comment faire ce que nous faisions pourtant depuis toujours. Il y avait les rangers aussi, qui traquaient les braconniers. Mais ma conviction, c'est que tout cela, ce n'étaient que des excuses pour les hommes comme mon père. Un moyen de ne pas reconnaître la vérité : que ce qui nous manquait le plus, c'était le courage qu'avaient nos ancêtres de se mesurer à un grand fauve. De nos jours, quand des éleveurs poussés à bout voulaient se débarrasser d'un lion, ils le faisaient en cachette, en les empoisonnant, ou en faisant appel à des braconniers chevronnés, venus d'ailleurs pour faire le travail à leur place.

De nos jours, les hommes n'étaient plus que des pleutres.

Mais pas moi.

Moi, Komuti, je n'étais pas comme eux, pas comme mon trouillard de père. Moi, j'étais de la trempe des braves d'autrefois, de ceux qui ne reculaient pas devant le danger, de ceux dont on vantait la vaillance. Moi, ce lion qui avait tué nos quatre-vingt-treize chèvres et la plus belle vache de Tjimeja, il ne me faisait pas peur. Je ne savais pas encore comment j'allais m'y prendre, mais ma décision était prise : j'allais l'abattre. La police et les rangers ne sauraient jamais que c'était moi, je veillerais à ce que tout cela ne s'ébruite pas. Mais les autres Himbas, ceux de mon village surtout, eux ils le sauraient. À leurs yeux, je ne serais plus le jeune Komuti, fils aîné de ce clan de miséreux que tout le monde traitait avec mépris, mais un homme au courage légendaire. Un héros. Et alors Kariungurua me désirerait comme jamais femme n'avait désiré un homme. Et alors Tjimeja oublierait cette idée insensée de la marier à Kaveisire, il me supplierait même de la prendre pour épouse, qu'importe le nombre de bêtes que mon père serait en mesure de lui offrir pour un tel mariage.

Tuer le lion : à présent je ne pensais plus qu'à ça.

Mon idée, c'était de l'approcher autant que possible, de lui montrer mon courage avant de lui ôter la vie. Mais c'est au fusil que j'allais faire ça. Je ne suis pas fou : tout seul, avec mon physique encore adolescent, j'avais conscience de n'avoir aucune chance sans arme à feu. Je n'avais jamais tiré au fusil, mais plusieurs fois mon père m'avait détaillé le fonctionnement du sien. Il fallait juste que je parvienne à m'en emparer sans qu'il s'en aperçoive, ainsi que de quelques cartouches. Restait à dénicher le félin, trouver l'endroit où j'allais pouvoir le tirer. Je savais qu'il n'avait pas quitté la région : hier, il avait encore fait des dégâts dans un troupeau bovin, quelque part entre ici et Otjitaa. Ce que racontait l'éleveur était glaçant : le lion n'avait même pas cherché à entrer dans le *kraal*, il avait tourné autour pour faire paniquer le bétail par sa seule présence, puis, paraît-il, il avait uriné sur le toupet de sa queue avant de l'agiter en direction des bêtes, pulvérisant son odeur d'assassin. Cherchant à fuir, les vaches terrifiées avaient détruit d'elles-mêmes la clôture, un vrai chaos. Le lion en avait égorgé une à quelques mètres de l'homme et de sa femme qui passaient la nuit à proximité de l'enclos, pétrifiés par la peur au pied d'un boscia, sans même une tente pour s'abriter. Aujourd'hui, l'animal était sûrement quelque part auprès du lieu de son crime, finissant de se repaître de sa victime. Mais il me serait impossible de l'approcher sans me faire repérer : ça s'était passé tout près des baraquements d'une unité de *rhino rangers*, des militaires chargés de la sécurité des précieux rhinocéros noirs dont la Namibie était si fière. Il fallait que j'attende une autre occasion, dans un lieu plus isolé.

Le seul avantage d'avoir perdu notre troupeau, c'est que nous n'avions plus aucune raison de quitter le village pour chercher les derniers lambeaux de pâturage que la sécheresse aurait par miracle épargnés. Ainsi, je pouvais rester à l'écoute de tout ce qui se disait sur le lion : pasteurs en transhumance, véhicules de passage, colporteurs venus vendre alcool ou sacs de farine à des prix indécents, il y avait toujours une information à glaner. Chaque soir, quand mon père allait dormir, je m'éclipsais pour retrouver Kariungurua, au même endroit, au bord de la rivière à sec, au pied du grand *makalani* devenu le symbole de notre idylle, et nous faisions l'amour en secret sous les étoiles qui nous regardaient comme si jamais elles n'avaient observé quelque chose d'aussi beau. J'étais fou de cette fille, à peine voyais-je son corps ocré s'extraire de la case au petit matin que je sentais quelque chose monter en moi et que jamais je n'avais ressenti. Elle continuait de faire sa princesse, de se moquer gentiment de moi, comme si elle n'éprouvait aucun amour, comme si elle me laissait la prendre seulement pour se divertir, comme si tout cela n'était pas sérieux. Mais je savais qu'au fond d'elle-même elle m'aimait autant que je l'aimais. Surtout depuis qu'elle savait, elle et personne d'autre, quel acte de bravoure j'allais réaliser.

Ce jour-là, lorsque arriva le pick-up, en milieu de journée, je sautai sur l'occasion. Il ne s'était pas passé grand-chose depuis le matin, le gardien du feu sacré évaluait la qualité du lait après la traite du bétail, invoquait les ancêtres pour qu'ils viennent en aide à notre peuple, les enfants ramassaient du bois sec aux alentours, assemblaient des fagots. Moi, je tournais en rond sous le soleil qui nous écrasait de sa chaleur infernale. C'était la voiture d'un des employés de la *conservancy* d'Orupembe, qui faisait la route et s'arrêtait juste pour saluer son père, Uaondjavi, un vieil homme au crâne entaillé d'une grosse cicatrice, souvenir de l'attaque d'un léopard, à ce qu'on racontait. À peine le visiteur avait-il annoncé sa destination suivante, Opuwo, que la moitié du village était massée sur les sièges arrière et sur le plateau, une chèvre entre les genoux de la petite Uapeta. Le chauffeur mit le contact en râlant contre les femmes dont la peau enduite allait tacher ses housses pendant les heures qu'allait durer le trajet.

Une fois à bon port, le 4 × 4 empoussiéré s'arrêta à la station-service, et notre petit groupe de Himbas s'extirpa de l'habitacle pour se disperser dans les rues de la ville. Quand l'occasion d'y aller se présentait, tout le monde avait quelque chose à faire à Opuwo. Uapeta mena sa chèvre vers les étals du marché où, entre les vendeurs de piments et ceux d'eau-de-vie, elle espérait trouver preneur et pouvoir rapporter à sa mère un petit millier de dollars namibiens. En tenue traditionnelle, les autres femmes se dirigèrent vers le supermarché SPAR pour se réapprovisionner en margarine. Quant à moi, debout à côté d'une bande de Zembas qui vendaient leurs bracelets multicolores à des Blancs de passage, avec leur drôle d'accent venu d'Angola, je commençai par allumer mon téléphone. À Opuwo, au moins, je n'avais pas besoin de chercher les recoins où j'arriverais à capter un peu de réseau, ou de mettre mon cellulaire en hauteur, dans son pot en plastique, pour être sûr de ne pas rater un message. J'allai sur Facebook et sur Instagram, comme Meerepo m'avait appris à le faire. Puis, comme il ne répondait pas aux SMS que je lui avais envoyés, je me mis à sa recherche, espérant qu'il était bien en ville aujourd'hui, et pas au camp de chasse dans lequel il était employé. Lui qui savait toujours tout, qui connaissait tant de monde, je me disais qu'il avait peut-être eu accès à des informations que je n'avais pas sur le lion. Quelque chose qui aurait pu m'aider à avancer.

Suant dans mon tee-shirt, je longeai la rue principale, sous les regards des jeunes de mon âge affranchis des traditions, avec leurs shorts trop grands, leurs casquettes et leurs bracelets *God protect you*. Ils fixaient mon pagne et ma tresse emballée dans son fourreau, comme si c'étaient les attributs d'un peuple déjà disparu. Je gonflai le torse avec mépris, persuadé de valoir beaucoup mieux qu'eux, moi qui allais affronter un lion. Je dépassai les vendeuses d'ocre et de parfums végétaux, leurs produits de beauté disposés sur des tissus à même le béton. Dans les magasins des Chinois, des femmes hereros comparaient les étoffes colorées pour la confection de leurs prochaines robes.

Sur les hauteurs d'Opuwo s'étalaient les villas des familles qui avaient les moyens de s'offrir quelque chose de légal, mais ce n'est pas là que vivait Meerepo. Piquant sur la droite, je gagnai la petite plaine où, d'année en année, s'érigeaient les baraques de ceux, toujours plus nombreux, qui quittaient le *bush* pour venir s'entasser en ville, Himbas, Zembas, Ovambos, Damaras. Les terrains vaguement délimités par des pneus à moitié enterrés, les cases traditionnelles côtoyant abris en tôle et tentes chinoises dispersés sur la terre poussiéreuse.

— Meerepo ? lançai-je au seuil de sa maison.

Mais personne ne me répondit. Une peau de springbok faisait office de paillasson, un os d'éléphant posé contre le mur craquelé : mon ami était fier de travailler dans un camp de chasse. Sur ma droite, des chants religieux s'échappaient d'une baraque de tôle reconvertie en église.

— Meerepo ?!

— *Tā nēti !au!* fit une voix dans mon dos. Ne crie pas comme ça !

Je me retournai. Plein de savon dans le petit enclos de bois et de tissus troués qui lui servait de salle de bains et lui cachait le bas du corps, l'homme me regardait à peine. Un Damara, devinai-je aussitôt, qui me parlait dans son khoïkhoï plein de clics de langue, que je ne déchiffrais qu'à moitié.

— *!Gû i !khai!khari||gâub dawa si kō*, me lança-t-il en se rinçant d'un seau d'eau. Va voir au *bottle store*. Il est peut-être là-bas, Meerepo.

Il poursuivit sa toilette, sourd à mes remerciements. Je m'éloignai du *township* en me demandant comment mon ami pouvait vivre dans un endroit pareil, coupé des terres de nos ancêtres, de nos traditions, du bétail qui faisaient de nous des Himbas. Je longeai quelques supermarchés, des étals de viande suspendue à des crochets sous un toit de paille, puis me laissai guider par la musique que le *bottle store* hurlait dans tout le quartier, du kwaito[1] d'Afrique du Sud. Je connaissais plus d'un villageois qui ne venait à Opuwo que pour se rendre dans ce débit de boissons, et en ressortait quelques heures plus tard, marchant de travers et beuglant son amour pour une très jeune fille qui jamais ne voudrait de lui. Je gravis les quelques marches de la petite terrasse. À l'intérieur, le son était assourdissant, le jukebox enfermé dans une cage de protection, deux femmes en train de se déhancher sur la piste. Meerepo était bien

1. Genre musical apparu dans les *townships* de Johannesburg au début des années 1990, mélange de house et de rap mâtiné de références africaines.

ici, lunettes de soleil aux yeux, bière à la main en face du comptoir grillagé. Il reconnut mon allure de pasteur himba dès que je mis le pied sur le plancher, me salua aussitôt.

— Tu es venu voir à quoi ressemble le monde civilisé ? cria-t-il au-dessus du kwaito.

— Lui voler un peu de réseau, surtout, dis-je en montrant mon cellulaire.

Il me sourit, les dents impeccables.

— Tu bois de la bière ?

Je secouai la tête. Il eut un rire moqueur, comme pour dire que je ne savais pas ce qui était bon. Impossible de se parler dans un tel vacarme, nous sortîmes du bar pour aller nous asseoir à l'extérieur, sur une rangée de bancs bricolés, en face d'une enseigne : *Opuwo Gambling House*. Bouteille de bière Windhoek entre les doigts, Meerepo transpirait tout ce qu'il pouvait.

— Alors, bourreau des cœurs, comment ça va avec Miss Kaokoland ? me lança-t-il sans réaliser qu'il était encore en train de crier.

— Chhuut !

Je scrutai machinalement la foule alentour, de peur qu'on nous entende. Mon ami continua dans un chuchotement exagéré, son haleine de bière à quelques centimètres de moi.

— Kariungurua… La fille de Tjimeja… Sérieusement, je n'arrive pas à y croire qu'un gars comme toi puisse baiser cette fille-là.

— Eh bien si, tu vois.

— Bon, je ne te le souhaite pas, mais prépare-toi quand même à la perdre, hein. Ça m'étonnerait qu'une pareille beauté reste longtemps avec… avec un Himba sans bétail. Mais au moins, ça te fera des beaux souvenirs…

Je me retins de le contredire, certain que l'avenir allait lui donner tort. Certain qu'au contraire je méritais Kariungurua plus que n'importe qui. Une grimace éméchée sur les lèvres, il souleva sa Windhoek pour s'envoyer une gorgée.

— Ta famille, comment ça va ? Toujours aussi jaloux de ton petit frère ?

— *Aye*. Pas du tout.

— Hum. Et ton père, il tient le coup ?

— Mon père, tu sais… Il attend ses indemnités, c'est tout.

Meerepo haussa les sourcils, étrangement sérieux malgré tout l'alcool qu'il avait dans le sang.

— Tu es dur avec lui, mon ami… Tu sais, tu devrais l'écouter un peu plus, ton père. Il est pauvre, mais il est sage.

— *Iiii*... éludai-je, pressé de changer de sujet. Sinon, tu as des nouvelles du lion ? Tu n'as rien entendu dire sur lui ces derniers jours ?

Il but encore sa bière, fixa deux bidons cabossés au bord du bitume.

— Pourquoi il t'intéresse autant, ce lion ? Au point où vous en êtes, il ne peut plus rien vous prendre.

— Pour rien, mentis-je. Je suis curieux, c'est tout.

Il me dévisagea, le regard vague derrière ses verres fumés.

— Tu es curieux, oui… Mais les nouvelles mettent du temps à venir jusqu'au village, on dirait.

— Comment ça ? De quoi tu parles, là ? De la dernière attaque, vers Otjitaa ?

— Non. De la décision du ministère.

Je fronçai les sourcils, pas certain de comprendre.

— La nouvelle est tombée hier après-midi, expliqua mon ami entre deux lampées d'alcool. Après la réunion de l'autre jour, et toutes les plaintes des éleveurs, le ministre a finalement accepté de déclarer ce lion *animal problématique*.

— Ça veut dire quoi ? Qu'ils vont l'abattre ?

— Pas eux, non. C'est un chasseur professionnel qui va s'en occuper, mon patron en l'occurrence. C'est pour ça que j'ai eu l'info avant tout le monde, tu vois. Il est déjà en train d'écrire à tous ses clients américains, et d'activer ses contacts pour voir qui ça pourrait intéresser. Ça va aller très vite. Comme ça, le problème sera réglé.

Je grattai la base de ma tresse. Un chasseur professionnel : je n'avais pas prévu ça. À voir la tête que faisait le citadin lors de cette réunion, je pensais vraiment que le ministère n'allait rien faire, qu'il nous laisserait tout seuls avec nos problèmes d'éleveurs. Et à moi, le champ libre pour aller tuer le grand fauve en secret.

— Pourquoi tu fais cette tête ? dit Meerepo en levant sa bouteille vers moi. C'est une très bonne nouvelle, non ? Pour une fois qu'ils écoutent les Himbas, à Windhoek.

— …

— Un lion du désert comme celui-là, avec une crinière noire, c'est très très rare. Pour un trophée pareil, le client va payer une fortune, au moins un million de dollars namibiens[1]. Ça fera beaucoup d'argent pour la

1. Soit environ 61 000 euros.

conservancy. C'est quand même mieux que s'il se faisait empoisonner comme à Tomakas : là-bas ils se sont débarrassés du problème, mais ça n'a rien rapporté à personne.

— *Owatjiri*, fis-je, la voix basse. C'est vrai.

Mais je mentais : je n'étais pas du tout d'accord avec lui. À cet instant, peu m'importait l'argent qu'allait rapporter à ma communauté le chasseur venu d'Amérique, d'Allemagne, ou de je ne sais où. Ce lion, c'était à moi, Komuti, de le tuer. À moi et à personne d'autre. Mon ami se tut, s'enfila une nouvelle gorgée de bière, fier d'être au courant de tout avant les autres. Il balança la tête au rythme du kwaito qui se poursuivait derrière nous, chanta à voix basse.

— Tu sais comment ça va se passer ? glissai-je, l'air de rien. Il va l'abattre près d'un élevage, après une attaque ? Ou le pister dans le *bush* ?

Il secoua la tête, amusé par ma question.

— Non, ça va être beaucoup plus simple que ça, mon ami… Mon patron va appâter le lion : il va payer des éleveurs pour qu'ils aillent disposer des carcasses d'âne plusieurs jours de suite dans un coin isolé, avec interdiction pour tout le monde d'aller promener ses bêtes dans le secteur. Pour fixer le lion, tu vois. Qu'on sache précisément où il se trouve le jour où le client voudra le tirer.

Un coin isolé, me répétai-je. Bien identifié et interdit aux troupeaux pendant plusieurs jours. Tout ça avant la chasse de l'Américain. Finalement, c'était peut-être une bonne nouvelle, en effet. L'occasion que je cherchais pour m'approcher du félin.

20 avril

Martin

Emmitouflé dans ma veste et mon bonnet, je me gelais dans l'habitacle de la voiture, dissimulée par une rangée de chênes et de noisetiers défeuillés, à l'orée d'un bois qui se prolongeait jusque sur la propriété. Cannelle mounait à l'arrière, levait parfois la tête pour me regarder avec ses grands yeux, me demander ce qu'on foutait ici depuis aussi longtemps.

— On attend, je lui disais. Comme des flics en planque.

Apolline Laffourcade : depuis que la petite métisse de Saragosse avait lâché ce nom, j'avais mis de côté tous les autres, concentré mes recherches sur cette fille-là. Un vrai casse-tête : sur Internet, elle était carrément invisible. Rien à ce nom dans les Pages jaunes, ni sur aucun autre annuaire en ligne. Pareil sur Facebook, Twitter, Instagram : j'avais bien trouvé une Violaine Laffourcade, une Jeanne Laffourcade, une Aurélie Lafourcade (avec un seul f), mais aucune Apolline. Mon avis, c'était que sur tous ces réseaux sociaux elle devait se planquer derrière des pseudonymes, pour se protéger des écolos dans mon genre. Comme sur ce profil où, d'après les recherches de Jerem Nomorehunt, la photo de sa chasse était apparue pour la première fois, sous le nom de Leg Holas. Peut-être une référence à *Legolas*, le type avec son arc dans *Le Seigneur des anneaux*. Mais je n'avais pas renoncé. Et ce que j'avais trouvé par contre, c'est plusieurs Laffourcade habitant Pau ou les environs, dont un ostéopathe et un médecin généraliste. Des membres de sa famille, j'imaginais. Et en creusant encore, j'étais enfin tombé sur une pépite : Bertrand Laffourcade, conseiller en gestion de fortune, rien que ça. Mais surtout membre du conseil d'administration de la fédération des chasseurs des Pyrénées-Atlantiques (commission grand gibier et dégâts de gibier, précisait le site web). Quand j'étais tombé sur cette info, je m'étais tourné vers ma chienne, et j'avais dit :

— Il me plaît bien celui-là, pas à toi ? Un bon gros connard de chasseur plein aux as.

Et voilà qu'à présent j'épiais les allées et venues à l'entrée de chez lui, un genre de domaine sur les coteaux de Jurançon, à quelques kilomètres de la ville, mais au milieu des arbres et des vignes. La veille déjà, j'étais resté là une bonne partie de l'après-midi. Quatre fois, entre les troncs, j'avais pu voir s'ouvrir le grand portail métallique, pour laisser passer une bagnole. Ouverture automatique, bien sûr, ils n'allaient pas s'emmerder à descendre pour ouvrir eux-mêmes, non plus. Au volant, il y avait un homme que j'imaginais être Bertrand Laffourcade. Franchement, vu de ma cachette, il avait l'air d'un type normal, des cheveux courts et grisonnants, la cinquantaine, je dirais. Mais pour le moment, aucune blonde en vue. L'homme avait beau gérer des fortunes, il ne semblait pas avoir une vie beaucoup plus excitante que la mienne : j'avais l'impression qu'il vivait tout seul sur sa propriété. J'espérais qu'aujourd'hui, comme on était samedi, il y aurait plus de mouvement.

J'ai frotté mes mains l'une contre l'autre, soufflé dessus pour les réchauffer. Puis j'ai sorti mon téléphone, histoire de m'occuper. Sur mon groupe Facebook, un des administrateurs avait déniché un nouveau chasseur de trophées, chirurgien plastique dans la région lyonnaise, les coordonnées complètes à présent accessibles à qui voulait s'en emparer. Sur ses photos, le gars s'affichait avec le cadavre d'une espèce à laquelle, à mon avis, personne ne devrait jamais toucher : un ours polaire, tué dans le Nunavut. J'ai fixé le cliché en soupirant de dégoût, le sourire de cet assassin au-dessus du pelage blanc comme sa grosse parka. Franchement, comment pouvait-on seulement avoir envie de tuer un animal comme celui-là ? Il y avait aussi la vidéo d'un cerf traqué à mort par une meute de chiens, au cours d'une de ces chasses à courre barbares et héritées d'un autre âge, mais que leurs adeptes continuaient de défendre au nom d'une prétendue tradition. J'avais espoir, au moins, qu'un jour on parvienne à faire interdire ces chasses-là, quand ce genre de vidéos auraient suffisamment circulé et choqué les Français.

La photo du lion et de la chasseuse blonde était toujours en ligne, continuait de récolter son lot d'insultes en commentaires. Des internautes impatients questionnaient les administrateurs :

Vaness Catcat : Alors STOP HUNTING FRANCE, vous attendez quoi pour trouver qui est cette salope de chasseuse à l'arc ??? !!!

Mais je suis resté muet, me suis contenté de lever le regard vers le portail immobile, à quelques mètres de ma voiture. Peut-être que je me plantais, songeai-je alors. Peut-être que Bertrand Laffourcade, tout administrateur d'une fédération de chasseurs qu'il était, n'avait rien à voir avec Apolline Laffourcade. Peut-être que cette Apolline n'était pas la coupable que je cherchais. Peut-être qu'en fait la chasseuse était bien allemande comme le pensait Jerem Nomorehunt, rapport à sa casquette de l'université de Stuttgart.

— Ouais, si ça se trouve j'ai tout faux, j'ai dit à voix haute.

Cannelle a grommelé, pour me rassurer. Je lui ai gratté la tête.

Un bon quart d'heure après, une voiture est passée sur la route, mais elle ne s'est pas arrêtée, elle a continué son chemin vers les vignes voisines. J'ai attendu encore, un long moment. Il faisait presque nuit quand mon portable s'est manifesté de lui-même. Un SMS d'Antoine :

Cannellito is back !! Apparemment un naturaliste a trouvé une crotte d'ours ce matin, à côté d'une charogne, en Aspe. Je te l'avais dit : optimiste, Martin !

Ça au moins, si c'était vrai, c'était une bonne nouvelle. Ça voulait dire que j'avais eu tort de m'inquiéter, que Cannellito n'avait pas été tué par ces cons de chasseurs.

Un deuxième message a suivi, toujours d'Antoine :

Par contre le chef t'a encore réclamé hier. Je ne sais pas ce que tu fous, Martin, mais tu devrais faire gaffe, quand même.

J'ai relu ça deux fois. Je savais que j'abusais, la veille je n'avais même pas mis le pied au bureau, tout accaparé que j'étais par ma petite enquête. Mais je crois que je m'en foutais un peu. En fait, j'avais l'impression d'être plus à ma place ici qu'avec les collègues, à surveiller un parc national qui ne protégeait pas grand-chose, à mettre des PV qui jamais n'étaient suivis d'effet. J'ai commencé à répondre quelque chose à Antoine, mon pouce sur le clavier tactile.

Mais je me suis interrompu, téléphone en main.

Une voiture venait de s'arrêter devant le portail métallique, qui déjà commençait à s'ouvrir. Une voiture que je n'avais pas vue depuis le début de ma planque. D'où j'étais, dans la nuit tombante, je voyais mal, mais il m'a semblé qu'à l'avant il y avait deux personnes, plutôt de sexe masculin. J'ai regardé le véhicule s'introduire sur la propriété, le portail se refermer. On était samedi soir : Bertrand Laffourcade recevait du monde. Je suis resté derrière mon volant, hésitant un peu. Mais quand un second bruit de moteur s'est fait entendre sur la route, j'ai zippé ma veste, ouvert la portière, et dit à Cannelle :

— Bouge pas d'ici, O.K. ?

Puis je me suis glissé à l'extérieur pour mieux voir cette autre voiture qui approchait. L'air froid et humide m'a saisi pour me rappeler que l'hiver n'en avait pas fini avec nous. Je me suis hâté entre les châtaigniers, tandis que la bagnole s'arrêtait devant le portail. C'était une Yaris, couleur grise, toute récente je dirais. À l'intérieur, le conducteur a allumé une petite lumière, peut-être pour chercher son téléphone. Et alors j'ai vu s'éclairer un visage féminin, les joues roses sous un bonnet de laine, les cheveux blonds, me semblait-il. Un visage que je devinais seulement, mais qui pouvait tout à fait être celui de la fille de la photo, conduisant tranquillement sa Yaris comme si elle n'avait rien à se reprocher. Tout s'est accéléré dans ma tête : j'avais peut-être en face de moi, pour la première fois, bien réelle et bien vivante, l'auteure d'un de ces crimes qui hantaient les réseaux sociaux. J'ai regardé s'éteindre la lumière dans l'habitacle, s'ouvrir le portail automatique. Je suis resté un court instant caché derrière les troncs, hésitant. Et j'ai couru pour me glisser entre les battants métalliques, avant qu'ils ne se referment.

Franchement, le père Laffourcade, il ne devait pas manquer de fric. C'était un sacré terrain qu'il avait là, des pelouses, un bout de forêt qui dévalait le coteau, une vue plongeante sur les vignes du Jurançon et sûrement aussi sur le pic du Midi d'Ossau quand il arrivait à se dépêtrer de ses nuages. La voiture de la fille s'éloignait de moi sur l'allée qui se faufilait entre les troncs, j'étais certain qu'elle ne m'avait pas vu entrer. Le cœur battant, j'ai coupé à travers le petit bois pour m'approcher de la maison, un peu plus bas. Enfin, une maison… Un château plutôt. Un genre de manoir du XVIIIe, massif et tape-à-l'œil, les lumières allumées à l'étage. Je me suis accroupi derrière un muret de pierre de taille, les pieds dans les feuilles trempées. La nuit était en train de tomber, les arbres noyés dans l'obscurité naissante. Ça commençait à cailler sévèrement. La fille est sortie de sa bagnole, emballée dans un long manteau, elle a passé la porte, le pas pressé. Et des voix se sont élevées à l'intérieur. Celle de la blonde, surtout, que j'ai entendue claquer jusque dans le sous-bois. J'ai jeté des regards sur les côtés, vérifié qu'il n'y avait personne, et je me suis approché pour essayer de comprendre ce qu'ils se disaient, caché sur le côté d'un escalier en pierre.

— Apo, calme-toi, disait une voix masculine. Sérieusement, je pense que tu t'en fais pour rien.

— Pour rien ?! a répliqué la fille. Attends, même Sandra est tombée dessus, elle me l'a montrée sur son téléphone. Elle est partout, sur tous vos réseaux sociaux, là…

— Oui, mais ça va se tasser. Tu sais comment ça marche, les gens s'emballent au quart de tour, et après ça se calme.

— Non, Amaury, je n'en sais rien du tout. Je n'y connais rien, moi, à ces trucs, tu le sais très bien.

Un silence a passé, pendant lequel j'ai pensé : En plein dans le mille ! Que je ne m'étais pas trompé d'adresse. La fille a changé de ton :

— Non, mais sérieux, papa, qu'est-ce qui t'est passé par la tête ? Si tu n'avais jamais pris cette photo, si tu n'avais pas fait tomber ton téléphone, on n'en serait pas là, aujourd'hui. Et la fille serait encore…

— Ma chérie, a coupé une voix plus âgée, on en a déjà parlé cent fois. Je ne pouvais pas savoir. Je suis vraiment désolé, je sais que je n'aurais pas dû… Viens là.

Ils se sont tus un long instant, sans doute que le père l'avait prise dans ses bras.

— Il faut que tu te changes les idées. Je ne sais pas, que tu sortes, que tu voies du monde.

— Non, j'ai envie de voir personne, elle a répondu, la voix boudeuse. De toute façon, à part Sandra, j'ai aucun ami, alors… À la fac, ils me prennent tous pour une grosse bourge.

— Oh, Apo…

— J'ai juste envie d'aller en montagne. Là au moins, je serai tranquille. Il paraît qu'il va reneiger cette semaine.

Les voix se sont éloignées de moi, parties s'enfoncer dans les couloirs du palace. Je me suis écarté du mur, j'ai levé les yeux vers l'étage. Il faisait vraiment nuit, à présent, les fenêtres faisaient huit carrés de lumière sur la paroi. J'essayais d'imaginer comment c'était, à l'intérieur, le confort indécent dans lequel devaient vivre les gens de ce monde. Je ne pouvais pas entrer dans la maison, je risquais de tomber sur eux. J'ai tourné la tête. Un peu à l'écart, il y avait une bâtisse indépendante, un ancien bâtiment qui devait servir à quelque chose autrefois, pour le vin, peut-être. C'était allumé dedans, mais il me semblait que toute la petite famille était dans le manoir. Alors, tête baissée sous les fenêtres, je me suis avancé pour aller voir.

Sur la vieille porte en bois remise à neuf, il y avait une plaque :

LAFFOURCADE CONSEIL
expertise en gestion de patrimoine

Les bureaux de papa chasseur, j'ai deviné.

J'ai jeté un regard dans mon dos, vérifié que je n'étais pas surveillé. Et comme rien n'était verrouillé, je me suis introduit à l'intérieur.

Pour découvrir un vrai musée des horreurs.

Une pièce entière dédiée aux crimes perpétrés par

la famille Laffourcade. Gazelles en tout genre, zèbre, babouin, phacochère, chacal, il y avait une bonne vingtaine de cadavres de grande faune entreposés ici, mis en scène comme s'ils étaient encore dans les écosystèmes qu'ils avaient autrefois peuplés. Comme si c'étaient des œuvres d'art. Mon cœur s'est écrasé d'un coup, et un genre de rage sourde s'est mis à bouillir en moi. Poings et lèvres serrés, je me suis avancé parmi les dépouilles animales. J'ai longé le mur, sur lequel était alignée une série de crânes de petites antilopes dont j'ignorais le nom, les bois sombres se détachant sur le blanc des os. Je les ai détaillés, un à un. J'ai tourné autour du pelage tacheté d'un léopard, les yeux rivés sur lui, tentant de réaliser qu'un jour ce pauvre félin avait été vivant. Je me suis approché du bureau installé au fond de la pièce, une vieille table en bois verni, posée sur une peau de zèbre comme si c'était un vulgaire tapis. Il y avait un ordinateur portable, un Mac dernière génération. Peut-être celui d'où le père avait posté la photo de sa tueuse de fille, ai-je imaginé après ce que je venais d'entendre. J'ai encore embrassé du regard le troupeau d'animaux morts, toutes ces preuves de la barbarie des humains, avec l'envie de foutre le feu à tout ça. J'ai cherché le lion de la photo, aussi. Sa place était forcément dans cet endroit, entre springbok et hyène tachetée. De la mousse à la place des organes, la blessure camouflée pour minimiser la souffrance que lui avait causée la flèche. La fille devait se dire qu'il serait parfait ici, loin de son territoire de vie. Mais je ne l'ai pas trouvé. Le trophée n'était pas encore arrivé en France, j'ai pensé. Ça devait mettre du temps, ce genre de transport, et je ne savais pas très bien de quand datait sa chasse, en fait. À moins qu'elle n'ait décidé de le mettre ailleurs, dans le salon, ou accroché au-dessus de son lit, va savoir quelle idée tordue elle avait en tête, cette sauvage.

Franchement, pour moi, ces gens-là, c'étaient des monstres.

Ils auraient mérité qu'on les empaille, eux aussi.

23 mars

Charles

Il était des chairs au goût particulier, qui entre langue et palais ravivaient les souvenirs, creusaient la nostalgie de temps qui jamais ne reviendraient ; il y avait la viande des girafes hautes comme les *makalanis*, plus immenses encore une fois à terre, qui lui rappelait ainsi les temps de l'enfance, les lionceaux intégrés à la fierté de leur mère, ces temps où il fallait surtout apprendre à vivre, la rigueur du désert qui les avait vus naître, à garder ses distances avec les autres lionnes, avec le mâle alpha qui d'un œil ombrageux les regardait grandir ; il y avait la chair si singulière des poissons-chats, qui convoquait en lui son émancipation, l'époque où adulte il avait quitté mère et frères, découvert en nomade l'étendue de ce monde déployé entre montagnes et océan, et appris à se saisir de ces étranges créatures sans pattes qui par magie venaient peupler les marécages quand l'eau s'emparait des rivières.

Mais lorsqu'il s'était approché de la carcasse de l'âne disposée par les hommes, suspendue à sa branche de boscia, les muscles écarlates sous le pelage marron, déjà trépassée, rien d'autre à faire que d'y planter les crocs, lorsque étaient montés en lui les odeurs et les goûts, venus du fond de la bête crevée, c'est l'apogée de sa vie qui lui était revenue en une bouffée de souvenirs, l'époque où lui-même avait été seigneur, mâle dominant d'une fierté conquise dans la violence, trois femelles sous sa garde, et des fils qu'il s'employait à bannir dès qu'il les jugeait aptes, une époque où les proies lui étaient toutes promises, une époque infiniment lointaine, avant l'arrivée des deux frères qui ensemble allaient l'évincer, leurs silhouettes plus jeunes et vigoureuses, surgies d'entre les dunes comme des scorpions perfides, signant la fin de son règne de leurs empreintes épaisses. Au faîte de cette époque glorieuse, le clan s'était fixé à bonne distance d'un troupeau d'ânes sauvages abandonné des hommes, une centaine d'équidés qui ne demandaient qu'à être tués par les quatre fauves, des mois entiers lui et ses femelles s'étaient repus de ces bêtes-là, le goût carné à jamais associé à ce fragment de vie.

La faim était revenue lui essorer le ventre après sa dernière ventrée sur un troupeau parqué, une vache sortie d'elle-même de l'enclos de troncs tant il avait terrorisé le cheptel, le harcelant depuis l'extérieur, bruits et odeurs de prédateur ; attiré depuis la plaine par l'odeur de charogne et le vol des vautours, oricou, du Cap, à dos blanc, il avait gagné les collines dans la nuit namibienne, fouillé le relief de ses yeux habitués, cherché le danger autour de la carne offerte à plus d'un mètre du sol, méfiant qu'il était des agissements des hommes, il avait pris son temps avant de se jeter sur l'âne, contourné les buissons, euphorbes hirsutes dressées parmi les ombres, jugé l'endroit, les pas prudents sur le sable noir, conscient que derrière une proie tuée, il y avait souvent la présence invisible d'un autre carnassier ; puis, faisant fi des chacals à chabraque et des hyènes brunes qui ne pouvaient l'atteindre, il avait baissé la garde, marché vers la dépouille, s'était hissé sur ses deux pattes arrière pour glisser son mufle sous les os sectionnés, atteindre les muscles gorgés de sang, et retrouver la saveur des temps passés qui, à elle seule, aurait justifié qu'il s'établisse en ce lieu, aussi longtemps que sur cette viande il resterait une once de chair.

25 mars

Apolline

— *You see them ?* chuchote Lutz, accroupi à côté de moi, en sueur sous les branches sèches.

De tous les herbivores d'Afrique, il n'y a pas plus méfiant que les zèbres. Au moindre mouvement, à la moindre odeur suspecte, ils prennent la fuite. Quand dans un troupeau de gnous sont mêlés quelques zèbres, les gens croient qu'ils sont venus rejoindre le groupe pour profiter du nombre, mais en vrai c'est tout l'inverse : ce sont les gnous qui cherchent la compagnie des zèbres, pour bénéficier de leur hypersensibilité, de leur capacité à repérer le danger. Approcher un zèbre, surtout pour le tirer à l'arc, c'est tout un art : il faut être à bon vent, extrêmement silencieux. Ce n'est faisable qu'avec un peu de végétation pour pouvoir s'y cacher, sinon *no way*. Dans une savane arbustive, par exemple, comme celle dans laquelle nous nous trouvons à cet instant.

Les trois zèbres de montagne de Hartmann sont à vingt mètres, ils broutent des branches pleines d'épines à défaut de trouver des feuilles. Plus petits et trapus que les zèbres de plaine, ils sont surtout plus beaux, je m'en rends compte maintenant que j'en vois en vrai, totalement fascinée. Leurs rayures sont plus noires, mieux dessinées, elles descendent plus bas sur les pattes. Ils ont plus de grâce, en fait, même dans leur manière de se déplacer. *My God*, c'est magique de les voir ainsi, là, juste devant nous. Je jette un œil à papa qui se tient derrière, il me sourit en haussant les sourcils, lui aussi ravi par le spectacle. Il a équipé son iPhone de sa coque tout-terrain, un truc énorme qui entoure le téléphone pour le protéger du sable et des chocs. Il prend une photo de la scène, sans doute ratée. Les zèbres ne nous ont pas repérés : avec mon débardeur kaki, mon treillis de camouflage, je suis comme invisible pour eux, fondue dans la broussaille. J'ai ma casquette favorite, aussi, une Deerhunter à motif Realtree. En main gauche, je tiens mon arc, la sensation du *grip* dans mon poing fermé, mon décocheur sanglé au poignet droit.

Malgré ses cent kilos, Lutz connaît le terrain, rien à dire là-dessus. Dès le matin, au moment du briefing au *hunting camp*, il nous a expliqué que là où il nous emmenait, on avait de bonnes chances de trouver des zèbres, parce qu'à cette heure du jour où la chaleur devient trop violente, ils venaient y chercher de l'ombre. On a laissé le 4×4 en bas de la pente, poursuivi à pied le reste de l'approche, quelques centaines de mètres sans dire un mot, à se faufiler entre les buissons qui nous griffaient les bras et les mollets, les baskets butant dans les cailloux. Trempé de sueur dans sa chemisette géante, notre énorme *PH* marchait devant, sûr de son itinéraire, avec en main son gros calibre, un .470 Nitro Express, à énorme pouvoir d'arrêt. Au cas où on tomberait sur un animal dangereux. Il consultait à peine son pisteur, un Noir discret, qui parlait rarement, dans un anglais que seul son boss semblait capable de comprendre. On est tombé pile sur les zèbres. Presque trop facile, l'approche, ai-je pensé en arrivant, limite déçue.

Lutz s'adresse à moi, comme si pour lui j'existais enfin.

— *O.K., Miss Legolas*… murmure-t-il à mon oreille. *From here you can shoot.*

Legolas : ça y est, maintenant que papa m'a comparée à l'elfe du *Seigneur des anneaux*, c'est devenu mon surnom pour l'Allemand.

— *Remember*, le haut de la patte avant, juste un peu à droite.

Je ne réagis pas, mais je n'aime pas sa manière de me prendre de haut : O.K., j'ai vingt ans, mais ce n'est pas ma première chasse, non plus. Je sais très bien où je dois placer mon tir. Une flèche, ce n'est pas une balle : le pouvoir de pénétration est important, mais la force de choc dans un os dur est limitée, même avec les poulies. L'objectif, c'est l'hémorragie : il faut traverser la zone vitale cœur/poumons, là où sont concentrés tous les vaisseaux sanguins, en gros un ballon de foot situé au-dessus des deux pattes avant. Par rapport à un tir à la carabine, je dois juste me décaler de quelques centimètres, pour que ma flèche n'aille pas buter contre l'omoplate. Je sais aussi que je n'ai droit qu'à une seule flèche : pas de deuxième chance pour les chasseurs à l'arc. Même pour les plus rapides, dont je ne suis pas certaine de faire partie, n'en déplaise à papa.

Impossible de me mettre debout sans effrayer les zèbres, je m'installe à genoux sur le sol, une pierre sous la rotule, pas très confortable. Je caresse mon médaillon, comme avant chaque tir. Sans mouvement brusque, je redresse mon AVAIL au milieu des branchages. Je bloque mon bras d'arc, déloge une flèche du carquois, glisse la corde dans l'encoche, enclenche mon décocheur sur le D-Loop. Puis j'amène la flèche à moi, les deux cames tournant sur elles-mêmes tandis que je tracte dans le mur, jusqu'en butée, le même geste cent fois répété à l'entraînement. Les plumes caressent ma joue, j'aligne mon tunnel, visette-viseur-cible, le pin vert des vingt mètres calé en haut de la cuisse du zèbre. J'inspire, j'attends. À cet instant je sais que j'ai sa vie au bout de ma flèche, que tout se joue entre lui et moi, que les autres ne comptent plus. Je ne tremble pas comme ça m'arrive parfois, non, je suis très calme. Un vertige me saisit, fugace et familier, l'impression de ne plus vraiment être là, d'habiter un monde où la vie et la mort n'ont plus tout à fait le même sens, fondues l'une dans l'autre. De revenir en ces temps où pour les hommes, chasser n'était pas une passion, où le choix de tuer ou de laisser vivre ne se posait même pas. Cet instinct qui, des millénaires après, continue de nous hanter, jamais vraiment éteint. J'attends encore un peu, pour laisser mes pensées reprendre leur cours normal, retrouver la conscience de l'instant. Réaliser que là, dans quelques secondes, j'aurai tué un zèbre de montagne de Hartmann, que son sort ne dépend que de ma décision. Jusqu'au dernier instant il m'est possible de l'épargner, de renoncer à appuyer sur la détente du décocheur. Mais il est déjà trop tard : cette flèche, je sais que je vais la tirer. À présent la mort du zèbre est acquise, elle m'appartient déjà, d'une certaine manière.

— *Shoot*, me presse Lutz de sa voix épaisse, comme une intrusion dans mon intimité. *Shoot now.*

Son insistance me fait froncer les sourcils : je déteste qu'on me mette la pression, même quand c'est papa qui le fait avec tout son amour. Mais je reste *focus*, AVAIL armé, bras gauche verrouillé.

Et d'une pression de l'index, je décoche ma lame.

Qui s'échappe de notre affût naturel pour aller se planter entre les rayures du zèbre.

À cet instant, j'ai vraiment l'impression que mon tir est réussi. Il me semble voir la pointe Striker Magnum trouer la peau de ma cible à l'endroit exact où je visais, et percer les organes vitaux logés derrière. Le zèbre se cabre dans un nuage de poussière tandis que les deux autres prennent la fuite d'un coup de sabots, il fait un bond impressionnant, retombe maladroitement sur ses quatre sabots. Il s'apprête à détaler à son tour pour aller mourir un plus loin : *no problem*, je sais que c'est le comportement normal. En cas d'atteinte mortelle, un gibier tiré à l'arc s'éloigne en général de cinquante à cent mètres, il faut le laisser tranquille au moins vingt minutes avant d'aller le retrouver, couché mort dans les herbes. Sans quoi il risque de se relever et de fuir encore plus loin. J'abaisse mon arc, confiante.

Mais je sursaute quand, à côté de moi, retentit un coup de feu.

Stoppé dans sa fuite, la motricité cassée par la balle, le zèbre se cabre à nouveau, retombe à terre, s'étale dans les pierres en secouant les pattes. La poussière s'élève encore, l'enveloppe tel un linceul brumeux, dissimulant son agonie.

Je tourne la tête.

Et je vois Lutz qui suit la scène, tenant à deux mains son .470 encore fumant, ses grosses lèvres immobiles. Il me regarde à son tour, une étrange grimace sur le visage. Pour enfin dire :

— *You missed it, girl.*

Je ne comprends pas tout de suite ce qu'il veut dire, encore sous le choc de la détonation. Impossible de lui répondre quoi que ce soit, je me contente d'observer sa face bouffie, abasourdie.

— Legolas a failli perdre son trophée, ironise-t-il, s'adressant plus à papa qu'à moi.

Et le pisteur fait oui de la tête, toujours d'accord avec son boss.

Sur le moment, ce que je me dis alors que le zèbre continue de mourir à vingt mètres, c'est Non ! Qu'ils ont tort. Qu'à défaut d'être un *perfect shot*, mon tir était réussi, que j'ai vu ma lame atteindre la zone vitale. Le *PH* vient de doubler mon tir, je réalise, je n'arrive pas à y croire. Ça ne se fait pas du tout, on n'a jamais parlé de ça lors du briefing. La colère monte en moi, je me sens dépossédée de ma chasse, humiliée même. J'ai envie de réagir, de le contredire, convaincue que ce gros Allemand a un problème avec moi, avec mon sexe, avec mon âge. Mais je n'y parviens pas, me heurte à sa carrure obèse et impassible, les mots coincés derrière mes lèvres.

Je me tourne vers papa, espère trouver son soutien, qu'il fasse savoir à Lutz sa désapprobation, au moins sur la manière. Mais rien à attendre de ce côté, papa a l'air aussi embarrassé que moi, s'écrase devant le *PH* dont il est pourtant le client. Il est comme ça, mon père, me souviens-je alors : tout financier qu'il est, en vrai c'est un gentil, plus enclin à blaguer qu'à répliquer à une attaque. Les conflits, il les fuit comme un springbok un feu de savane. J'avoue, il me déçoit dans ces moments-là. Ce qu'il sait faire, par contre, c'est détendre l'atmosphère : quand l'Allemand se redresse sous les branchages et marche vers le zèbre enfin mort, il tape dans ses deux mains pour dire, tout sourire, comme si cet épisode n'était pas arrivé :

— Bon, on va faire la photo de classe, hein !

Je le dévisage, encore contrariée.

Avant de baisser la garde.

— Oui. Oui, on va la faire.

Et bientôt c'est tout le rituel qui se met en place. J'avoue, je n'ai jamais été fan des photos de chasse : je trouve qu'elles ne disent rien de ce qui a eu lieu avant le cliché, de la traque, du temps passé à trouver le gibier. Et j'aime encore moins ça depuis toutes ces histoires de harcèlement sur les réseaux sociaux : non merci, je préfère garder ma passion pour moi toute seule. Mais je sais que pour papa, c'est important, il y a quelque chose de l'ordre de la tradition, un truc qu'il a envie de perpétuer. Sans parler des *PH*, qui en ont besoin pour remplir leurs *books* et attirer de nouveaux clients, *business is business*. Alors je me plie à l'exercice.

Le pisteur s'approche de l'animal qui gît dans les pailles, le ventre arrondi entre ses pattes étrangement croisées, la tête renversée. Aidé de son boss, il commence à le retourner pour mieux l'installer dans le décor. Il prend soin de ne pas abîmer son pelage, qu'il frotte de la main pour en retirer la poussière. Ensuite, il fait du ménage autour, retire les brindilles qui traînent un peu partout, aplanit la terre, retire les plus grosses pierres et les jette un peu plus loin, dans les broussailles. Moi je récupère ma flèche, échouée entre des racines, un peu plus loin : elle a littéralement traversé l'animal, preuve en tout cas qu'elle n'a pas buté contre l'omoplate. Il y a du sang sur les trois lames de la pointe, sur le tube de carbone, aussi, le rouge sombre mêlé aux motifs camouflage. Le zèbre est allongé sur les cailloux, pattes repliées sous lui, la tête tournée sur le côté. Ses plaies sont nettoyées puis colmatées avec un peu de sable, pour stopper l'hémorragie. Papa mitraille tous ces préparatifs avec son téléphone, égal à lui-même :

— Il aurait pu s'habiller, quand même. Pour la photo, le pyjama à rayures, ça fait un peu négligé.

Je ne relève même pas.

Lutz, lui, sort un reflex de son sac à dos, l'installe sur un trépied calé entre les cailloux, à quelques mètres de l'animal. Et je vais prendre la pose, façon chasseresse victorieuse, comme si j'étais la seule à avoir tiré. Je positionne mon arc devant le zèbre, les flèches bien alignées dans leur carquois, je me place derrière lui, la main posée sur le flanc encore chaud. J'ajuste ma casquette, range une mèche derrière mon oreille. Je détaille un instant la finesse des rayures noires et blanches, sur le bout des pattes, au-dessus du museau, sur sa crinière hérissée : il est trop beau, vraiment, rien à voir avec un zèbre de plaine. Quand même, c'est canon, il fera un trophée magnifique.

— Allez, Apo, fais-moi un sourire… implore papa.

Je soupire. Mais je souris quand même, pour lui faire plaisir. Et je lance :

— Celle-là, tu ne la publies pas sur ton Twitter, hein !

La sangle du fusil de mon père me lacérait l'épaule tandis que je marchais, le cœur battant, poussé par la détermination, mais freiné par la peur de rencontrer le monstre. Je guettais le moindre signe, les cris des outardes, le bruit des taillis secoués par le vent, les traces laissées par la faune dans le sol terreux, antilopes, carnivores, serpents. C'était une dépression en haut des basses collines, une sorte de petit plateau, sec et poussiéreux, largement dégagé, avec juste ce qu'il fallait d'euphorbes et de broussailles pour pouvoir se cacher. Le chasseur professionnel avait choisi cet endroit, m'avait expliqué Meerepo, pour que ses clients puissent venir y tuer le lion sans difficulté. Demain, peut-être. Ou après-demain, quand l'envie lui prendrait de venir ici, en 4 × 4 évidemment. C'est ainsi que chassaient les Blancs : tout était très organisé, il ne fallait prendre aucun risque. On racontait même qu'ils emportaient plusieurs carabines, par sécurité, au cas où un client raterait son tir.

Le gouvernement espérait que sa décision d'autoriser la chasse du lion *problématique* ne s'ébruite pas trop, disait-on. Pour ne pas ternir l'image de la Namibie, parce que nous avions besoin des touristes et de l'argent des autres pays pour développer le nôtre. Mais pour ce qui concernait le Kaokoland, en matière de discrétion c'était raté : le bruit avait couru de village en campement. Himbas, Hereros, Damaras, toute la région savait désormais qu'une Française logeait depuis la veille au camp de chasse où travaillait Meerepo. Nous savions, même, qu'aujourd'hui elle était partie chasser un zèbre, quelque part en direction de l'Hoarusib, pour s'entraîner avant d'affronter le fauve.

— Parce que, tu comprends, c'est avec un arc et des flèches qu'elle va le tuer, avait articulé mon père, la voix pleine de respect. Comme le faisaient nos ancêtres.

J'avais serré les dents en entendant ces mots : jamais il n'avait témoigné d'une telle estime pour son propre fils.

Mais il ne savait pas quel courage m'habitait.

Moi, Komuti, j'allais devancer cette Française.

Tuer le lion, tout seul, sans 4 × 4 ni carabine de sécurité. Aujourd'hui même, avant que la chasseuse ne mette les pieds sur ce plateau pelé avec son arc. À supposer que la rumeur dise vrai sur ce point, ce que j'avais du mal à croire tant les Blancs étaient toujours mieux équipés que nous autres Himbas.

Je connaissais un peu cet endroit, je l'avais déjà parcouru avec nos chèvres, l'année dernière, pour revenir au village en fin de transhumance. Mais j'ignorais la localisation précise de l'appât déposé ici pour attirer le félin, un âne acheté à des éleveurs par le chasseur professionnel. J'avançai tout d'abord au hasard, avec la prudence d'un zèbre à l'approche du point d'eau, fusil à l'épaule, boîte de cartouches en main. Puis je me laissai guider par le vol des vautours à dos blanc, trois planeurs noirs dans le bleu du ciel, attirés par l'odeur de l'appât que la chaleur faisait monter jusqu'à eux. Lorsque nous perdions une de nos bêtes, terrassée par le désert ou par un léopard, c'étaient souvent ces mêmes vautours qui nous guidaient jusqu'à son corps. C'était la fin de journée, le soleil me tapait dans le dos, bientôt il irait se cacher derrière la montagne et laisserait place à la nuit. Mes sandales dans la poussière, je contournai les euphorbes hérissées de tiges grasses, gravis une petite butte où survivait un tapis de graminées. Le sol était gris, veiné de zones plus claires, témoins de lointaines averses. J'avais conscience que déjà le lion pouvait être n'importe où, à quelques mètres comme beaucoup plus loin. Le sang se pressait en moi tandis que je me rapprochais de l'appât, à en croire la trajectoire des charognards ailés.

À mes pieds, je découvris bientôt la première des empreintes. Une empreinte énorme, de moins d'un jour estimai-je, la forme des coussinets parfaitement dessinée sur le sable gris. Une empreinte qu'il me sembla reconnaître aussitôt, semblable à celles qui par dizaines jonchaient le sol autour de mon *kraal*, quinze jours plus tôt.

C'était lui, devinai-je.

Le tueur de bétail.

Je continuai d'avancer, la gorge sèche, les doigts crispés autour de mon canon. Bientôt je repérai les corbeaux-pies, bruyants et agités dans le houppier d'un arbre du berger, je marchai vers eux à pas méfiants. Je découvris l'appât du chasseur professionnel, suspendu à une branche par une grosse corde. Une carcasse d'âne largement dévorée, à peine reconnaissable, sans pattes ni tête apparente, l'intérieur plus noir que rouge, à moitié cuit par le soleil du désert. Avec, un peu plus loin, une grosse euphorbe contre laquelle était aménagée une sorte d'abri de branchages, comme une cabane depuis laquelle serait tiré le félin. Je m'avançai, la peur au ventre, envahi par l'odeur de mort qui embaumait l'endroit. Pas de lion en vue, seulement ces oiseaux blanc et noir qui se disputaient la viande comme des enfants une marmite de bouillie de maïs, et s'envolèrent à mon approche. Un chacal, aussi, arrivé avec la fraîcheur de fin de journée, errant nerveusement autour de la charogne qu'il ne pouvait atteindre, trop haute pour lui. Je contournai ce charnier offert à la faune, me souvins que moi-même je n'avais pas mangé de viande depuis plusieurs semaines. Je savais que le fauve était là, quelque part, que s'il avait trouvé un tel festin, il était forcément dans les parages. Je me retournai de tous côtés, sondai les alentours, les ombres, les petits sommets environnants, avec l'étrange impression qu'il était tout près de moi, tapi dans mon dos, sur le point de m'assommer d'un seul coup de patte. Je cherchai de nouvelles empreintes autour de la charogne, en trouvai en grand nombre, mêlées à des excréments gorgés de sang. Certaines des traces étaient récentes, s'éloignaient de l'arbre du berger. Je les suivis dans le soleil déclinant, agrippé à mon arme comme à une branche dans un torrent.

Et enfin je le trouvai.

Sans grande difficulté, comme sans doute l'auraient trouvé le chasseur professionnel et sa cliente, si je n'avais pas choisi de les doubler.

Le lion était bien là, solitaire au pied d'un mopane. Instantanément je reconnus celui qui avait décimé nos bêtes. Affalé de tout son long dans la terre caillouteuse, massif et puissant, avec sa cicatrice de corne d'oryx bien visible sur le flanc, sa crinière sombre, son mufle énorme, ses oreilles arrondies. L'assassin de tant de chèvres et tant de vaches, l'ennemi juré des pasteurs du Kaokoland, juste en face de moi. Sans doute m'avait-il vu, mais il ne me regardait pas, feignant de m'ignorer comme le faisait Kariungurua quand nous n'étions pas seuls. Mon cœur s'emballa, mon corps tout entier secoué par les coups de sang.

Ça y est, pensai-je.

J'y étais.

J'inspirai profondément, redressai mon fusil dans lequel j'avais déjà inséré deux cartouches, le tins devant moi. Et enfin je commençai mon approche, à pas prudents. Il tourna la tête dans ma direction, me fixa de ses yeux jaunes, et j'eus l'impression que ce regard me transperçait de part en part. Un frisson me parcourut des sandales jusqu'au bout de ma tresse. La zone était interdite aux éleveurs, il n'y avait personne à des kilomètres, juste lui, moi, et ce courage auquel je m'accrochai vaille que vaille. Un vent brûlant soulevait le sol en volutes de poussière qui filaient vers la plaine. J'aurais pu tirer de là où j'étais, mais comme je me l'étais promis, le cœur sur le point d'exploser, j'avançai encore. Le lion redressa la tête, appuyé sur ses deux pattes avant, toujours couché mais plus impressionnant, tout fait de muscles, la robe couleur de sable, les oreilles dressées autour de son regard doré, planté dans le mien comme s'il pouvait me tuer rien qu'en me fixant de la sorte. Il restait à sa place, sur ses gardes, mais immobile. Seule sa queue s'agitait, fouettant air et poussière.

Peut-être était-ce lui qui avait le plus peur, songeai-je alors, pour me rassurer. Peut-être était-il moins dangereux que nous ne l'avions imaginé après ce qu'il avait fait à nos troupeaux. Le canon de mon fusil en première ligne, je m'approchai encore, le pas tremblant, gonflé par une vaillance renouvelée que mon père aurait prise pour de l'inconscience. Grisé par l'impression, à cet instant, d'être l'égal de mes ancêtres, de ces héros tueurs de lions et de léopards, armés de leurs seules lances, condamnés au courage et à risquer leur vie pour préserver femmes et enfants. D'être l'égal du lion lui-même, d'avoir un cœur pareil au sien que bientôt j'arracherais à pleines mains pour le coller sur ma poitrine. Et d'être digne, plus que tout autre homme, d'être aimé par Kariungurua. Dès ce soir, me répétais-je, quand j'irais la retrouver sous le *makalani* pour lui narrer mon exploit.

J'étais assez proche de lui à présent. Plus proche que ne l'aurait osé la Française, imaginai-je, cachée dans son affût. Il était temps de se décider. Lentement, je soulevai le fusil de mon père, m'apprêtai à viser en me répétant que je n'avais pas peur.

Non, moi, Komuti, je n'avais peur de rien.

De rien ni de personne.

C'est à cet instant que le lion se mit en mouvement. Ses yeux rivés aux miens, il émit un rugissement, court et profond, pareil à l'aboiement d'un chien féroce. Et d'un violent coup de patte dans la poussière, il chargea.

Apolline

— Tu as entendu ?

— Quoi ? répond papa.

Assis avec nous sur les sièges de la benne, Lutz tape de la main sur la carrosserie du Land Cruiser, pour ordonner au chauffeur de s'arrêter : je n'ai pas rêvé, lui aussi a entendu. Le doigt en l'air, il réclame le silence. Le 4 × 4 reste à l'arrêt plusieurs secondes, ouvert sur le *bush* que peu à peu gagne la nuit, sans plus qu'aucun bruit nous parvienne. Comme si la faune elle-même obéissait à notre *PH*.

— Qu'est-ce que tu as entendu ? me glisse papa, à voix basse.

— Un coup de feu. Ça venait de loin mais, oui, ça ressemblait à un coup de feu.

Papa sort la lèvre inférieure, fait non de la tête.

— Rien entendu du tout…

— Tu te fais vieux, dis donc.

Il grimace, rentre les lèvres à l'intérieur de sa bouche, imite le visage d'un vieillard sans son dentier. On reste encore un instant, Lutz guettant l'écho de la détonation, interrogeant du regard son pisteur, debout derrière nous. Papa s'apprête à le questionner, mais nous sommes déjà repartis, comme si rien n'était arrivé. Mon zèbre chargé au treuil sous les banquettes, le Land Cruiser tremble de partout sur la piste de terre, le terrain modelé façon tôle ondulée. Un nuage de poussière suit notre progression. J'observe les étoiles qui une à une viennent piquer le ciel, au-dessus des crêtes arrondies et des plateaux tabulaires coiffant les montagnes qui nous entourent, la roche en train de s'assombrir. Je pense à maman, réalise à quel point j'aimerais qu'elle soit avec nous en ce moment.

Rien à dire, le *hunting camp* de Lutz Arendt est canon. Une clôture en piquets fait le tour des lieux réservés aux clients, cachant le staff de pisteurs, cuisinières et autres hommes à tout faire, qui logent un peu à l'écart, dans des tentes de camping. Des pierres blanches dessinent des allées sur le sable, avec des plantes grasses et des lanternes qu'ils allument à la nuit tombée, un truc hyper cosy, très africain, je trouve. Les tentes où nous dormons sont vastes et confortables, avec sol cimenté, étagères artisanales en bois de mopane, douche d'eau chaude (chauffage solaire), toilettes individuelles, et coffre-fort pour y ranger les biens précieux. Elles donnent directement sur une rivière à sec bordée de végétation, acacias, tamaris, palmiers *makalani*, salvadoras. Le matin, en me réveillant, alors que papa dormait encore et que caquetaient les francolins, j'ai eu la chance d'y voir marcher une girafe et son girafeau qui m'ignoraient royalement, suivant le lit de galets comme si c'était une route tracée pour eux. C'était magique de les regarder ainsi cheminer, libres et confiants, sans clôtures ni limites à leurs déplacements. Ça devient de plus en plus rare ce genre d'endroit, même en Afrique. Quand il nous a fait visiter son petit domaine, Lutz racontait qu'un mois plus tôt, un de ses clients avait même observé un rhinocéros noir, depuis le seuil de sa tente. Sérieux, un rhinocéros noir, hors parc national, c'est dingue, on se croirait dans les récits de John A. Hunter.

Le 4 × 4 se gare sur le sable. Lutz ne traîne pas : au pied du véhicule, il sort son téléphone, puis file vers ses quartiers en composant un numéro, l'air préoccupé. Deux locaux viennent nous accueillir, et commencent à tirer le zèbre hors de la benne. L'un d'eux se plante devant moi, lunettes noires posées sur la visière de sa casquette, tee-shirt Nike, *cellphone* dans un étui en cuir à la ceinture.

— *Welcome, welcome*... Moi c'est Meerepo. *Professionnal skinner.*

Il me serre la main avec un grand sourire. Ses deux incisives du haut semblent former une pointe, comme si elles avaient été taillées. Tout de suite, je le trouve sympa, celui-là.

— *Hartmann zebra, Hartmann zebra*... fait-il en

déplaçant l'animal avec son collègue, comme le petit refrain de celui qui en a vu passer des dizaines.

Papa et moi filons nous changer sous nos tentes, passer une tenue plus légère, des manches longues. Je range mon arc dans sa valise, examine l'état de mes flèches, nettoie la triple lame ensanglantée.

Mais très vite, le pas pressé le long des cailloux blancs, je retourne voir les *skinners*, en plein travail sous les étoiles. Ils sont rapides : mon zèbre est déjà suspendu à son crochet, hissé à plus de trois mètres par le petit treuil, les pattes en l'air, la peau à moitié retirée, les muscles à vif. Le sang s'écoule sur la dalle de béton, puis dans le sable qui se colore aussitôt. Ils poursuivent leur tâche à la lame de couteau, par petits coups secs dans les tissus. Ils veillent à ne pas abîmer mon trophée, histoire que le taxidermiste ait quelque chose d'exploitable lorsqu'il le recevra. La peau est entièrement dégagée, puis portée dans la *skinning room*, une petite cahute grillagée, juste à côté, où les deux Noirs la couvrent de sel pour qu'elle se conserve mieux. Tournant autour des restes de l'animal, Meerepo se met à siffler un air enjoué, me lance des regards et des sourires, comme pour détendre l'atmosphère. Mais cela fait longtemps que la vue d'une carcasse de zèbre ou d'antilope ne me donne plus la nausée. Et là c'est différent. Là ce que je regarde, surtout, c'est à quel endroit s'est plantée ma pointe de chasse. Je me baisse pour observer les blessures causées par la triple lame et par la balle de Lutz, sur la peau, dans les muscles, dans les organes vitaux. De ce que j'en vois, j'ai l'impression que ma flèche était bien placée, comme je le croyais sur le moment. Mais vu les dégâts causés par le .470, impossible d'en être vraiment certaine.

Alors, forcément, je me mets à douter, à perdre confiance. Et si le *PH* avait raison, si ma flèche avait effectivement raté la zone vitale ? Et s'il avait tiré pour nous éviter de perdre les quelque mille euros qu'allait de toute façon coûter à papa un tel prélèvement ? Parce qu'un gibier blessé, c'est toujours un gibier payé, c'est la règle. Et si, en fait, je n'étais pas l'archère brillante qu'aime tant dépeindre mon père ? Puis je pense au lion : c'est demain que s'engage la vraie chasse, celle pour laquelle nous sommes ici. Si je ne suis pas capable d'atteindre mortellement un simple zèbre, le serai-je d'abattre un lion ? J'évacue cette idée, jette un dernier coup d'œil à la carcasse de muscles et d'os, dépouillée et pendue à son crochet au-dessus du béton. La viande va être découpée et distribuée aux locaux, dans les villages alentour. Les pauvres, ce n'est pas si souvent qu'ils peuvent manger de la viande, à ce qu'on m'a dit.

Dans la nuit noire, je me dirige vers le brasero où commence à s'élever le feu du soir, longeant les allées qu'illuminent les lanternes. À l'entrée du camp, je remarque qu'un 4 × 4 blanc est garé à côté du Land Cruiser, un 4 × 4 que je n'ai pas entendu arriver. Lutz est debout sur le sable, il parle avec le conducteur, en afrikaans. Je ne comprends rien de ce qu'ils se disent, mais au ton de sa voix je devine que notre *PH* est en colère.

Komuti

— *Ami Komuti, ami hinokutira* ; moi, Komuti, je n'ai pas peur ; moi, Komuti, je n'ai pas peur.

J'avais beau me répéter cela à voix haute, m'accrocher à mon courage, c'est mon corps tout entier qui tremblait tandis que je fuyais la colline. Bras, jambes, échine, des frissons qui me couraient à travers les membres comme si soudain l'hiver des Blancs s'était abattu sur le Kaokoland. Je me prenais les sandales dans les cailloux que masquait la nuit, avançais en trébuchant sur le moindre obstacle. Les étoiles pour seules amies, lointaines et impuissantes, leurs lueurs froides vacillant tout autant que moi. Tous les mètres je me retournais, cramponné à mon fusil comme un veau à sa mère. Certain que si moi je ne le voyais pas, le lion, lui, m'observait en silence, tapi dans quelque broussaille, ses yeux jaunes perçant la nuit, sa gueule énorme déjà entrouverte. Certain que mon heure était venue, que l'instant d'après il allait se jeter sur moi, planter ses crocs dans ma gorge, me dévorer comme un âne sacrifié, comme une vache piégée dans son *kraal*, sans que personne puisse rien y faire en ce lieu interdit aux éleveurs. Je courais presque, en direction de mon village que je savais à plus de deux heures de marche, pressé d'en retrouver le confort, ma mère, mon frère. Dans mon effroi, je me prenais même à avoir envie d'être assis auprès du feu avec mon lâche de père, honteux d'une telle pensée tant il était ce que je ne voulais pas être. Jamais je n'allais avouer cela par la suite, mais à cet instant je n'avais plus rien du Himba décidé à abattre le tueur de bétail, sûr de son courage et de sa force. J'avais l'impression d'être redevenu un enfant, bon qu'à traire les chèvres et à ramasser du bois.

— *Ami Komuti, ami hinokutira.* Non, je n'ai pas peur.

Tout s'était passé tellement vite. Je revoyais encore l'image du fauve lancé vers moi en foulées amples, sa charge si soudaine, au moment où je m'y attendais le moins. Ses yeux d'assassin, fichés dans les miens comme deux lances acérées, déterminés comme jamais un humain ne pourrait l'être. Sa crinière noire et gigantesque, secouée par la course. Le roulis de ses muscles sous le pelage ras, dessinés pour tuer.

En quelques coups de patte il aurait été sur moi, sans le fusil j'étais voué à mourir. J'ignore encore comment je suis parvenu à réagir, à tirer dans sa direction, le doigt crispé sur la détente, sans prendre la peine de viser. Le coup était parti tout seul, la crosse m'avait fracassé l'épaule, projeté en arrière, étalé dans les pierres, le dos meurtri, la tête griffée par les buissons. Sonné, j'avais relevé le regard, cherché l'animal sorti de mon champ de vision. Il n'était plus là, plus devant moi, comme volatilisé. Impossible de savoir s'il était blessé, effrayé, s'il s'était caché pour mieux m'exécuter. J'avais tourné la tête dans tous les sens, la terreur emparée de moi tel un esprit malveillant. Je m'étais remis debout, j'avais tourné sur moi-même, fouillé des yeux ce plateau désert déjà gagné par la pénombre, cherché la silhouette du monstre au pied de chaque bout d'arbre.

— Où es-tu, démon ?! avais-je crié, des larmes irrépressibles massées dans mes paupières. Où te caches-tu ?

Plusieurs minutes j'étais resté ainsi terrifié, prêt à mourir l'instant d'après, à rejoindre les ancêtres sans avoir rien accompli de ma courte vie de miséreux.

Puis je m'étais décidé à prendre la fuite.

J'étais déjà loin de l'endroit où j'avais trouvé le lion, à présent. J'entamai ma descente vers la plaine. Plus bas, je devinais l'immensité sableuse au pied des pentes. La lueur d'un feu, au loin, celui qu'un pasteur avait peut-être ravivé auprès de son *kraal*, en prévision d'une nuit où une attaque restait possible. Je pressai le pas pour le rejoindre, avec l'espoir soudain de sortir vivant d'une telle épreuve. Sur ma droite jaillit la lumière jaune des phares d'un 4 × 4 qui passait un talus. Je l'observai en silence, ses roues énormes cahotant dans la pierraille. Un instant j'hésitai à courir vers lui, trouver mon salut dans l'habitacle du véhicule.

Avant de me raviser.

C'était pour le lion qu'ils venaient, devinai-je.

Évidemment : c'étaient les hommes du chasseur professionnel. Ils avaient entendu mon coup de feu, venaient voir ce qu'il en était. Si un éleveur n'avait pas abattu le précieux trophée de la Française. S'ils tombaient sur moi, comment allais-je leur expliquer ce que je faisais ici ? Quel mensonge allais-je pouvoir inventer ? Alors je m'accroupis contre un rocher. Et les laissai passer.

22 avril

Martin

Ce lundi matin, dans les bureaux, il y avait presque toute l'équipe, ce qui n'est pas si fréquent en cette saison de l'année, entre le suivi de la reproduction des gypaètes et le repérage des places de chant des grands tétras. Les collègues saisissaient leurs données sur les ordinateurs, et aussi leur temps de travail dans ce logiciel que le ministère nous avait imposé pour mieux nous fliquer. Les politiques avaient beau dire que maintenant l'environnement était la priorité, *Make our planet great again*, ce genre de conneries, chaque année l'État retirait des postes d'agents de terrain aux parcs nationaux, on n'avait plus les moyens de faire notre travail correctement. Alors forcément, il fallait qu'ils contrôlent le moindre de nos gestes, qu'ils vérifient si ce qu'on faisait était vraiment *utile au territoire*, comme ils disaient.

Je passais devant le bureau de mon chef de secteur quand il m'a interpellé, levant ses petites lunettes de son écran :

— Ah, te voilà, toi ? Tu bosses encore ici ?

J'ai haussé les épaules, mais je n'ai rien répondu.

— On avait rendez-vous mardi dernier, tu te souviens ?

— Ouais, je sais, je…

Il a soupiré en secouant la tête, s'est appuyé sur le dossier de son fauteuil.

— Écoute, Martin, là je ne sais plus comment faire. La direction veut te voir, ils vont te convoquer au siège, j'imagine.

— Pourquoi ?

— À ton avis ? Pour cette histoire de pneu crevé. Pour ton embrouille avec le berger, l'été dernier. Parce que tu ne fais même plus tes heures. Je continue la liste, ou j'arrête là ?

Je n'aimais pas son air désolé, ou exaspéré, ou peut-être furieux, je ne sais pas trop. Et comme je ne répondais pas, il a dit :

— Sincèrement, Martin, je t'ai toujours défendu, même quand tu dépassais les limites. Je t'ai couvert plusieurs fois devant les élus de la vallée qui se plaignaient de ta façon de faire, parce que pour moi tu es le meilleur naturaliste du secteur. Mais là…

Je l'ai regardé, j'ai cherché quoi dire après cette petite tirade. Mais comme je ne trouvais pas, j'ai juste balancé un :

— O.K.

Et j'ai quitté son bureau de chef.

J'entendais Antoine, dans l'*open space* au fond du couloir, en train de fredonner :

— *Reviens donc ici, petit Gonzalès… C'est maman qui te dit ça… Sinon tu connais papa…*

Lui, il en aurait fallu beaucoup pour sécher sa bonne humeur.

Je suis allé m'enfermer dans mon bureau, et j'ai fermé la porte pour que personne ne vienne m'y emmerder. Convoqué chez le directeur, j'avoue que je ne m'y attendais pas, c'était la première fois que ça m'arrivait. Je ne peux pas dire que ça m'inquiétait vraiment, qu'est-ce qu'il pouvait faire contre moi ? Le parc national avait trop besoin de mes connaissances pour me causer du tort : j'étais un des plus anciens de la boutique, une sorte de mémoire vivante pour tous les nouveaux gardes qui débarquaient, concours en poche. En faune, en flore, personne n'avait mon expérience. Non, franchement, je n'étais pas inquiet : le grand patron allait juste me remonter les bretelles et on passerait à autre chose, c'est tout. Mais furieux, ça par contre, oui, je l'étais : ils n'avaient pas autre chose à faire que de jouer les chefaillons, au siège ? Après tout, ce n'était pas comme si la biodiversité de la planète tout entière était en train de s'effondrer.

J'ai râlé intérieurement, enfoncé dans mon siège.

Mais j'avais d'autres trucs en tête, qui à cet instant me paraissaient plus importants. Je pensais à Apolline Laffourcade, d'abord. Après ce samedi soir chez son papa-conseiller-financier-administrateur-de-fédération-de-chasse, j'avais suivi sa voiture depuis les coteaux du Jurançon, sans me faire repérer. La chasseuse habitait à Pau, un appartement en centre-ville, premier étage d'un petit immeuble plutôt bien placé. À l'intérieur, il y avait sûrement le trophée de son lion, comme je ne l'avais pas trouvé dans le musée des horreurs que j'avais secrètement visité samedi soir. En tapis, ou en dessus-de-lit, un truc dans ce genre. Mais je pensais à autre chose aussi, et c'était la vraie raison de ma présence au bureau : c'est ce matin que le naturaliste devait apporter la supposée crotte d'ours qu'il avait découverte l'autre jour en vallée d'Aspe. La preuve que Cannellito était encore en vie, d'après Antoine. Quand le gars a sonné et que les collègues l'ont accueilli, je suis allé les rejoindre au rez-de-chaussée.

C'était un petit jeunot, inconnu au bataillon, habillé d'une veste d'hiver toute neuve, comme s'il sortait de chez Decathlon. Il avait l'air bien fier de lui quand il a posé sur la table sa boîte en carton, sous le regard des autres gardes. Je me tenais en retrait, adossé à la carte des zones de relâcher du bouquetin ibérique, punaisée au mur.

— C'était samedi matin, il a expliqué. Je l'ai trouvée en bordure de forêt, à une heure de marche au-dessus d'Urdos. J'étais avec un ami, on était en train de redescendre, mais on a été attirés par une odeur de charogne.

— Un isard ? a demandé Xavier, l'adjoint au chef de secteur.

— Non, un chevreuil, en sale état, il a dit en ouvrant sa boîte. La crotte était un peu en dessous, au pied d'un hêtre. J'ai tout de suite reconnu la forme.

Tout le secteur s'est penché sur l'excrément, logé dans une feuille d'essuie-tout comme un bijou dans son écrin. Antoine l'a pris en main en faisant attention à ne toucher que le papier, il a reniflé.

— L'odeur s'est dissipée, a précisé le jeune, mais elle sentait fort, une odeur très carnée.

La crotte avait un peu séché, mais elle restait bien cylindrique, un gros boudin de cinq centimètres de diamètre. Les collègues ont regardé l'objet, il est passé de main en main.

— C’est de l’ours, non ?

— On dirait bien, a fait Antoine. Il faut qu’on l’envoie en labo pour analyse ADN, histoire d’en être sûrs, mais pour moi, oui, c’est de l’ours.

— *Ursus arctos arctos*, a renchéri Xavier, du même avis. Bravo, il a ajouté en tapant l’épaule du naturaliste, tu viens de ressusciter le dernier mâle de la vallée !

Et un grand sourire s’est dessiné sur le visage enfantin, comme s’il venait de sauver le monde. D’un coup, tout le monde était réjoui, emballé par la bonne nouvelle. Le découvreur de crottes en a profité pour glaner des infos :

— Au fait, vous pensez que ça va se faire, cette réintroduction ? Il y a des tags partout le long de la route.

L’adjoint a haussé les sourcils.

— Écoute, moi j’y crois. On dirait que cette fois le gouvernement est décidé à ne pas céder sous les pressions des anti-ours. De ce qu’on m’a dit, les contacts avec la Slovénie sont déjà pris, les deux femelles déjà identifiées… Ils peuvent encore faire marche arrière, bien sûr, mais en tout cas ça se présente bien.

— Cool. Ce serait génial que ça se fasse.

— À qui le dis-tu ! Cannellito, là-haut, il n’attend que ça ! Des femelles !

Pour un peu, ils sortaient le champagne en avance tellement ils y croyaient. Je les ai laissés rêver un peu, le dos collé à ma carte. Et enfin, j’ai dit :

— Je peux la regarder, cette crotte ?

Et je me suis rapproché pour prendre en main le précieux étron, l’examiner de tous les côtés. On voyait des poils animaux pris dans la matière fécale. Ça ressemblait beaucoup à une crotte d’ours, en effet. Mais j’ai cassé l’ambiance quand j’ai balancé :

— C'est pas de l'ours, ça. C'est du sanglier.

Xavier m'a fixé, sourcils froncés.

— Du sanglier ? Mais non, ça n'a rien à voir. Une crotte de sanglier, ça n'a pas du tout cette forme-là.

— Quand il a charogné, si. C'est la crotte d'un sanglier qui a charogné un chevreuil, c'est tout. Son odeur est masquée par celle de la viande.

Un silence s'est emparé de l'assemblée, l'écolo débutant a grimacé. Antoine a repris la crotte, l'a réexaminée à son tour, a soupiré.

— Martin, franchement je ne vois pas ce qui te permet de dire ça, elle a tout d'une crotte d'ours. C'est parce que tu es certain que Cannellito s'est fait tuer, c'est ça ?

J'ai secoué la tête.

— Pas du tout, non. Vous pouvez l'envoyer au labo, vous verrez bien. Je vous dis que c'est du sanglier.

Il y a eu un petit flottement embarrassé. Puis l'adjoint a haussé la voix :

— Tu sais quoi, Martin ? Tu nous fais chier, là. Le bénéfice du doute, ça te dit quelque chose ? Tu veux pas nous lâcher avec ton complexe de supériorité ? Chacun fait son boulot ici, tu sais, t'es pas le seul à te faire du souci pour Cannellito. Alors arrête de nous saouler avec tes certitudes. On verra ce que dit le labo, oui. Mais pour le moment on va essayer de croire que c'est bien une crotte d'ours, O.K. ?

Je les ai regardés, tous autant qu'ils étaient, dans cette pièce aux murs couverts de cartes IGN et de photos de nos exploits de soi-disant protecteurs de la nature, l'un posant au-dessus d'un isard anesthésié, l'autre devant les tout nouveaux panneaux du parc national, censés expliquer aux visiteurs ce qu'ils avaient le droit de faire ou de ne pas faire, comme si ça changeait quelque chose à l'inexorable déclin des espèces animales et végétales. J'ai observé leurs visages pleins d'enthousiasme et de naïveté, avec une boule acide en train de grandir dans mon ventre. J'ai dit :

— C'est vous qui faites chier. Vous comprenez vraiment rien.

Et j'ai quitté la pièce en les maudissant tous.

Dans le local technique, j'ai enfilé ma veste, pris mon sac à dos et mon matériel de ski de randonnée, ARVA, sonde, pelle. Et moins d'une heure plus tard, voiture garée au-dessus d'Urdos, sur le bas-côté d'une route coupée par un bouchon de neige, je me suis lancé dans la montée qui menait vers le col du Couret. Sans décolérer, j'ai marché dans le sous-bois, d'abord, skis sanglés de part et d'autre de mon sac, mes grosses godasses dans la boue et les feuilles de chêne en décomposition, suivant l'itinéraire que je connaissais comme aucun autre, raide et tristement familier. J'ai continué à skis, ensuite, transpirant dans ma veste, mes peaux de phoque glissant puis se verrouillant sur la neige de mi-journée. Je me suis rappelé qu'il fallait que je les change un de ces jours : elles étaient un peu vieilles et manquaient d'adhérence, mes skis repartaient en arrière entre deux conversions, quand la pente devenait trop forte. J'ai dépassé la cabane du Rouglan, déserte en cette saison, le toit couvert de neige tassée. La vallée dans mon dos, j'ai continué mon ascension en longeant la crête, pénétré la hêtraie sapinière dont j'avais l'impression de connaître chaque arbre, comme si cet endroit si symbolique était un peu chez moi. J'ai avancé encore, glissé dans le sous-bois d'altitude pour redescendre de quelques dizaines de mètres. J'ai observé les numéros peints à la bombe sur les troncs gris des hêtres, écouté le chant d'une mésange noire qui se faufilait jusqu'à moi, deviné les gorges d'Enfer et le chemin de la Mâture, plus bas dans la vallée. Avec amertume, je me suis souvenu de l'époque où j'avais intégré le parc national, du jeune garde que j'étais à mes débuts, plein de zèle et de bonnes intentions, persuadé d'avoir trouvé là le boulot de mes rêves. Sûr que j'avais déchanté depuis ce temps-là, compris que la nature, les hommes étaient plus forts pour la détruire que pour la préserver, parc national ou pas. Surtout depuis ce qui s'était passé, à quelques mètres de l'endroit où je me tenais.

Le 1er novembre 2004.

L'assassinat de Cannelle.

Cannelle, c'était la dernière ourse de souche purement pyrénéenne, la mère de Cannellito, qu'elle avait eu avec Néré, un mâle slovène réintroduit qui depuis avait quitté le Béarn pour les Pyrénées centrales. L'histoire de sa mort, je la connaissais comme tout le monde dans la vallée, comme les collègues. Ils étaient six. Six chasseurs de sangliers qui avaient été informés que l'ourse et son petit étaient dans le secteur depuis plusieurs jours, mais qui avaient décidé de s'en foutre, d'aller quand même la faire, leur battue. Évidemment, avec leurs chiens, ils l'avaient dénichée. Soi-disant que Cannelle avait chargé, que le type était en situation de légitime défense. Tu parles d'un bobard : tous ceux qui connaissent un peu les ours savent que ce qu'elle faisait, pour protéger son ourson, ça s'appelle une *charge d'intimidation*. Ça a été décrit partout, même les grizzlis font ça, les lions aussi, d'ailleurs : ils se mettent à foncer sur ceux qui s'approchent trop d'eux, comme s'ils allaient leur sauter dessus. Mais au dernier moment, ils s'arrêtent. Cannelle n'avait pas l'intention de le blesser, cet enfoiré de chasseur, elle voulait juste l'impressionner. Un ours, ça n'attaque pas l'homme.

Mais le type avait flippé.

Et il lui avait tiré dessus, presque à bout portant, paraît-il. Le corps de la femelle avait été repêché par hélicoptère, au fond d'un ravin. L'ourson Cannellito, lui, s'était enfui, orphelin dans les montagnes, avec sa moitié de génome pyrénéen, ultime représentant d'une lignée déjà éteinte. À présent Cannelle était naturalisée, les Français se pressaient pour aller la voir dans les collections du Muséum d'histoire naturelle, à Toulouse.

Pendant des semaines après sa mort, les gens ne parlaient plus que de ça dans la région, tout le monde y allait de son commentaire, les pro autant que les anti-ours. On théorisait jusqu'à Paris, Jacques Chirac disait que c'était *une grande perte pour la biodiversité*, franchement, celui-là, j'aurais préféré qu'il ferme sa gueule. Les mois d'après, on racontait que le chasseur en question, il en avait pleuré d'avoir tué Cannelle. Qu'en fait c'était moins sa faute que celle du chef d'équipe qui avait décidé de maintenir la battue, qu'il prenait tout pour les autres. Qu'il fallait le laisser tranquille à présent. Même les collègues du parc national, ils tenaient ce genre de discours.

Mais pas moi.

Moi, je me foutais de savoir qu'il avait été condamné depuis, dix mille euros c'est rien comparé à ce qu'il a fait. Moi, la mort de Cannelle, je la portais encore en moi, comme un deuil qui jamais n'allait prendre fin. Moi, quand j'avais appris ça, c'était comme si toute une partie du monde venait de s'effondrer. Comme si j'avais perdu quelqu'un de proche et que personne ne pouvait plus me consoler, un truc que ni Antoine ni même mon chef n'avaient jamais compris. Une semaine après la mort de Cannelle, rongé par la douleur, j'avais cherché l'adresse du tueur en question. Et pour qu'il ait une idée de ce qu'il méritait à mon avis, je lui avais envoyé un colis anonyme : un petit cercueil en plastique. C'est à ce moment-là que j'avais cessé de croire en mon boulot de garde de parc national. C'est à ce moment-là, aussi, que je m'étais mis à les détester autant, les chasseurs.

Qu'ils soient tueurs d'ours ou de lion.

25 mars

Apolline

— Ça a été la chasse la plus éprouvante de toute ma vie, explique papa. Au début, pourtant, tout se passait très bien. On était à cinquante mètres d'eux, vent de face, cachés dans le *bush*. C'est les pisteurs qui les ont repérés, aux mouvements de leurs oreilles au-dessus des buissons. On les a observés à la jumelle un bon moment, ils ne nous avaient pas vus, on a pu bien en profiter. Puis le *PH* m'en a désigné un, un vieux, de belle taille. J'avais changé de calibre, opté pour un .375 H&H. Mais je crois que j'étais trop sûr de moi ce jour-là : je n'aurais pas dû tirer de si loin, même avec un trépied. C'est pour ça que tout s'est envenimé. Je visais les articulations, pour casser la motricité. Mais quand je l'ai touché, il y a du sang qui a giclé des naseaux, et j'ai tout de suite compris que j'avais tiré un peu trop à gauche, dans les poumons. Là, croyez-moi, vous sentez l'adrénaline monter d'un coup, tout le monde devient beaucoup plus sérieux. On a eu peur que le buffle se mette à charger, on s'est collés aux arbres pour se protéger, mais il est parti au galop avant qu'on puisse tirer un deuxième coup.

— *And... ?*

— Et on l'a perdu dans le *bush*. Je ne sais pas si vous vous rendez bien compte, mais un buffle blessé dans la nature, ou n'importe quel animal dangereux d'ailleurs, c'est le pire des scénarios. Là, il est trop tard pour se poser des questions : vous êtes obligés de le retrouver avant la nuit.

Rien à dire, papa a une âme de conteur, même en anglais. Le récit de sa chasse au buffle dans le Kalahari, je l'ai déjà entendu dix fois, mais je ne m'en lasse pas. Il installe du suspense, parle avec les mains, ouvre des grands yeux, sérieux comme il l'est rarement. Il aurait dû faire du théâtre, mon petit papa. On est quatre autour de l'énorme brasero : lui, moi, et un couple d'Espagnols dont le mari est venu tirer des antilopes. C'est son deuxième voyage de chasse en Afrique, alors évidemment, l'expérience de papa force son respect. Lui et son épouse sont littéralement pendus à ses lèvres.

— On est retournés au 4 × 4, reprend-il, insistant sur la gravité de la situation. Le guide a fait venir un deuxième véhicule pour aider les pisteurs à retrouver la trace du buffle. À plusieurs reprises on l'a revu, d'ailleurs, mais à chaque fois c'était dans une végétation trop dense pour pouvoir tirer. En début d'après-midi, évidemment, il s'est mis à pleuvoir : ça a effacé les traces, sinon ça aurait été trop facile. (L'Espagnol pose la main sur sa bouche, pris par l'histoire.) Je me souviens qu'à ce moment-là le *PH* m'a dit : *It's going to be long*. Et il avait raison, ça a duré toute la journée, j'ai bien cru qu'on allait même y passer plusieurs jours. Finalement on l'a retrouvé vers dix-sept heures, réfugié dans un petit bois. On a encerclé la zone avec quatre 4 × 4, pour ne lui laisser aucune chance de s'échapper. Il a fini par sortir au galop, sans charger, comme une fuite désespérée. Je n'ai pas eu d'autre choix que de le tirer depuis la voiture, à bras franc. Deux fois. Il s'est effondré en pleine course, dans les pailles, de tout son long. Et comme on m'avait dit de faire pour les buffles, quand je suis descendu du 4 × 4, j'ai tiré une troisième fois, à bout portant. On appelle ça *retuer le mort*. Croyez-moi, le soir, on était tous épuisés, mais on l'a bien fêtée cette chasse-là. Même les pisteurs sont venus goûter au champagne.

Un silence suit le récit de papa, qui boit une gorgée de vin rouge dans son gobelet de métal, le visage éclairé par les flammes. Le dîner est terminé, les steaks de koudou étaient trop bons, à présent c'est l'heure de se reposer, de profiter de la fraîcheur des soirées d'Afrique australe, autour du traditionnel feu de camp. Sous l'immense faidherbia qui a jonché le sable de ses gousses torsadées, mon livre posé sur la dalle de béton, j'entends les petits cris des geckos, les chants des gangas, ceux des outardes, peut-être. En vrai je crois que pour moi, il n'y a pas plus belles soirées que celles que je passe après la chasse, en Afrique. Mon père, un feu de bois, le *bush* autour de nous : je suis cent fois mieux ici que dans un bar à Pau, avec tous ces étudiants qui me prennent pour la fille de Bernard Arnault. Peut-être qu'Amaury a raison, que je suis un peu asociale, quelque part.

L'Espagnole s'appelle Valentina, elle est souriante, maquillée et apprêtée comme si on était en ville, c'est drôle de la voir comme ça dans le camp. Son mari fait rouler son vin dans sa bouche, ferme les yeux, en connaisseur.

— Vous devez avoir accompli votre *Big Five*, non ? demande-t-il.

Papa secoue la tête.

— Malheureusement, non. Le *Big Five*, c'était plus pour la génération de nos parents, vous savez. Bon, je n'en suis pas si loin, en fait. (Il lève le poing, compte sur ses doigts.) Léopard, c'est fait, au Mozambique. Lion aussi, enfin… lionne, en fait. Buffle, pareil. Éléphant… pas encore, j'espère l'année prochaine au Zimbabwe. (Il me jette un regard, comme s'il avait besoin de mon accord.) Mais le rhinocéros, aujourd'hui… Ici, en Namibie, je crois que le dernier trophée de rhinocéros noir s'est vendu trois cent cinquante mille dollars. C'est seulement pour les riches, pas pour les petites gens comme vous et moi.

L'Espagnol éclate d'un rire complice.

— Et… est-ce qu'il y a une espèce que vous vous interdisez de chasser ?

— La girafe, sans hésitation. Trop facile, et trop belle aussi. Pour moi, tirer une girafe, c'est comme faire tomber un monument. Après, si c'est un vieil animal et que l'occasion se présente, je ne dis pas que je n'irai pas, mais bon, pour moi ce serait plus de l'euthanasie que de la chasse.

Le couple opine, passionné par le sujet. Valentina se tourne vers moi, ses boucles d'oreilles étincelantes dans la lumière du feu.

— *What about you ?* dit-elle, la voix langoureuse. Tu chasses depuis toute petite ?

— Depuis mes dix ans.

— *Wow*... Et toujours à l'arc ?

— Aujourd'hui, toujours, oui. Je n'ai plus touché une carabine depuis mes seize ans. Pour moi, l'arc c'est la vraie chasse, vous voyez. Celle de nos ancêtres. Les sensations ne sont pas du tout les mêmes.

Elle me fixe, l'air impressionnée. À sa gauche, papa m'observe, gonflé de fierté paternelle.

— C'est la meilleure chasseuse du monde, dit-il, les hommes n'ont qu'à bien se tenir. *And tomorrow, she's going to shoot*... (Il prend la voix la plus grave possible.)... *a male desert lion.*

— *Woooow*... fait l'Espagnol.

— Si tout se passe bien, je tempère. C'est mon cadeau d'anniversaire.

— *You lucky girl*...

Je leur souris, gênée. En vrai je réalise à peine que c'est pour demain. Je pense au tir doublé de Lutz Arendt sur mon zèbre de montagne, à mes doutes inavouables quant à mes réelles capacités d'archère. Je me rassure en me rappelant ce qu'il a dit dans la voiture, le jour de notre arrivée, que ce sera une chasse facile, sans commune mesure avec la périlleuse chasse au buffle de papa, qu'après tout un lion ce n'est jamais qu'un gros chat. Bien sûr, à ce moment-là, réchauffée par les flammes qui s'envolent au-dessus du brasero, je suis loin de me douter de tout ce qui va arriver les jours suivants.

La femme me sourit à son tour. Et revient au récit de papa :

— En parlant de buffle, on m'a raconté que l'année dernière, en Afrique du Sud, une Américaine a voulu en tuer un au revolver. Il paraît qu'elle lui a mis deux balles, puis deux autres le lendemain, mais qu'elle n'a réussi qu'à le blesser. On l'a retrouvé mort plusieurs jours après.

— Ça, c'est bien les Américains... soupire papa. Eux et les Russes, j'ai arrêté d'essayer de les comprendre. Ce qui les intéresse c'est juste le tir, l'exploit, ils se croient dans un western, ces gens-là. La relation au gibier, l'approche, la traque, ils s'en fichent com-plè-te-ment. Pourtant c'est ça le plus important. Tout ce qui se passe avant de tirer sur l'animal.

Les Espagnols font oui de la tête, pour dire qu'ils sont d'accord avec lui, même sans son expérience. J'observe le visage de papa dans la lumière dansante. Il pince les lèvres un instant, avant de reprendre :

— N'empêche, les chasseurs américains, au moins, ils n'ont pas honte de leur passion. Ils publient leurs photos de chasse sur leurs comptes Facebook, ils en sont fiers, ils n'ont pas peur. Alors que nous, en Europe, on est devenus complètement paranos depuis l'histoire du lion Cecil, au Zimbabwe. On se cache, on hésite à en parler, on garde nos photos de chasse pour nous…

— Chez nous ça a commencé par la chasse à l'éléphant de Juan Carlos, sourit Valentina, un brin fataliste sous son maquillage de citadine. C'est l'époque qui veut ça. Sur Internet, les gens sont devenus fous, ils ont besoin de boucs émissaires pour déverser leur haine.

— C'est ça, confirme papa. Mais c'est quand même incroyable, on ne fait rien d'interdit pourtant.

Lui et moi, on n'est pas d'accord là-dessus :

— Moi, papa, je te l'ai déjà dit : ils me font flipper les anti-chasse. Un jour ça va mal se terminer. Regarde Luc Alphand : à force de recevoir des menaces, il a perdu tous ses sponsors, il a même été obligé de quitter la France.

Il lève les yeux au ciel.

— Je crois que tu dramatises, ma chérie. Ces gens-là, c'est juste des frustrés collés à leurs écrans. Ils se défoulent sur Facebook, mais ils ne feraient pas de mal à une mouche. De toute façon, ça ne risque pas de t'arriver, à toi, tu vis au siècle dernier. Tu ne sais même pas ce que c'est qu'un réseau social.

Je lui tire la langue.

— Gnagnagna… Ça ne m'intéresse pas, ces trucs-là. Mais j'en sais bien assez. En tout cas tu fais ce que tu veux des tiennes, mais tu ne publies pas les photos de moi sur ton Twitter, ton Instagram ou ton je-ne-sais-quoi. Ni avec le zèbre, ni avec le lion demain, hein.

Il se tait, boit une gorgée de vin.

— Papa, je suis sérieuse, là. Tu les gardes pour toi, d'accord ?

— Oui, oui, évidemment. Ne t'inquiète pas, Apo.

24 avril

Martin

Mademoiselle étudiait le droit, tu parles d'une ironie : des droits, c'est bien ce qui manque aux animaux pour se protéger des assassins dans son genre. En France il y avait bien eu quelques avancées juridiques pour les animaux domestiques, ces dernières années, mais franchement pour la faune sauvage, on était loin du compte. Là-dessus au moins, les réseaux sociaux servaient à quelque chose : à défaut de lois et de tribunaux pour juger ces gens-là, l'opinion publique pouvait s'occuper d'eux, grâce à des groupes comme STOP HUNTING FRANCE.

Pourtant, même certain de son identité depuis déjà cinq jours, le mercredi je n'avais toujours pas livré la blonde aux internautes, qui commençaient à se résigner :

Jerem Nomorehunt : Malgré toutes nos recherches, impossible de trouver qui est cette chasseuse. Mais d'autres n'auront pas sa chance, croyez-moi. On reste mobilisés. #BanTrophyHunting

Oliver MP : Elle l'emportera pas au paradis cette bâtarde.

Cln Nl : J'espère qu'à sa prochaine chasse, un autre lion se chargera d'elle. La nature reprendra bientôt sa place.

Je n'arrivais pas à m'expliquer pourquoi je gardais tout ça pour moi. J'avais l'impression que les autres n'avaient rien à faire là-dedans, que c'était entre moi et cette Apolline Laffourcade que ça se jouait. Je voulais me charger d'elle moi-même, en fait, même si je ne savais pas très bien de quelle manière. Pas encore, en tout cas.

Pour le moment, ce que j'avais fait, c'était juste la pister dans les rues de Pau. Pour mieux comprendre à qui j'avais affaire. Dimanche, lundi soir après ma montée au col du Couret, mardi, j'avais suivi ses allers-retours entre la fac et son appartement de centre-ville, en étudiante modèle qu'elle était sûrement. Je l'observais de loin, marcher dans les rues de son pas rapide, comme si elle était toujours pressée, aller courir en tenue de joggeuse, tous les soirs à la même heure, même sous la pluie. Je commençais à me faire une idée de sa petite vie, bien confortable à mon avis. Pourtant, ça ne me suffisait pas. En fait, je crois que j'avais du mal à vraiment cerner le personnage. Entre la photo de sa chasse qui me foutait en rage à chaque fois que je la regardais, ce que m'avait dit Monique Mathurin à Saragosse, ce que j'avais entendu de sa discussion avec son père dans leur château sur les coteaux, il y avait des choses qui m'échappaient, me semblait-il. J'avais envie d'en savoir plus sur elle, de comprendre ce qui pouvait bien se passer dans la tête d'une fille comme celle-là, capable de faire la gentille avec les vieux cathos à Lourdes, puis d'aller tuer un lion avec son arc comme si c'était un passe-temps comme un autre.

À force de faire le planton en bas de son immeuble,

de la voir sortir puis entrer à nouveau, depuis l'habitacle de ma bagnole que je garais au coin de la rue, je m'étais imaginé toutes sortes de choses sur ce qu'il pouvait y avoir à l'intérieur de cet appart. Le trophée de son lion, peut-être bien. Mais aussi des photos de ses chasses lointaines, des crânes de je ne sais quelle antilope en danger d'extinction, de nouvelles preuves pour grossir le dossier de ses crimes de masse. Et plus le temps passait derrière mon pare-brise, plus j'avais envie de voir ça de mes yeux. Alors ce mercredi, sur la route entre mon fond de vallée et la ville, pendant que de nouvelles neiges tardives s'abattaient sur les pentes pyrénéennes et que des flocons poudraient jusqu'aux vitres de ma voiture, j'ai décidé que je voulais aller plus loin. Trouver un moyen de m'introduire chez Apolline Laffourcade. Je pensais encore à la crotte de sanglier que les collègues prenaient pour celle d'un ours. Au directeur du parc national qui voulait me voir pour me passer un savon, aussi, comme si ce que j'avais fait avait plus d'importance que la mort de Cannellito que personne ne voulait admettre. Franchement, tout ça, ça me foutait dans une colère pas possible. Et me concentrer sur la chasseuse, ça m'aidait à oublier un peu ce bordel, je crois.

— Regarde, la voilà, j'ai dit à Cannelle quand elle est sortie de chez elle.

Il était dix-sept heures, comme les deux jours d'avant. J'ai tout de suite reconnu sa silhouette carrée, presque masculine dans sa tenue de joggeuse, sous la pluie fine qui mouillait la ville. Je l'ai regardée s'éloigner, courant à vive allure dans les rues paloises. J'ai attendu qu'elle disparaisse au coin de l'immeuble, ma chienne ronflant derrière moi du même souffle encombré. D'après ce que j'avais constaté la veille et l'avant-veille, je disposais d'une bonne heure avant qu'elle ne revienne. Alors je suis allé me pointer à l'entrée de l'immeuble, et tandis qu'un type en sortait pour faire ses courses sous le crachin, je me suis glissé dans le hall sans avoir besoin de composer le moindre code.

Elle habitait au premier étage, ça, je le savais déjà, je l'avais vue plusieurs fois à travers ses fenêtres. Je suis monté par l'ascenseur, et je me suis retrouvé devant une porte tout ce qu'il y avait de plus banal, avec son nom sous la petite sonnette, écrit à la main sur une étiquette autocollante, l'écriture soignée comme celle d'une écolière. Elle n'avait rien de blindé, cette porte, peut-être bien qu'avec quelques outils j'aurais été capable de forcer la serrure. Mais je ne me voyais pas faire un truc pareil : la blonde aurait tout de suite porté plainte, deviné que quelqu'un la suivait ou lui voulait du mal, et alors il serait devenu impossible de continuer mon enquête, et encore plus de l'approcher de quelque manière que ce soit. Non, pour le moment ce que je voulais, c'était me faire le plus discret possible. Entrer chez elle sans qu'elle se rende compte que j'étais sur sa trace.

J'ai regardé autour de moi, cherché une solution. À ma droite, une porte s'ouvrait sur la cage d'escalier, avec sur le palier une petite fenêtre à poignée. Je l'ai ouverte pour me faire une idée de la situation. Ça donnait sur un petit jardin avec des chênes et des jeux pour les gosses totalement désertés, pas le moindre gamin sur le toboggan. Mais surtout, en se penchant, on voyait le balcon de la chasseuse, il était à moins de deux mètres, j'aurais dit. J'ai un peu hésité avant de me lancer. Pas que j'aie eu peur de tomber, non, ce n'est pas mon genre, c'est surtout que je ne voulais pas me faire repérer depuis le bas de l'immeuble. Mais je ne voyais pas d'autre moyen : finalement j'ai enjambé la fenêtre, posé mes pieds sur le petit rebord mouillé qui courait le long du mur, je me suis tenu comme je pouvais. Et j'ai réussi à poser l'autre main sur la balustrade du balcon, puis à me hisser dessus. Coup de bol, elle n'avait pas verrouillé la porte-fenêtre. La minute d'après, j'étais chez elle, dans son salon.

Comme un espion, infiltré dans son intimité.

Les dents serrées à l'idée de ce que j'allais trouver.

C'était un petit deux pièces, rien d'impressionnant en fait. Canapé, table basse en bois tropicaux, bibliothèque IKEA, avec pas mal de livres. Je suis passé dans la chambre, lit double, bureau. J'étais presque déçu de ce que je voyais là, comme si celle qui vivait ici était une étudiante comme une autre et pas une tueuse de grande faune. Des indices de sa passion meurtrière, j'en voyais, mais beaucoup moins que je ne l'avais imaginé. Sur les murs de sa chambre, il y avait bien quelques photos d'animaux dans des petits cadres, un zèbre, un rhino, un éléphant, les clichés pris au téléobjectif dans quelque parc national africain, j'imaginais. Mais aucune image de ses *prélèvements*, et surtout rien de comparable à la cruelle photo qui circulait depuis dix jours sur Internet. Sur sa table de chevet étaient posés un crucifix en bois, et un cadre avec le portrait d'une femme. Sa maman décédée, sans doute. C'était la seule photo d'humain de tout l'appartement, d'ailleurs : pas d'amoureux, pas de soirées entre copines. Et alors me sont revenus les mots de la métisse, comme quoi Apolline Laffourcade était un peu sauvage, et souvent toute seule. La pauvre chérie…

Bizarrement, je n'ai pas trouvé le trophée du lion. Je l'ai cherché dans toutes les pièces, pourtant, j'ai inventé toutes sortes d'objets en quoi la peau, la tête ou même une patte du grand félin auraient pu être transformées : fauteuil, tapis, portemanteau, tableau… Rien. À croire qu'elle ne l'avait jamais abattu, aurait dit un de ces trolls qui adoraient nous contredire sur Facebook. Que le fauve était encore en vie, peinard dans sa savane. Que la photo qui nous avait tous affolés n'était qu'un montage fabriqué sur Photoshop. Mais mon avis, c'était plutôt que le trophée en question était entreposé dans un tout autre endroit, un deuxième musée que papa possédait quelque part sur une de ses propriétés. Ou alors qu'il était encore en préparation chez le taxidermiste, ou en train d'être acheminé jusqu'ici, ça aussi c'était une possibilité.

J'ai regardé les livres de sa bibliothèque, pour me faire une idée de ce que pouvait bien lire une fille comme elle. Des romans classiques, toute la série des *Rougon-Macquart*, *Moby Dick*, du Jules Verne. Des récits de voyage, Francisco Coloane en Patagonie, Nicolas Bouvier. Des livres animaliers aussi, dont deux sur l'ours des Pyrénées que j'avais moi-même à la maison, d'ailleurs. Mais, posé de biais au-dessus des autres bouquins, il y avait un ouvrage que je n'avais pas du tout envie d'avoir chez moi : *Professional Hunter*, d'un certain John A. Hunter, qui portait bien son nom. Un marque-page était fiché dans le livre, comme si elle ne l'avait pas terminé. J'ai lu quelques phrases, à l'endroit où elle semblait s'être arrêtée :

Dans l'ordre du danger, je tiens le lion pour le second des animaux sauvages d'Afrique. Son adresse à se dissimuler dans le plus maigre couvert et sa rapidité qui n'exige aucun élan – au premier bond il est déjà en pleine vitesse – en sont les deux raisons.

Et j'ai reposé cette horreur en disant à voix basse, bouillonnant de l'intérieur :

— Si seulement le sien avait eu le temps de la buter…

Dans le petit couloir, un truc a retenu mon attention. Une carte punaisée au mur, avec des tracés au stylo-bille. Une carte IGN, que je connaissais très bien : Ossau-Vallée d'Aspe-parc national des Pyrénées, au 1/25 000. Une marcheuse, j'ai pensé d'abord. Avant de me souvenir de ce que j'avais entendu de la discussion, quand je m'étais introduit sur le domaine de son père : J'ai juste envie d'aller en montagne, il paraît qu'il va reneiger. Alors j'ai murmuré :

— Non, pas une marcheuse. Une randonneuse à skis.

La fille arpentait les pentes enneigées des vallées d'Aspe et d'Ossau.

Comme moi.

Et alors un truc étrange m'a traversé, une pensée qui ne me plaisait pas du tout. L'idée que cette fille était un peu solitaire, qu'elle avait des bouquins que je possédais moi-même, qu'elle faisait du ski de rando, qu'elle devait peut-être connaître deux-trois trucs sur la faune sauvage, aussi. L'idée qu'en fait, elle et moi, on partageait pas mal de choses. Mais je me suis dépêché de chasser cette sale impression, me rappelant qu'elle, les animaux, elle les butait. Et que ça, ça changeait tout.

J'ai regardé d'un peu plus près les inscriptions sur la carte. Il y avait un tracé qui montait au pic d'Aspe, en passant par le Sansanet. Je la connaissais cette randonnée, c'était une des plus engagées de la vallée. Cinq heures de montée, crampons obligatoires pour négocier la face nord, une arête vertigineuse. J'avais un peu de mal à croire qu'elle ait vraiment fait ça, mais si c'était le cas, ça voulait dire que ce n'était pas une débutante. Sûr que là, des informations sur cette chasseuse, j'en détenais beaucoup plus que tout ce qu'on pouvait dénicher sur Internet. Et définitivement, à cet instant, je n'avais aucune envie de partager tout ça avec les militants de Facebook.

Comme si cette chasseuse-là, elle était un peu à moi.

Je suis revenu dans le salon, j'ai vérifié que je n'avais rien déplacé qui puisse trahir mon passage. Dans la chambre, j'ai ouvert les placards, observé les fringues pliées et suspendues aux cintres. Tout en haut, sur une grande étagère, j'ai découvert des boîtes pleines de matériel de montagne, et une paire de chaussures de ski comme en portaient les Espagnols suréquipés qui venaient chez nous depuis le col du Somport. Des La Sportiva Spitfire, ultralégères. Évidemment, si elle avait de quoi se payer une chasse au lion à cinquante mille balles, elle n'allait pas skier avec du vieux matos comme le mien. Mais quelque chose d'autre a attiré mon attention. Un genre de valise rigide, de forme allongée, logée au fond de l'étagère, derrière les caisses en plastique. Je l'ai sortie très doucement, en déplaçant les boîtes avec soin. Je l'ai posée sur le parquet, je l'ai ouverte.

À l'intérieur, il y avait l'arc de la photo. Celui avec lequel elle avait abattu le lion.

Je l'ai regardé un instant, avec ses poulies, ses flèches rangées entre les blocs de mousse, son genre de viseur accroché sur le cadre.

— Putain… j'ai soupiré.

J'ai eu envie de le prendre en main, à la fois dégoûté et fasciné par un tel engin de mort.

Mais c'est à cet instant que j'ai entendu s'ouvrir la porte d'entrée.

Un bruit de serrure, d'abord.

Puis le grincement du battant.

Merde, je me suis dit, mon cœur en train de s'emballer. Elle était rentrée plus tôt que prévu, ou alors c'était moi qui n'avais pas assez fait gaffe au temps. J'ai refermé la valise à toute allure, je l'ai remise en place, derrière les boîtes et les chaussures de ski. Je suis sorti de la chambre à pas prudents, je me suis planqué derrière une porte. Elle ne m'avait pas entendu, pas repéré. Je l'ai vue investir son chez-elle, de dos, poser ses clés dans un petit pot sur une commode. Elle était trempée, de pluie et de sueur, les cheveux dégoulinants sur les épaules. Je l'ai observée, le cœur serré, comme on observe une espèce rare dans son habitat naturel. J'ai détaillé ses gestes, sa façon de se mouvoir entre les meubles de son deux pièces, essoufflée par sa course. Elle était tout près de moi à ce moment-là, à peine à quelques mètres, si j'avais voulu j'aurais pu lui sauter dessus, venger d'un coup toutes les victimes de ses massacres. Mais je n'ai rien fait. Peut-être parce que je n'étais pas prêt, peut-être parce que c'était trop simple, aussi. Je me suis contenté de l'épier en me souvenant de ce qu'elle était sous ses allures de jeune sportive ou d'étudiante modèle. Je l'ai regardée vérifier ses messages sur son téléphone, un vieux modèle à touches, attraper une serviette posée sur le canapé pour se sécher les cheveux. Et quand elle a filé dans la salle de bains pour faire couler sa douche, je me suis éclipsé par la porte d'entrée.

26 mars

Apolline

D-Day : jour J.

Ce soir, tout sera différent.

Ce soir j'aurai tué un lion.

Du moins c'est ce que je crois alors que je m'entraîne une dernière fois, tirant mes flèches sur une cible artisanale aménagée dans un recoin du *hunting camp*. Je suis calée sur trente-six mètres, la distance exacte entre l'appât et l'affût sur le site où on va chasser le lion, comme nous l'a expliqué le *PH*. Seule dans le silence du *bush*, je me concentre sur mon tunnel de visée, ajuste mes tirs, enchaîne mes lames par volées de six. Je veux être certaine que mon arc est opérationnel. Je m'applique à bien checker tous les cordages, point par point, mon repose-flèche, mon carquois d'arc, la rotation des cames. À ce stade, j'avoue, c'est de la maniaquerie, mais j'y tiens quand même. Quand le lion sera en face de moi, il sera trop tard pour régler mon arme.

L'index sur la détente du décocheur, je libère encore une flèche, un *perfect shot*.

Puis je sursaute quand dans mon dos claque :

— *Not bad, Legolas.*

Je me retourne. Lutz est là, gros comme un pachyderme sur la terre sèche, avec sa casquette universitaire et ses lunettes de soleil. Il marche vers ma cible, détaille l'implantation de ma volée dans le bois fendu.

— Ton père a raison, tu es plutôt bonne tireuse. Très bonne, même.

Je l'observe, me demandant si j'ai bien entendu ce que j'ai entendu : un compliment de la part de ce type qui la veille encore m'adressait à peine la parole. Un instant je me dis que, peut-être, c'est une façon pour lui de s'excuser de son comportement, avec le zèbre de montagne. Mais je me raisonne aussitôt : plus j'y pense, moins je suis certaine que ma flèche était bien placée. Et puis, présenter des excuses, ça ne doit pas être son genre. Alors je dis seulement :

— C'est surtout beaucoup d'entraînement.

— De l'entraînement, oui. (Il fronce les sourcils une demi-seconde, comme perdu dans ses pensées.) Bon, ça va être l'heure d'y aller. Tout le monde est prêt, on se fait un briefing puis on décolle, O.K. ?

Je hoche la tête, m'en vais ranger mon matériel pour le rejoindre à l'entrée du camp. Depuis le matin je sens que pour tout le staff ce jour est un jour particulier, que comme papa me l'a dit plusieurs fois, partir chasser un prédateur, c'est autre chose que d'aller tirer sur un troupeau de springboks depuis la voiture. Le *PH* a beau dire que ça va être une chasse facile, il y a un genre de tension que je n'ai pas décelée la veille, quand il s'agissait d'approcher des zèbres de montagne. Chez les pisteurs, surtout. Le matin, derrière les clôtures qui nous séparent d'eux, j'ai aperçu celui qui doit nous accompagner en train de prier à côté de sa tente. Meerepo, le *skinner* à casquette, m'a expliqué qu'il demandait à Dieu de protéger les chasseurs face au félin. Parce que tirer un lion, c'est toujours dangereux, disait-il en haussant les sourcils, on ne sait jamais ce qui peut se passer. *Very dangerous, very dangerous*, répétait-il en souriant de ses dents en pointe, comme pour me faire peur.

On se regroupe au pied du Land Cruiser, Lutz, le pisteur noir, papa et moi, tandis que le chauffeur nous attend derrière son volant. Une sorte de trac me serre l'estomac, la crainte de ne pas être à la hauteur de mon ambition. Papa, lui, me sourit en continu, toujours aussi confiant quant à mes talents. C'est le milieu de l'après-midi, en plein soleil il fait hyper chaud. J'ajuste ma casquette.

— O.K., voilà comment ça va se passer, commence Lutz, façon chef de bande. Le lion a pris ses habitudes depuis le début de l'appâtage : j'aurais voulu pouvoir mettre une caméra pour être plus précis, mais en gros on sait que chaque jour il vient sur l'appât entre dix-sept et dix-huit heures. Alors on va y aller tranquillement, pour être dans l'affût au moins une heure avant. Il devrait arriver avant la nuit. Enfin… normalement.

Il semble hésiter, moins sûr de lui que la dernière fois qu'il nous en a parlé. Comme si la situation n'était plus la même.

— Comment ça, normalement ? s'étonne papa.

Il renifle un grand coup, se tourne vers lui.

— Normalement, oui. Mais on verra sur place, O.K. ? Bon, c'est une chasse à l'affût : si on est patients et concentrés, il n'y a rien de difficile. Mais on n'oublie jamais à qui on a affaire : même appâté, un lion, ça reste un lion. On ne se prend pas pour Rambo, on prend son temps, et on ne tire que si on est certain de pouvoir l'atteindre mortellement. Je ne veux pas vous renvoyer en France dans un cercueil, O.K. ?

Il dit On, il ne me regarde pas, mais je devine que c'est à moi qu'il s'adresse.

— O.K., je dis.

— *Gut*. Et n'oubliez pas : le prélèvement est autorisé seulement parce que cet individu a été reconnu comme *animal problématique*. Ça veut dire qu'on a interdiction de tuer un autre mâle que celui-là. Alors avant de tirer, on attend mon feu vert. Je dois être certain qu'il répond bien au signalement, sinon ça va coûter beaucoup plus cher que prévu. À vous autant qu'à moi.

— C'est noté, dit papa, qui se souvient sans doute combien lui coûte déjà cette chasse d'anniversaire.

L'Allemand se frotte les mains, hésite un instant. Puis il se tourne vers moi, comme si d'un coup j'avais un peu de sa considération.

— Jeune fille, aujourd'hui c'est ta chasse, dit-il enfin. Je ne sais pas si tu te rends compte, mais il y a beaucoup de chasseurs qui rêveraient d'être à ta place, de pouvoir prélever un trophée comme celui-là. Alors, tâche de ne pas gâcher ta chance : si ta flèche est bien placée, comme celles de tout à l'heure à l'entraînement, je n'ai aucune raison de tirer. Mais si ça se gâte…

Il soulève son .470 à gros pouvoir d'arrêt, nous laisse deviner que dans ce cas il sera là pour achever le fauve. Je fais oui de la tête, les lèvres serrées, pour lui montrer que j'ai bien compris.

— *Well*… dit-il en frappant des mains, pour marquer la fin du briefing. On est partis.

L'instant d'après, on quitte le camp dans un vrombissement de moteur, papa, Lutz et moi sur la première rangée de sièges de la benne, le pisteur derrière nous, le chauffeur seul dans l'habitacle. Debout devant la cabane où il a écorché le zèbre, Meerepo me fait un signe de la main, et un instant j'ai l'impression que c'est un adieu, comme si je partais dans le *bush* pour ne jamais en revenir.

— Ça va, ma chérie ? me demande papa.

Je fais oui de la tête, pour le rassurer. Il met ses deux paumes en l'air sur les genoux, et il ferme les yeux, mimant un genre de Bouddha en méditation.

— Hmmmmmmm…

Manière de dire qu'il faut que je me détende.

On roule un long moment, on traverse une vaste plaine couverte de *fesh-fesh*, poussière très fine des lits de rivière. Un gigantesque nuage brun se forme à notre suite, assombrissant le ciel immensément bleu, comme si un orage allait s'abattre sur nous et mettre fin à la sécheresse. Papa grimace en faisant semblant de s'étouffer dans cette brume, exagère une toux bruyante. Puis le 4 × 4 s'engage sur une piste invisible qui se hisse en haut d'une colline. On avance ainsi, penchés et chahutés, agrippés comme on le peut aux prises de l'habitacle. Par endroits, on surplombe l'immensité de la plaine, terres grises et désolées qui se déroulent en dessous de nous tel un tapis jamais épousseté. Ce fameux désert peuplé de lions et d'éléphants adaptés à la chaleur et au manque d'eau, et qui de dunes en montagnes, à peine taché de quelques oasis, étale son emprise sur des kilomètres et des kilomètres, seulement stoppé par l'océan, tout là-bas vers l'ouest, sur la Skeleton Coast où se massent les colonies d'otaries à fourrure. *My God*, je me dis, c'est incroyable. Il y a quelque chose d'irréel, de vertigineux à être ici.

Le Land Cruiser ralentit, derrière nous le pisteur se met debout, commence son inspection, les yeux scrutant le décor. On se dirige vers l'affût, mais à partir de maintenant, je sais que le lion peut apparaître à tout moment. Mon pouls s'accélère, en vrai je le sens cogner à l'intérieur, la chaleur aidant. Je me redresse sur mon siège, les lèvres serrées, et même consciente que jamais je ne posséderai l'acuité des locaux, je cherche, moi aussi. Je scrute les détails de ce paysage minéral qui vire du rouge au blanc, tapissé de pailles mortes et jaunies poussées entre les pierres, les massifs de *bush milk* aux mille doigts tendus vers les cieux, les cyphostemmas aux troncs gorgés d'eau. Je sais qu'un lion, même un gros mâle, peut se fondre dans ce biotope, son pelage confondu avec le sable, surtout s'il est immobile. J'observe les ombres, les petits reliefs, tendue de partout.

Et alors j'aperçois un arbre du berger, avec une forme étrangement animale pendue à une de ses branches sur lesquelles sont perchés des corbeaux-pies. Le Land Cruiser s'approche lentement, le pisteur aux aguets, Lutz muet derrière ses lunettes noires. Les contours de la forme se précisent, je reconnais le morceau d'âne disposé pour appâter le félin. Ou plutôt ce qu'il en reste : une carcasse à peine identifiable, tournant sur elle-même à un mètre cinquante du sol. On voit un peu de peau grise en train de sécher, les côtes grandes ouvertes, de la chair noire et rouge recroquevillée à l'intérieur, des morceaux de viscères éparpillés autour, çà et là sur les cailloux brûlants. Je devine des insectes tournant autour de la viande, l'odeur, aussi, fétide et embaumante, qui vient jusqu'à nous lorsque le chauffeur s'arrête et coupe le moteur, un peu avant d'atteindre l'arbre.

— Voilà l'affût, nous dit le *PH*.

Contre une énorme euphorbe, il y a une sorte d'abri bricolé, fait de bois de mopane, de branches et de feuillages entrecroisés. J'avoue, c'est du beau boulot que Lutz et ses hommes ont fait là. Je sors mon arc de chasse de sa valise, que je laisse sous les banquettes, l'Allemand empoigne son gros calibre, son sac à dos. Et tout le monde descend du 4 × 4, sauf le chauffeur, bien sûr, qui fait demi-tour quand son boss le lui ordonne, d'un coup du poing contre la portière. Je regarde s'éloigner le Land Cruiser, qui bientôt disparaît derrière le talus, nous laissant seuls au milieu du *bush*, moi, papa, Lutz et le pisteur. Quelques vautours planent au-dessus de nous, vautours oricous, si je ne me trompe pas. On investit l'affût, tous les quatre regroupés sous les tiges et les feuilles. On y est un peu serrés, mais la vue est parfaite sur l'appât suspendu.

— Trente-six mètres, rappelle le *PH*. Ça devrait aller, non ?

Papa se tourne vers moi.

— Apo, ça ira pour toi ?

Je détaille l'édifice, comme si j'étais une experte en la matière. Et je redresse mon arc en faisant semblant de tirer une flèche à travers l'ouverture, mon pin de trente-six mètres calé sur le bas de la carcasse d'âne. Là où, j'imagine, se trouvera tout à l'heure mon lion. Le haut de l'AVAIL ne bute même pas sur le plafond végétal, le *PH* a tout prévu.

— C'est parfait, je dis. Là, si je rate mon tir, c'est vraiment que je ne le méritais pas, ce trophée.

— Tututut, arrête de dire n'importe quoi, ma chérie. D'ici je suis sûr que tu peux abattre un moustique.

Je grimace, pas assez détendue pour sourire. Pas assez sûre de moi, non plus.

— *Gut*, fait Lutz à voix basse sous le toit de feuilles. Maintenant on attend.

Je regarde ma montre : il est seize heures treize.

On s'assoit sur le sol sec. Le pisteur sort de l'affût, s'allonge quelques instants dans l'ombre du *bush milk*, casquette rabattue sur ses yeux. Lutz garde un œil sur l'appât, renifle souvent, l'air un peu stressé. Un immense silence se fait, seuls nous parviennent les croassements des corbeaux-pies, qui dans l'arbre du berger s'agitent autour de la charogne, perturbés par aucun carnivore.

— Vous pensez qu'il est déjà dans le coin ? je demande.

L'Allemand bouge les lèvres, hésite.

— Habituellement, tant qu'il reste à manger, un lion ne s'éloigne jamais beaucoup de son *kill*[1], pareil pour un appât. Il y revient tous les jours, à peu près aux mêmes heures.

Mais ce n'est pas vraiment une réponse, je réalise. En vrai j'ai l'impression qu'il doute. Avec le recul, je crois qu'à ce moment-là il sait déjà que cette chasse va être un échec, mais qu'il ne veut pas encore nous le dire. On attend, les minutes s'égrènent dans l'affût. Le soleil décrit son arc incandescent, les ombres s'allongent aux pieds des arbres et des rochers. À trente-six mètres de nous, la forme de l'arbre-potence et de son âne suspendu me devient familière, rien ne s'y passe sinon la danse funèbre des corvidés. J'attends l'instant où surgira le

1. Carcasse de gibier tué par un prédateur.

grand fauve, j'essaie d'imaginer d'où il arrivera, s'il apparaîtra de derrière ces blocs de roches, s'il émergera à pas prudents au-dessus de cette butte grise, s'il viendra de derrière nous, ignorant notre affût comme un fragment inerte de ce paysage aride. Je caresse ma médaille dans le creux de mon cou, le geste machinal, comme si la Vierge Marie elle-même allait le faire venir. Je regarde papa qui, silencieux, prend quelques photos : l'intérieur de notre planque ; la trouée d'où je suis censée tirer ; mon AVAIL posé contre les tiges. Il me fait un sourire, hausse les sourcils pour dire son excitation, combien il est heureux d'être ici avec moi. Et moi, malgré la tension qui m'habite, je réalise à quel point j'ai de la chance d'avoir un père comme celui-là. Maman disait que lui et moi, on était trop fusionnels, que notre relation ne m'aidait pas à aller vers les autres. Mais je n'y peux rien : j'aime ça, partager du temps avec mon petit papa, cette passion qui nous unit depuis mon premier damalisque.

Dix-sept heures trente passées : aucune trace du lion.

Avec la fin de journée, un chacal vient rôder autour de la carcasse, l'observe sans pouvoir l'atteindre, rivé au sol et court sur pattes. Il fouille les alentours pour glaner quelques miettes lâchées par les oiseaux. Puis s'éclipse à pas vifs dans la poussière du *bush*. Lutz me semble de plus en plus dubitatif, agité même, des tics nerveux sur son visage bouffi. Sa carabine en main, il échange des regards muets avec son pisteur, accroupi au seuil de la cahute. Je fais de même avec papa, qui me rassure d'une grimace, et chuchote :

— Allez, Mufasa, ramène tes petites fesses.

Mais à dix-huit heures trente, il n'est toujours pas là.

Le soleil s'efface bientôt derrière les montagnes

grises, le décor à présent baigné dans l'ombre des reliefs, l'arbre et son âne comme une sculpture macabre au milieu des ténèbres. Les bruits de la faune nocturne s'élèvent doucement. J'ai l'impression de ne plus sentir l'odeur de la charogne, peut-être parce que je m'y suis habituée, peut-être parce qu'il fait moins chaud. Je scrute le *bush* en train de s'assombrir, consciente que plus le temps passe, plus l'arrivée de mon lion se fait incertaine. La nuit se répand, comme un voile noir jeté sur le désert. On n'y voit presque plus lorsque le *PH* consulte sa montre, et chuchote pour lui-même un :

— *Scheiße*...

J'attends encore, j'observe les contours à peine visibles de son visage, j'observe papa. Et quand dix-neuf heures trente arrivent et qu'il fait vraiment nuit, c'est moi qui prends les devants :

— Il ne va pas venir, c'est ça ?

Lutz renifle, regarde encore l'appât, me fixe un instant. Et enfin avoue :

— *Nein*. Il ne viendra pas.

Papa fronce les sourcils.

— *What's the problem ?*

L'Allemand soupire encore sous les branches.

— Le problème, c'est qu'il a quitté le secteur. J'espérais qu'il reviendrait, mais...

Et il se redresse en faisant :

— Allez, venez voir.

Alors on sort de l'affût, tous les quatre sous la voûte magnifique des étoiles, la Croix du Sud bien visible, les crêtes des montagnes juste esquissées, horizons noirs et cassés dans le bas du ciel. Le *PH* sort une lampe-torche de son sac à dos, l'allume, nous invite à le suivre en marchant vers le boscia. Il scrute le sol de son halo blafard, inspecte le sable et les cailloux, aidé par son pisteur. Les chaussures dans la pierraille, on avance avec lui, jusqu'au pied de l'arbre. Un vent discret caresse mes mollets nus. Un frisson me saisit, je me retourne, pour vérifier que le félin n'est pas juste derrière moi.

— *Look*, dit bientôt Lutz, désignant la terre d'un coup de triple menton.

Je regarde le rond lumineux, et d'abord je ne vois rien d'autre que des herbes cassantes, des cailloux et du sable en noir et blanc. Alors il s'accroupit pour nous montrer une portion de sol vaguement modelée. Avec de l'imagination, je parviens à deviner, peut-être, la forme des cinq coussinets d'un pied de félin. *Wow*, un truc énorme, large comme ma main grande ouverte, laissant prédire un animal vraiment massif.

— C'est lui, dit Lutz. C'est le lion. Mais ce n'est pas d'aujourd'hui, les contours sont déjà bien effacés. Il y a aussi des crottes autour de l'appât, des crottes pleines de sang : c'est typique des lions, quand ils mangent une carcasse. Mais c'est pareil : tout ça date de plus de vingt-quatre heures. Ça se voit aussi à l'appât : la viande a séché. (Il soupire :) S'il était encore dans le coin, il serait forcément venu charogner au moins une fois dans la journée.

Papa détaille la trace.

— À votre avis, qu'est-ce qui s'est passé ?

Lutz nous tourne le dos, s'éloigne de quelques mètres, la torche braquée sur le sol. Et nous dit, à voix haute dans la nuit :

— Il s'est passé que quelqu'un est venu ici. Regardez ça.

Et tandis qu'on le rejoint, on découvre une autre empreinte dans sa lumière. Une empreinte de pas, humaine. Une chaussure, ou une sandale, je ne sais pas trop. Il y en a plusieurs, en fait, dispersées autour du site.

— Vous avez entendu ce coup de feu, hier, sur le retour ?

— Moi, oui, je dis. Vous pensez qu'il a pu être abattu ?

Il secoue la tête, les lèvres serrées.

— *Nein*. Non, il est encore en vie, quelque part. (Il observe un silence en scrutant les lignes noires des crêtes, l'air d'élaborer des stratégies dans sa tête de chasseur professionnel.) Mais maintenant c'est plus compliqué. Maintenant ce lion, il est *éduqué* : il sait qu'un appât, ça veut dire un danger.

Il soupire encore, l'air irrité, sans doute furieux que quelqu'un soit venu contrarier son organisation. Puis, tourné vers papa, il dit :

— Elle va l'avoir son lion, croyez-moi. Pas aujourd'hui, mais faites-moi confiance, elle finira par l'avoir. Ça sera juste un peu plus long que prévu.

27 mars

Charles

Tapi au fond de sa grotte, il attendit que vienne la nuit, la nuit cet autre monde, celui des ombres que jetait la lune sur les plaines fuligineuses, celui des arbres mués en spectres échevelés, sterculias, pachypodiums, cyphostemmas, celui où s'éveillaient les faunes qui le jour se terraient, celui des hyènes brunes au pelage hirsute, silencieuses comme aucune autre bête, rasant les ténèbres en quête d'une charogne, celui des chacals à chabraque hurlant dans la pénombre, sillonnant les reliefs de leurs pas agités, celui des geckos aboyeurs et de leurs *teck teck teck* à l'entrée des terriers où se cachaient les femelles, celui des outardes de Rüppell, deux ou trois cous dressés au-dessus des pailles, les chants graves et rythmés à l'heure du crépuscule, celui des scorpions surgis de leurs trous, dévalant les pentes sableuses, l'aiguillon redoutable au sommet des queues cuirassées, et le monde des lions, comme ceux de son espèce, après les jours passés vautrés à fuir la canicule, quand enfin venait l'heure de s'attaquer aux proies, de quitter les dortoirs aux pieds des arbres aux houppiers déployés en ombrelles, d'entamer les longues marches à travers ce royaume de sable et de pierre, les lointaines odyssées jusqu'aux confins du monde, des distances impossibles à parcourir de jour, à la recherche de nouveaux territoires de chasse, et peut-être, qui sait, de fiertés inconnues sous l'emprise d'aucun mâle, encore à conquérir.

Il quitta la brèche infiniment reculée dans les pans des falaises, les coussins de ses quatre pattes sur le terrain de caillasse, et s'en alla véloce, félin furtif sous la voûte étoilée, pour trouver d'autres lieux où s'établir, la mémoire trop chargée des silhouettes des humains, ces ennemis qui, semblait-il, auraient tout inventé pour l'éloigner des terres qu'ils voyaient comme les leurs, parquant les proies derrière des rangées de troncs, le harcelant de toutes parts pour le dissuader d'aller y faire bombance, nul doute qu'il y reviendrait à ces festins d'orgie, quand l'envie serait trop forte de se jeter dans les *kraal*s, d'entendre encore chèvres et vaches hurler à la mort, avoir goûté à cela le hanterait à jamais tant l'ivresse était belle, mais pour l'heure il s'était résolu à prendre ses distances avec les hommes, à les laisser croire qu'ils étaient parvenus à triompher de lui, eux : tous ceux qu'il avait aperçus postés en sentinelles autour de leurs enclos, mais surtout le plus belliqueux, celui dont à deux reprises il avait croisé la route, son allure à présent bien ancrée dans ses souvenirs de lion, celui qui le craignait comme aucun autre humain, mais qui faisait mine de n'avoir jamais peur, debout en face de lui comme s'il avait sa force, celui qui de son arme avait fait surgir le tonnerre, fait trembler terre et ciel tant le bruit était puissant, celui qui, pour finir, l'avait poussé à délaisser cette viande pourtant à peine noircie, cette viande dont le goût ranimait ses années de gloire, cette viande qu'en son absence allaient finir les corbeaux-pies.

Il chemina le long des parois de pierre, le vent de la nuit sur ses lèvres trop sèches, engouffré dans les poils noirs de sa crinière, il traversa la plaine en fantôme imposant, avec en tête la carte mentale de son immense contrée, les invisibles pistes qu'il connaissait déjà pour les avoir tant pratiquées, celles qui conduisaient vers les dunes, celles qui filaient droit vers l'océan, celles qui ramenaient vers ses terres de naissance, chargées des nostalgies de l'enfance, tout en marchant il hésita sur son itinéraire, pour enfin fixer les sommets qui se détachaient sous le ciel, les lignes obliques et chahutées dressées en cathédrales, les horizontales quasi parfaites des plateaux tabulaires, puis bifurquer pour emprunter les sentes qui s'enfonçaient dans les vallées, entamer l'ascension du massif montagneux, jugeant que dans les altitudes il se ferait oublier, que là-haut les humains n'iraient jamais le chercher.

Komuti

— Imagine un peu : il était debout sur ses pattes, tout près de moi, comme ce buisson, là. Il me regardait avec ses immenses yeux jaunes, ses oreilles dressées, sa crinière noire, il passait sa langue sur sa truffe, je voyais tous les détails, toutes les petites cicatrices qu'il a sur le museau. J'entendais son souffle, je sentais même son haleine de carnivore, je t'assure que c'est vrai. Il aurait pu m'attaquer, tu sais. Mais il ne bougeait pas. Et moi non plus je n'ai pas bougé. Je suis resté à ma place, debout et immobile. Je l'ai observé comme je t'observe. Et en réalité, tu vois, c'est lui qui avait le plus peur. Moi j'étais calme, je lui tenais tête avec mon fusil. On s'est fixés longtemps comme ça, lui et moi. D'égal à égal.

Même noyés dans l'obscurité, je devinais les contours brillants du visage de Kariungurua, cette façon si particulière qu'elle avait de me regarder. Elle souriait, un peu distante, un peu moqueuse, comme toujours, comme si elle savait comment les choses s'étaient réellement passées. Que, si je ne mentais pas vraiment, j'embellissais beaucoup ma rencontre avec le lion. Elle détourna les yeux pour les planter dans le ciel noir et troué d'étoiles, barré d'un horizon à l'autre par le bandeau diffus de la Voie lactée. Et, comme si la conclusion de mon glorieux récit lui revenait, elle finit par dire :

— Mais tu ne l'as pas tué, Komuti. *Kona kuzepa.*

— Non, je ne l'ai pas tué. Pas cette fois, confirmai-je, les lèvres serrées.

Nous nous tûmes alors, tous deux couchés sur la roche plate où, comme les soirs précédents, nous venions de faire l'amour, à l'écart de nos familles endormies sous les cases, là-bas. J'avais l'impression qu'à chaque fois, c'était plus fort que le jour d'avant. Parce que je prenais de l'assurance, moins impressionné par ce qu'elle représentait, surtout quand on était loin de Tjimeja. Parce que j'osais la bousculer un peu, comme un homme, comme les femmes aiment qu'on le fasse même si jamais elles n'iront l'avouer. Parce que Kariungurua, elle aussi, commençait à se laisser aller. À avouer, à demi-mot, qu'elle attendait nos rendez-vous avec la même impatience que moi. Derrière ses allures de reine, qu'en public elle prenait soin d'entretenir, je devinais une femme pleine de désir pour moi. Bien plus que pour ce babouin de Kaveisire, bien plus que pour n'importe quel autre Himba. Quoi que puisse en penser Meerepo, j'en avais la certitude. Et pour rien au monde je n'aurais renoncé à elle. Pour elle, des lions, j'aurais pu en tuer cent.

Un vent de nuit soufflait entre les deux rives, comme s'il suivait le cours de la rivière fantôme. Comme si ce lit de sable et de galets, à défaut d'accueillir de l'eau, était devenu le sien. Au-dessus de nous, les feuilles du *makalani* gémirent à son passage. Kariungurua frissonna, fit tinter ses chapelets de graines en roulant sur le côté. Entre ses seins rouges, son *ohumba* luisait d'un éclat minuscule.

— Moi non plus je n'ai pas peur de ce lion, dit-elle. Regarde, je suis là, en pleine nuit…

— C'est parce que tu sais que je te défendrais s'il s'attaquait à toi.

— *Iii*… fit-elle. Komuti le grand guerrier.

Elle continuait de rire de moi, je m'en rendais compte. Pourtant, quand elle dit cela, je me sentis gonflé de fierté, comme si c'était réel, comme si j'étais un puissant guerrier himba, moi, Komuti. J'écoutai encore un instant le chant des feuilles de notre palmier. Les cris des gangas qui volaient quelque part, à coups d'ailes furtifs dans la nuit. Kariungurua finit par se redresser, m'offrant son dos cuivré et la chute de ses tresses, pareilles à l'eau qui tombait des cascades d'Epupa. Assise sur la pierre, elle alluma son téléphone qui jeta une lueur bleue sur les branches du ficus, au-dessus de nous. J'ignorais ce qu'elle consultait, aucun réseau ne portait jusqu'ici, mais elle fit cela en silence pendant plusieurs minutes, le doigt se promenant sur l'écran tactile, comme hypnotisée par les images qui la tiraient hors de notre désert natal. Avant de dire, sans se retourner, l'air de se parler à elle-même :

— Peut-être qu'en fait, c'est une femme qu'il faut pour affronter ce lion. Peut-être que la Française, celle dont tout le monde parle, elle arrivera à le tuer, elle. Tu sais ce qui se dit ? Qu'avec son arc, elle serait capable de flécher un mamba depuis le haut d'une montagne. Que personne ne tire aussi bien qu'elle, pas même chez les Bochimans.

Et ces mots me plongèrent dans un profond silence. C'était la première fois que Kariungurua me parlait de la chasseuse blanche, et voilà qu'elle se mettait à croire en elle plus qu'en moi. Il fallait la comprendre : au fond, peu importait que deux jours plus tôt j'aie fait preuve de courage en m'approchant d'un grand félin. Pour elle, pour son père, pour le mien, pour tous les pasteurs de la région, ça ne changeait rien du tout.

Le lion était encore en vie.

Et à présent, plus personne ne savait où il se trouvait.

Mon coup de feu ne l'avait même pas touché, j'avais fini par comprendre cela. C'est ce qui m'avait sauvé, sans doute : blessé, il m'aurait sûrement attaqué, et à cette heure auraient débuté mes obsèques opérées selon les traditions himbas. Pourtant mon tir n'avait pas été sans conséquence : il avait fait fuir le fauve de l'endroit où le chasseur professionnel l'avait attiré. On avait beau avoir tenté de l'appâter à nouveau, dès le lendemain le lion n'avait plus posé une seule de ses énormes pattes dans ce coin-là. Une bien mauvaise nouvelle pour les éleveurs de la région, comme Tjimeja, pressé d'apprendre la mort de celui qui lui avait emporté sa vache la plus précieuse. Nul ne savait où se trouvait le félin désormais, tout près d'ici ou parti bien plus loin, en direction du Damaraland, de la frontière angolaise, tout était possible. Y compris qu'il s'en prenne à un *kraal* dès la nuit prochaine, ce à quoi chacun se préparait à sa manière, qui réparant ses clôtures, qui ranimant son feu, qui honorant les ancêtres en espérant que le mauvais sort frappe un autre plutôt que soi. Alors oui, mon acte de bravoure ne changeait rien. À part Kariungurua, personne ne savait, d'ailleurs, que j'étais à l'origine du tir entendu jusque dans le village : j'avais regagné ma case en pleine nuit, remis en place le fusil de mon père qui n'avait même pas remarqué son absence, comme si de rien n'était. Depuis je faisais l'innocent, celui qui ignorait tout de ces événements récents dont les Himbas se seraient bien passés. Pour mon père, ce tir manqué était l'œuvre d'un braconnier.

— Quelqu'un qui n'est pas d'ici, disait-il la veille. Forcément.

Et son espoir, en lâche qu'il était, c'était que le chasseur professionnel retrouve la trace de l'animal, que sa cliente puisse enfin l'abattre. Pour lui comme pour les autres villageois, c'était la seule solution, ils allaient faire une grande fête lorsque tomberait la nouvelle.

Mais je n'avais pas dit mon dernier mot.

C'est vrai, ma première tentative était un échec. Jamais je ne raconterais cela à la femme que j'aimais, mais je le reconnais : face au lion, j'avais eu peur. J'avais tremblé, vacillé, transpiré, jamais je n'avais éprouvé une peur comme celle-là, aussi physique. Pourtant je n'avais pas l'intention de renoncer. J'étais Komuti, et j'étais prêt à me retrouver à nouveau en face du fauve. Je ne savais plus comment m'y prendre, je n'avais plus aucun temps d'avance sur le chasseur professionnel. J'étais réduit, comme lui supposais-je, à attendre que le lion refasse surface un jour prochain, que sa présence soit signalée, si possible pas trop loin d'ici. Mais non, je n'allais pas renoncer.

Et à présent, j'étais prêt à tout.

25 avril

Martin

— Martin, les Pyrénées ce n'est pas Yellowstone ou le Serengeti, vous comprenez ça ? Il y a des gens qui vivent sur ce territoire, que vous le vouliez ou non. Il y a des éleveurs, il y a des chasseurs, il y a des habitants, il y a des communes avec des élus, des écoles… Un parc, c'est un partenaire. Il faut qu'il soit accepté par la population, sinon on n'arrivera jamais à rien, croyez-moi, je sais de quoi je parle.

J'ai soupiré quand le directeur a dit ces derniers mots : je sais de quoi je parle. Franchement, j'avais des doutes à ce sujet. Qu'il s'y connaisse en politique et en administration, ça, je voulais bien le croire, ce n'était pas le pire des patrons passés à ce poste. Mais je ne l'avais jamais vu autrement qu'en costard, ni mettre un pied sur les sentiers d'Aspe. Et quoi qu'il en dise dans ses beaux discours de haut fonctionnaire, comme notre cher ministre de l'Écologie, je n'étais pas certain qu'il ait conscience de l'ampleur du problème, de cette sixième crise biologique dont l'homme s'était rendu responsable. Je n'étais pas sûr qu'il soit au courant, par exemple, que sur les huit millions d'espèces animales et végétales estimées sur

Terre, plus d'un million était en danger d'extinction. Que vu l'urgence, il était peut-être temps de bousculer un peu le quotidien des Français, surtout dans un parc national censé servir d'exemple au reste du pays.

— Je ne sais pas si vous réalisez, Martin, mais c'est l'image du parc qui est en jeu, il a repris. Sur le terrain, on a besoin d'agents pour faire le lien avec les usagers. Pas de cow-boys qui crèvent les pneus des chasseurs ou qui menacent les bergers sur les estives. Sans parler de ce PV que vous avez dressé à une commune l'année dernière, pour avoir coupé un arbre afin d'aménager une cabane d'estive. Un arbre mort…

— Un arbre mort, oui. Essentiel au cycle de vie du pic à dos blanc, une espèce qui a disparu de quasiment toute l'Europe, j'ai précisé.

Derrière son bureau surchauffé, loin des sommets sur lesquels étaient en train de tomber de nouvelles neiges, il m'a regardé et à son tour il a soupiré, comme un constat que lui et moi, on ne parlait pas la même langue. J'ai essayé de repenser à ces trucs qu'il me ressortait comme si c'étaient des fautes professionnelles, de me demander si je n'avais pas été trop loin, de *me remettre en question* comme Antoine disait que jamais je ne le faisais. C'est vrai, à l'automne j'avais crevé les pneus de la voiture de ces chasseurs, parce qu'ils s'apprêtaient encore à aller taquiner le sanglier sur le territoire de Cannellito, et je pensais avoir fait ça plus discrètement. C'est vrai, aussi, que je m'étais énervé contre ce berger l'été dernier. On était montés avec un collègue pour dresser un constat sur son estive, soi-disant qu'un ours avait attaqué son troupeau pendant la nuit, en profitant du brouillard pour s'approcher des bêtes. Pendant deux heures on s'était coltiné ce type imbuvable et sa mauvaise foi pas possible. Franchement, ça se voyait comme le nez sur sa gueule que ce n'était pas l'ours qui les avait tués, ses moutons, je n'en revenais même pas qu'il puisse l'accuser comme ça. En plus, il ne faisait rien pour protéger ses bestiaux, il ne les avait pas regroupés pour la nuit, il n'avait pas de patou ni rien. Alors oui, c'est vrai, je l'avais traité de tous les noms. Mais non, j'avais beau y repenser, je n'avais pas l'impression d'avoir déconné. La hiérarchie pouvait dire ce qu'elle voulait, j'avais ma conscience pour moi.

J'ai tourné la tête, regardé les cadres qui ornaient le bureau du directeur : la grande spirale de la vie servant de logo aux parcs nationaux de France ; la photo d'un bouquetin ibérique relâché deux ans plus tôt dans le massif, pour remplacer le bouquetin des Pyrénées, officiellement éteint, une des réussites qu'il allait pouvoir mettre dans son bilan de patron. Ce n'était pas la première fois que je me retrouvais dans cette pièce, mais jamais je n'y avais été convoqué de cette manière.

— Je comprends, j'ai dit, pressé que ça se termine. Je vais essayer de faire plus attention.

Je pensais qu'il en avait fini avec moi, qu'il voulait juste me remonter les bretelles. Mais il a passé sa main sur son menton carré, pincé sa lèvre entre le pouce et l'index, comme s'il hésitait à se lancer. Puis il a dit :

— Vous savez que deux ourses vont être réintroduites en Béarn cet automne ? J'ai encore eu le cabinet du ministre hier : cette fois tous les feux sont au vert, ils sont décidés à aller jusqu'au bout. Ce n'est pas du tout le moment d'attiser les conflits dans les vallées, c'est déjà assez tendu comme ça.

J'ai haussé les sourcils : je n'y croyais pas une seconde à leur réintroduction.

— Et alors… ?

— Alors… (Nouveau soupir.) Alors je vais convoquer un conseil de discipline. Pour décider des sanctions à votre encontre.

— … Pardon ?

— La fédération de chasse veut votre tête, Martin. La FNSEA aussi. Et encore, vous avez de la chance qu'ils n'aient pas porté plainte au pénal, pour le pneu ils auraient pu. Personne ne comprendrait que la direction ne réagisse pas.

Il m'a fallu plusieurs secondes avant de pouvoir répondre quoi que ce soit. Un conseil de discipline : ça, je ne l'avais pas vu venir. J'ai senti mes lèvres se serrer l'une contre l'autre. J'ai fixé son visage faussement embarrassé.

— Ça veut dire quoi ?… Vous… vous pensez à quel type de sanction ?

— Sincèrement je n'en sais rien encore, ce sera au conseil de se prononcer. Mais… mais ça peut aller jusqu'à une exclusion temporaire de fonctions. Ou une rétrogradation.

— Une quoi ?!

— Je suis désolé.

Mais il n'en avait pas vraiment l'air.

Un silence s'est abattu sur le bureau, un silence chargé de colère et d'incompréhension. J'ai cherché mes mots, voulu me défendre, le convaincre de renoncer à cette décision débile. Mais je me suis retenu : je n'allais pas lui faire ce plaisir-là, non, ce n'est pas mon genre de m'abaisser comme ça. J'ai préféré inspirer un grand coup, relever la tête. Et lui balancer, soudain beaucoup moins poli :

— Quand vous aurez la preuve que les chasseurs ont tué Cannellito, vous continuerez à dire que ce sont des partenaires ? C'est ça qu'il vous faut pour commencer à comprendre ce qui se passe ici ? Que vous êtes à côté de la plaque ? Que votre histoire de réintroduction, là, c'est des conneries ?

Mais la question n'appelait aucune réponse, il est resté muet dans son fauteuil de technocrate. Un nœud de rage en train de me tordre le ventre, j'ai soutenu son regard, jeté un œil à l'empreinte d'ours moulée dans du plâtre, posée sur son bureau comme n'importe quel bibelot. Puis je me suis levé de la chaise visiteur. J'ai remis ma veste de garde, et je me suis dirigé vers la porte en lui lançant en guise d'au revoir :

— Je vous souhaite un bon effondrement, monsieur le directeur.

Et je suis sorti du bâtiment, sans un regard pour sa secrétaire et tous les cadres qui pianotaient sur leurs claviers.

J'ai traversé la place sous les nuages sinistres, me suis réfugié dans ma bagnole. Cannelle a grogné sur sa banquette, l'air d'avoir tout de suite compris qu'un truc n'allait pas. J'ai enfoui mes doigts dans ses poils mouillés, espérant que ça allait me détendre un peu. Mais rien à faire, ça bouillait à l'intérieur. Franchement, ce conseil de discipline, c'était du grand n'importe quoi. Me sanctionner, moi, après tout ce que j'avais donné à ce parc, pour faire plaisir aux chasseurs et aux éleveurs. À nos ennemis, en fait. Dans ma tête, il y a tout qui s'est bousculé, j'ai repensé à cette putain d'histoire de pneu crevé et de pseudo-attaque d'ours. J'ai pensé à mes discussions avec Antoine sur ce truc d'optimisme. Plus que jamais j'ai pensé à cette faune en déclin, à cette crise planétaire contre laquelle même un parc national semblait ne rien vouloir faire. J'ai pensé aux chasseurs qui depuis des décennies décimaient les espèces dans ces montagnes comme partout ailleurs sur Terre. À celui qui, le 1er novembre 2004, avait tué Cannelle et la lignée d'ours des Pyrénées avec elle, à cette *charge d'intimidation* qu'il avait prise pour une attaque, continuant de clamer qu'il était en état de légitime défense. Et bien sûr j'ai pensé à Apolline Laffourcade. Avec quelque chose en train de s'échafauder en moi, un plan qui se construisait tout seul dans mon crâne énervé, un plan encore très flou. Comme si cette chasseuse-là, c'était devenu la seule chose contre laquelle j'avais encore la possibilité de me battre, puisqu'on ne voulait plus de moi ailleurs.

J'ai mis le contact, et j'ai fui le siège du parc en m'engageant sur l'autoroute, quarante minutes de conduite, les doigts crispés sur mon volant, sourd aux gémissements de ma chienne qui semblait me dire de me calmer, dépassant tous ces citadins isolés du monde, bien à l'abri dans leurs voitures. J'ai atteint Pau, je suis allé me garer dans la rue de la fille, au pied de son appart d'étudiante en droit. J'ai attendu dix-sept heures, qu'elle sorte encore une fois de chez elle pour son running quotidien. Je l'ai regardée courir en direction des berges du gave, disparaître derrière les bâtiments de ses foulées aguerries. Et j'ai ouvert ma portière, pour retourner à l'intérieur de l'immeuble.

Avec, cette fois, un but bien précis.

28 mars

Apolline

Lorsque Lutz vient me parler, je suis dans ma chaise longue, sur la terrasse bétonnée aménagée devant ma tente, en train de lire quelques lignes de *Professional Hunter* :

Lorsque nous arrivâmes au village indigène où les incursions des éléphants avaient causé des dommages, les habitants se pressèrent autour de moi pour m'accueillir comme leur sauveur.

Sur l'autre rive du fleuve à sec, au pied d'un arbre dont les racines enchevêtrées fouillent roche et sable comme des vipères assoiffées, il y a des babouins chacmas qui s'égaillent depuis le matin, j'en ai compté une bonne trentaine. Des jeunes, minuscules et agrippés aux dos des mères ; des femelles en œstrus, l'arrière-train rose et hyper gonflé, *wow*, un truc énorme ; et des mâles, parmi lesquels j'essaie d'identifier le dominant. Entre deux pages, je les observe vaquer à leurs occupations, gratter le sol, s'épouiller les uns les autres, grignoter je ne sais quoi à l'ombre des salvadoras.

Je dégaine parfois mes jumelles pour mieux voir les visages de ces lointains cousins de l'homme.

Le *PH* longe les cailloux blancs pour venir jusqu'à moi, s'assoit sur le tabouret de pierre. Il est accompagné de son sympathique *skinner*, qui me salue, mais reste en retrait au pied des marches.

— Vous l'avez retrouvé ? dis-je en refermant mon livre.

Lutz secoue la tête.

— *Not yet.* Mais on va le dénicher, fais-moi confiance. Je n'ai pas l'habitude de renoncer aussi vite, ni de laisser un client repartir sans son trophée. Toute la Namibie est sur le coup : dès qu'il sortira une oreille de sa cachette, je serai le premier à le savoir, crois-moi.

Et en disant ça, il tapote la poche de son jean où je devine la forme de son *cellphone*. Il fait mine d'avoir la situation en main, mais en vrai je vois bien qu'il n'est plus si sûr de lui, rouge et suant dans son polo. Ça le rend un peu plus humain, c'est toujours ça de pris. Vu le prix que papa paie sûrement pour ce voyage et ce trophée si rare, j'imagine qu'il joue sa réputation dans cette histoire, surtout après nous avoir dit combien cette chasse allait être facile. C'est qu'on est déjà jeudi, à présent il ne nous reste plus que trois jours pour prélever le félin. On n'a pas le choix : papa ne peut pas allonger la durée du séjour, dimanche il nous faudra reprendre l'avion. Avec ou sans mon trophée.

— Vous en savez un peu plus sur ce qui s'est passé ? je demande. Celui qui a tiré sur le lion, c'était qui ? Un braconnier ?

— *Well*, on ne le saura sans doute jamais. D'après

mes gars, ça pourrait être un *outsider*, un Himba qui serait venu d'une autre région. Sûrement embauché par des Chinois, il y en a pas mal en ce moment, sur les chantiers. Ces Jaunes, c'est des barbares : tout le trafic de cornes de rhinocéros, c'est eux qui sont derrière, pour fabriquer leurs foutues potions aphrodisiaques. Mais en Europe, les écolos, ils préfèrent s'en prendre aux chasseurs de trophées, forcément c'est plus facile…

Je fais oui de la tête, bien d'accord avec lui.

— Mais vous êtes certain qu'il est encore en vie ?

— Aussi certain qu'il va encore faire chaud demain. Si un braconnier l'avait tué, on aurait retrouvé le corps sur place. Avec les pattes coupées. Et la mâchoire arrachée. C'est la seule chose qui les intéresse, les Jaunes.

Il jette un œil à la couverture de mon livre, hausse les sourcils en connaisseur. Je réalise que je le regarde un peu différemment, avec plus de considération, comme si lui et moi on commençait à s'apprivoiser. Alors, hésitante, je me résous à glisser cette question qui me taraude depuis trois jours et qui me fait douter de mes qualités de chasseuse :

— Dites. Le zèbre, l'autre jour, quand vous avez tiré. Vous êtes certain que je l'avais manqué ?

Mais ce n'est pas ce jour-là que j'aurai ma réponse.

— Tu es encore sur cette histoire ? On devrait peut-être passer à autre chose, non ?

Puis, se frottant les mains, il dit :

— Je me disais, comme on ne va pas aller chasser aujourd'hui… ça vous dirait de visiter un village himba ?

Je grimace, étonnée par la proposition. Il cherche à

nous occuper, je devine. J'essaie de l'imaginer en train de se balader entre les cases d'un village africain, et l'idée ne me réjouit pas vraiment.

— Avec… avec vous, vous voulez dire ?

— Non, non… Avec Meerepo. Il est himba, tu sais ?

Je regarde le *skinner* : casquette NYC, lunettes fumées, *cellphone* à la ceinture. Il porte un tee-shirt *Russia 2018*, aussi, quelque chose d'improbable dans ce coin aussi reculé. Pas grand-chose à voir avec les Himbas des reportages télévisés. Pourtant, alors qu'il m'offre son plus grand sourire, je remarque à nouveau la forme de ses deux dents du haut, comme taillées en pointe. Une tradition de son peuple, peut-être.

— Valentina est partante, précise Lutz, pendant que son mari sera avec moi, à la chasse aux antilopes. Si ça vous tente, vous et votre père…

J'hésite un instant, me demande si j'en ai envie. Des Himbas, je n'en ai aperçu qu'en traversant Opuwo, le jour de notre arrivée. Y aller avec Meerepo, c'est peut-être l'occasion de voir quelque chose de plus *authentique*, je me dis. Comme dans les villages burkinabés dont je garde un souvenir ému, quand j'y suis allée avec les Amis de sœur Emmanuelle.

Trente minutes plus tard, nous sommes en route, le *skinner* au volant du 4 × 4. Une grimace crispée sur le visage, l'Espagnole a l'air d'une actrice de film américain, un chapeau géant sur la tête, sa robe en train de se faire reteindre par le *fesh-fesh*. Papa, lui, est très à l'aise, comme si nous étions partis pour visiter un hameau de nos Pyrénées.

Assis sur son pliant devant la marmite noire, mon père tira du foyer un morceau de bois au bout incandescent, s'en servit pour allumer sa cigarette.

— La pluie finira bien par arriver, dit-il. Les ancêtres y veilleront. Quand nous aurons de nouvelles chèvres, il y aura de quoi les faire paître, vous verrez.

Boule de bouillie de maïs entre les doigts, ma mère et mon frère opinèrent, sans doute pour ne pas le contrarier. Quant à moi, accroupi en face de lui, les talons calés sur une branche de mopane, je me gardai de faire le moindre commentaire, soupirai en silence devant tant de fatalisme.

— On a de la visite, fit Tutaapi, le regard tourné vers les acacias.

En entendant le moteur du 4 × 4, je me demandai qui nous rendait visite. Si, par chance, j'allais enfin avoir des nouvelles du lion, apprendre qu'un troupeau avait été attaqué la nuit dernière. De quoi me remettre à sa poursuite. Rares sont les touristes qui viennent jusqu'ici, notre village est loin d'être le plus traditionnel. Ils préfèrent aller plus au nord, au cœur du pays himba à Etanga, à Otjihende, là-bas ils sont sûrs de prendre de belles photos de nos femmes, les cases et les *kraal*s y sont plus soignés et les habitants habitués à les recevoir. D'autres se contentent du village reconstitué à Opuwo spécialement pour eux : ils peuvent y acheter de l'artisanat, écouter des chants, et même se marier selon nos rituels himbas. Peut-être que chez eux ils ne savent pas ce que c'est un mariage, me disais-je parfois.

Mais lorsque le véhicule débarqua d'entre les arbres, lorsque je reconnus le visage de Meerepo derrière le volant, je devinai aussitôt de qui il s'agissait. Mon ami n'était pas guide touristique, mais il lui arrivait d'amener jusqu'à nous des Blancs en séjour dans le camp de chasse qui l'employait. Tout le monde lui en était reconnaissant, d'ailleurs : quand ils ne cherchaient pas à négocier les prix des objets ou à nous prendre en photo sans nous payer, les touristes étaient toujours les bienvenus. Leur arrivée, c'était la promesse de revenus rapides, surtout en cette année de sécheresse où mourait notre si précieux bétail. Et puis, ils apportaient un peu d'animation. Moi-même j'ai toujours aimé regarder comment étaient les Blancs, leur manière de s'habiller, de marcher parmi les cases en évitant les bouses de nos vaches. J'observais leurs énormes appareils photo, tendus entre eux et nous comme s'ils n'étaient pas capables de nous regarder juste avec leurs yeux.

Tutaapi se mit debout pour approcher les trois Blancs, des gamins se précipitèrent même jusqu'au 4 × 4 pour les accueillir. Les femmes sortaient déjà des cases leurs collections d'oreillers en bois et de colliers tressés. Assis sur leurs chaises pliantes, les hommes comme mon père hochaient la tête pour dire leur contentement.

Mais moi, je ne bougeai pas de l'endroit où je me trouvais. Je restai à côté de mes parents. Et j'observai, de loin. Il y avait une femme étrangement accoutrée, un chapeau gigantesque sur le crâne et un drôle de sac à l'épaule. Un homme au sourire indélébile, en train de plaisanter et de nous prendre en photo avant même d'avoir mis le pied à terre, avec son téléphone. Et une fille aux cheveux jaunes, vêtue d'un pantalon noir, d'un débardeur blanc et d'une casquette de camouflage, qui jetait des regards nerveux autour d'elle, l'air d'avoir peur de nous. Elle était assez grande, plutôt musclée pour une femme, pourtant elle avait l'air plus jeune que moi, avec un nez pointu comme seuls les Blancs peuvent en avoir. Il ne me fallut pas longtemps pour deviner : c'était la chasseuse.

Celle qui pensait pouvoir tuer le lion avant moi.

Apolline

Rarement papa m'a mise autant mal à l'aise qu'au cours de notre visite dans ce village himba. À peine les toits des cases apparus d'entre les taillis qu'il dégaine son iPhone protégé dans sa coque tout-terrain, et mitraille le moindre détail exotique. Notre arrivée déclenche une forme d'agitation dans le village : des femmes à la peau rouge et aux cheveux enduits de boue se mettent debout, s'affairent à droite à gauche, comme si elles nous attendaient. Une bande de gamins se jette vers nous, l'un d'eux s'agrippe à mon treillis, mignon comme tout avec son pagne miniature et sa goutte sous le nez.

— Meerepo. Comment on dit bonjour ? demande papa.

— Vous pouvez dire : *moro*.

Papa réfléchit quelques secondes.

— Mort aux ? Mais mort aux vaches, ou mort aux lions ?

— Hahaha… dis-je, seule à comprendre son jeu de mots à deux dollars namibiens.

Et à partir de ce moment, il répète ce bonjour en boucle, tout fier de lui :

— *Moro, moro, moro…*

Je ne sais pas où me mettre, honteuse de son manque de retenue, et je me dis que je le préfère en chasseur dans le *bush*.

L'endroit ne ressemble pas vraiment aux villages himbas des reportages, entourés d'une clôture en bois circulaire et où tout semble si bien agencé. Ici, j'ai du mal à distinguer les limites, il y a des cases dispersées sur la terre, certaines vaguement regroupées autour d'un petit *kraal* central, d'autres plus éloignées. La plupart sont rondes et minuscules, mais il y en a aussi des carrées, sans compter celles qui ne sont plus que des ruines de terre et de branchages, effondrées sur elles-mêmes. Des vaches se promènent entre elles, tranquilles, comme si elles habitaient là tout autant que les Himbas, des bouses sèchent un peu partout sur le sol. Valentina observe tout cela en tenant son chapeau géant, muette derrière ses lunettes de luxe.

— Bon, tu nous fais visiter ? lance papa au *skinner*.

— *Pleasure. Follow me, my friends.*

Et, suivi par la petite meute d'enfants, il s'avance vers les huttes, avec une sorte de fierté que je n'ai jamais remarquée chez lui. Comme s'il voulait frimer devant les autres Himbas, lui qui a troqué le pagne pour la casquette *made in USA*.

— *Moro*... *Moro*... continue de lancer papa au moindre enfant croisé, ce qui commence à faire rire les villageois.

Meerepo prend son rôle très à cœur. Il nous présente au chef de village, puis nous explique des trucs sur la vie des Himbas. Il nous montre le feu sacré qui permet de communiquer avec les ancêtres, détaille la fabrication des cases en terre et bouse de vache. Papa écoute à peine ce qu'il raconte, s'amuse de tout ce qu'il voit : de ces viscères animaux en train de sécher dans les branches d'un mopane, des anneaux de bouchons en plastique reconvertis en bracelets pour les petites filles.

— En fait elles sont zéro déchet, les gamines. Comme les bobos, à Paris.

Mais moi, je suis gênée.

My God, ces gens vivent dans le dénuement. Les pauvres, ils n'ont presque rien à eux. Les enfants jouent avec des fils de fer, avec des cornes de springboks, avec des bouts de ficelle, avec rien du tout. Je les observe ainsi s'amuser dans la poussière tandis que d'autres nous tournent autour comme des insectes autour d'un *kill* de lion. J'observe papa répéter ses *moro moro*, j'observe l'Espagnole, j'observe ces femmes au corps luisant qui semblent attendre qu'on vienne à elles. Et je me dis que nous n'avions rien à faire ici, que j'aurais dû rester au camp à observer les babouins à la jumelle.

Le *skinner*-guide nous mène à l'entrée d'une case, devant laquelle une des femmes himbas est assise en tailleur, un morceau de bâche sous ses cuisses. Dès que l'on s'approche d'elle, elle déballe un petit sachet et en sort une pierre rouge vif.

— *Ocher*, informe le guide.

Un morceau de cette fameuse ocre dont elles s'enduisent le corps.

— *Look.*

La Himba se lance alors dans une démonstration de la préparation de sa crème de beauté : elle pose le caillou rouge sur une pierre plate calée entre ses mollets, prend une autre pierre à deux mains, commence à piler l'ocre pour la réduire en poudre. Elle semble avoir l'habitude de se donner en spectacle face à des touristes. Je la regarde faire, à la fois fascinée et embarrassée devant cette scène trop bien rodée, je détaille les mouvements de ses mains, ses parures traditionnelles dont j'ignore le sens, l'étrange coiffe qui lui fait comme deux oreilles au-dessus de la tête, ses tresses enduites. Papa imite la voix d'une publicité :

— Poussière d'ocre : le nouveau maquillage d'Estée Lauder. Garanti sans phtalate.

Quand elle a fini son show, Meerepo nous invite à lui donner de l'argent et à nous prendre en photo à côté d'elle. Papa trouve ça super, il se plie au jeu, apprend à dire merci :

— *Okuhepa, okuhepa*...

Mais moi je refuse. Pour l'authenticité, c'est raté, je me dis.

Komuti

Accroupi auprès de mes parents, à l'écart de l'effervescence des autres Himbas, je suivis les déplacements des trois Blancs que menait Meerepo comme si faire le guide, c'était réellement son métier. Passant d'une case à l'autre tels des étals au marché d'Opuwo, ils eurent droit à une démonstration de confection d'*otjize*. Ils purent également se prendre en photo aux côtés de ma tante en parure traditionnelle, qui savait comment poser pour qu'ils soient satisfaits de leur moisson.

— Vivement que cette fille abatte le lion, fit mon père entre deux bouffées de sa cigarette. Il paraît qu'elle est capable de flécher un scorpion en haut d'une dune.

C'était de pire en pire, me dis-je : bientôt ces naïfs

iraient dire qu'elle pouvait tuer un moustique sur le dos d'une girafe. Je n'aimais pas l'idée que la Française soit ici. Pour moi, c'était comme si l'un de mes ennemis venait s'imposer sur mon territoire, me défier dans mon propre village, devant les miens. Les lèvres serrées, j'observai sa manière de se comporter tandis qu'elle cheminait entre nos maisons et faisait la rencontre de ces éleveurs auprès desquels j'avais grandi. L'homme qui l'accompagnait, son père devinai-je, me semblait très à son aise. Docile et souriant, il tirait des billets de sa poche de pantalon à chaque nouvelle rencontre, c'est ainsi que je les aime le plus, les touristes. Elle, en revanche, me paraissait nerveuse, jetait des regards autour d'elle comme si le lion qu'elle et moi voulions tuer était dans les parages. Cette façon de tout observer avec suspicion ne me plaisait pas, à croire qu'elle n'avait pas envie de venir avec les autres, qu'on l'y avait forcée. Mais ce qui plus que tout me serra le cœur, c'est lorsque je la vis s'éloigner, marcher vers une case un peu à l'écart des autres. Une case qui pour moi était comme le centre de ce village.

Apolline

Papa s'éloigne de la petite fille qu'il vient de photographier, belle comme tout avec ses deux petites tresses qui lui coulent sur le front jusqu'à lui cacher les yeux.

— *Okuhepa !* répète-t-il pour la millième fois.

Et la petite d'éclater de rire en regardant ses copines. À enchaîner les blagues et à se faire remarquer devant chaque case, papa me fait honte, mais en vrai c'est lui qui intéresse le plus les Himbas. Comme s'il était le seul à accepter de rentrer dans ce jeu qu'ils souhaitent nous voir jouer. Moi, après être passée devant l'entrée de trois bicoques comme devant les attractions d'une fête foraine, je n'ai plus qu'une idée en tête : quitter cet endroit. Il faut se rendre à l'évidence, ce n'est pas en une demi-heure qu'on va se lier d'amitié avec ces gens qui n'en ont qu'après nos dollars namibiens.

Le *skinner* nous attire finalement vers une sorte de pergola où, à l'ombre des branches tressées, un groupe de femmes nous attend, assises autour de dizaines d'objets disposés sur un bout de toile plastique, poupées himbas et hereros, colliers enduits, oreillers en bois, coiffes en cuir… La boutique de souvenirs, en quelque sorte.

— J'espère que les prix sont Himba-tables…

— Papa, sérieux. Arrête, là, s'il te plaît.

Je n'ai pas envie d'aller vers elles, ça me met trop mal à l'aise. Alors je laisse papa et Valentina passer devant, et je tourne la tête.

C'est à ce moment-là que je la vois.

Assise à côté d'une case impeccablement ronde, un peu à l'écart, elle me fixe intensément, comme aucune autre ne l'a fait depuis mon arrivée. Tout de suite je suis frappée par la beauté de cette jeune femme qui doit avoir à peu près mon âge. Ses traits sont tellement fins, ses yeux tellement noirs entre ses paupières en amande, l'expression de son visage tellement sérieuse au-dessus de son gros collier, épais comme le corps d'un cobra. Des pierres calées sous ses cuisses rouges, elle se tient en face de moi, le dos droit et la tête haute, ornée de la tête aux pieds de cette étrange quincaillerie qui sur elle éclate telle la plus précieuse des parures.

Entre ses seins cuivrés brille un coquillage blanc piqué de taches brunes, qu'elle arbore comme s'il s'agissait d'un énorme diamant.

J'hésite un instant pendant que les autres sont déjà en train de parlementer avec les vendeuses d'artisanat. La jeune Himba ne me fait aucun signe de la main, n'esquisse aucun sourire. Pourtant quelque chose, dans son regard, ressemble à une invitation. Alors je m'approche d'elle. À l'entrée de la case, il y a une collection de calebasses en forme de poire. Une casserole noire de suie, aussi, avec à l'intérieur une sorte de bouillie blanche qui ne donne pas très envie.

— *Moro*, dit-elle, toujours aussi sérieuse.

— *Moro*, je répète, pour la première fois.

On s'observe un instant, elle et moi, je ne sais pas trop quoi faire. Je découvre la quantité de bracelets qu'elle porte aux poignets, mais aussi aux chevilles et aux mollets, certains en métal, d'autres réduits à de simples joints de caoutchouc. Et c'est elle qui, finalement, brise notre silence. Elle pose la main sur sa poitrine, et dit :

— Kariungurua.

— Apolline, dis-je avec le même geste.

Et elle enchaîne, dans un anglais hésitant.

— *You... kill lion ?*

Je fronce les sourcils, le temps de comprendre.

Elle sait qui je suis, me dis-je l'instant d'après. Elle sait pourquoi je suis ici. Alors je m'accroupis pour être à sa hauteur, je la regarde différemment.

— *Yes. I'll try to.* Je vais essayer.

Elle hoche le menton. Et d'un coup elle se met à parler dans sa langue, des phrases incompréhensibles, elle fait des gestes en montrant la montagne derrière elle.

J'ouvre les mains pour lui signifier que je ne comprends pas ce qu'elle me dit, mais elle poursuit son discours, sa voix haute et grave coule en continu. Je finis par écouter la musique de cette langue si exotique. Jusqu'à ce que :

— Son père a perdu sa vache la plus précieuse à cause de ce lion.

Je me retourne. Meerepo se tient debout, juste derrière moi. Il a laissé mon père et l'Espagnole auprès des autres Himbas pour se rapprocher de nous.

— C'est ce qu'elle raconte. Elle dit que ce lion-là, il n'est pas comme les autres lions. Que c'est un assassin.

— *Iiii*... confirme la jeune Himba. *Cow-killer*.

Et soudain je comprends mieux le sérieux de son expression.

— C'est à cause de la sécheresse, ajoute le *skinner* tandis qu'elle s'est remise à parler dans sa langue. Tous les éleveurs se font voler des bêtes cette année. Et les dégâts sont encore pires sur les troupeaux de chèvres. (Elle lève la main pour pointer du doigt un homme assis dans un pliant de camping, à côté d'un jeune homme immobile.) Lui, vous voyez, le lion a tué toutes ses chèvres. Il n'a plus rien, plus aucun bétail.

J'écoute mon traducteur détailler les dégâts causés par *mon* lion, comme je l'appelle dans ma tête depuis mon arrivée, comme s'il m'appartenait déjà. Et alors l'expression *problem animal*, deux mots prononcés par Lutz à notre arrivée, prend un sens tout nouveau. Beaucoup plus concret.

La jeune femme se lève alors, m'offre son dos surmonté par les toupets noirs de ses tresses, puis elle se baisse pour pénétrer dans sa case par la minuscule entrée, seulement fermée par un tissu mité. Elle en ressort bientôt avec en main un genre de sac de sport *made in China*, à moitié déchiré, dans lequel elle fouille. Et bientôt, des deux mains, elle me tend un collier de perles blanches.

— Ce sont des éclats de coquille d'œufs d'autruche, m'informe le *skinner*. C'est un cadeau, elle veut que tu le portes.

Elle parle encore, il traduit :

— Elle veut que tu le portes quand tu tueras le lion.

26 avril

Martin

Comme l'avait annoncé la météo, il reneigeait en vallée d'Aspe, à gros flocons qui mouchetaient ciel et cimes. Un 26 avril, alors qu'en février il n'était presque rien tombé : franchement, ce climat, c'était désespérant, et il n'y avait aucune raison d'être optimiste pour les années à venir, vu l'évolution des émissions de CO_2 à l'échelle de la planète. Là où j'étais, à huit cents mètres sur le versant sud, ça ne tenait pas, mais là-haut il devait encore y avoir un bon mètre de neige sur les estives. Je marchais en silence parmi les troncs, suivant les sentes qu'empruntaient sûrement les sangliers. Le sol était trempé de boue, chargé de feuilles et de mousses gorgées comme des éponges. Je savais qu'à l'endroit où je me rendais, j'allais pouvoir être tranquille : personne ne venait jamais dans ce bout de hêtraie, coincé entre un arrèc où coulait un ruisseau glacé et un à-pic embroussaillé par une épaisse buxaie. À ce qu'on m'avait dit, autrefois les ours aimaient beaucoup ce sous-bois, à l'automne ils venaient s'y gaver de faines sans crainte d'être dérangés. La belle époque. Aujourd'hui, sûr qu'on ne risquait plus de tomber sur eux, au mieux on pouvait croiser un isard repoussé vers les basses altitudes par le manteau neigeux.

Il m'a fallu une heure pour atteindre la palombière. Elle était plantée au milieu d'une petite clairière ouverte sur le versant d'en face, les cimes passant du noir au blanc entre le gave et les sommets. Ce n'était plus qu'une cabane de bois pourri, à moitié en ruine, abandonnée par les tireurs de pigeons ramiers. De quoi me rappeler qu'il n'y a pas si longtemps, en période de migration, des dizaines de millions de palombes passaient par ce ciel, avant que leur couloir ne se déplace vers l'ouest et qu'on n'en voie presque plus dans nos vallées. Et dire qu'il y avait des scientifiques pour expliquer que ce n'était pas à cause de la chasse, nous inventer une histoire de maïs planté dans les Landes qui les attirerait, ou je ne sais quelle autre théorie bancale. Franchement, parfois, il y en a qui nous prennent vraiment pour des couillons. J'ai regardé le fond de vallée dans la trouée, les toits des villages, Bedous, Accous un peu plus loin. J'ai imaginé les collègues en train de saisir leurs données dans les bureaux du parc national, ces collègues avec qui je n'avais plus rien à faire maintenant que le directeur voulait me rétrograder. Je me suis demandé comment ils allaient s'en sortir sans moi, sans ma connaissance du territoire et de sa faune en péril. Puis je me suis dit que je m'en foutais. Que maintenant, ils n'avaient qu'à se démerder tout seuls, qu'il ne fallait plus compter sur moi. Parce qu'en fait, j'étais déjà loin de leur quotidien d'irresponsables vendus aux politiques.

J'ai détourné la tête, je me suis approché de la palombière. Contre un rocher plein de mousse, je me suis délesté de mon sac à dos. Et j'ai commencé à détacher l'arc, sanglé à l'arrière du sac, entre les lanières latérales sur lesquelles je fixais habituellement mes skis. L'arc de chasse d'Apolline Laffourcade, volé la veille quand j'étais retourné dans son appartement, avec ses poulies un peu aplaties, ses ustensiles sur les côtés, pour stabiliser l'ensemble ou je ne sais quoi de ce genre.

Sur la paroi de bois tapissée de lichens, j'ai placé une feuille de hêtre, collée par l'humidité, pour me faire une cible. Puis je me suis reculé d'une bonne vingtaine de mètres, avec l'arc dans la main gauche. À droite, je tenais le décocheur de la fille, trop petit pour que je puisse le sangler à mon poignet. J'ai sorti une flèche au bout de laquelle j'avais vissé une de ces pointes dignes d'un instrument de torture, avec trois lames en pyramide, assez affûtées pour trancher un muscle sans le moindre effort. J'avais du mal à réaliser que tout ça avait voyagé jusqu'en Afrique, servi à tirer sur de vrais animaux. Je me suis demandé laquelle de ces pointes avait percé la peau du lion et traversé son cœur, pour lui ôter la vie. Sur les sites web d'archerie que j'avais parcourus, les aficionados racontaient que la chasse à l'arc était une pratique plus noble que celle au fusil, plus proche de la nature, plus équitable vis-à-vis du gibier, des conneries de ce genre. Mais ce n'est pas moi qu'ils allaient réussir à convaincre : la vérité, c'est que la chasse à l'arc, c'était un truc de barbares, qu'en matière de souffrance animale, il valait encore mieux une bonne charge de plombs.

J'ai calé mes pieds dans les feuilles mortes, enclenché une flèche sur la corde, et j'ai armé la bête. Avec les poulies, c'était facile d'amener les plumes jusqu'à ma joue, n'importe qui d'un peu physique aurait pu y arriver. Il y avait quelque chose d'agréable dans ce mouvement-là, je dois le reconnaître. Comme ils disaient de le faire sur les tutoriels de YouTube, j'ai visé la feuille de hêtre collée, je me suis concentré sur un des points lumineux, à l'intérieur du cercle noir. J'ai encore pensé au lion qui un jour s'était trouvé dans ce même viseur, ignorant sa mort toute proche, à tous les animaux *prélevés* par ce même arc depuis que la blonde le possédait, zèbres, antilopes, phacochères, girafes.

Et d'une pression de l'index, j'ai tiré vers la cible.

Jamais je n'avais imaginé une telle puissance. Je pensais que la flèche allait juste se planter dans le mur de la cabane, et sans doute loin de la feuille, d'ailleurs. Mais quand la pointe a percuté le bois, elle a littéralement fait exploser la palombière, la traversant de part en part. Des bouts de bois pourri ont giclé dans tous les sens, la paroi tout entière s'est effondrée, le toit lui-même s'est écroulé sous son poids, un geai a pris la fuite dans les arbres alentour. Et bientôt il ne restait plus rien de la vieille cahute, sinon un tas de planches trempées, sans aucun assemblage. Alors j'ai relevé l'arc pour le regarder encore une fois, à la fois écœuré et impressionné par l'ampleur des dégâts.

Ce truc, ce n'était pas un arc, c'était une arme de guerre.

Tandis que je m'apprêtais à tirer une autre flèche pour mieux l'apprivoiser, j'ai senti la vibration de mon portable dans la poche de ma veste, étonné de capter dans un endroit aussi paumé. C'était un SMS d'Antoine, qui faisait semblant de s'intéresser à moi :

Ça va Martin ? J'ai appris pour le conseil de discipline, je suis vraiment désolé. Si tu veux causer, passe à la maison ce soir.

Mais s'il y avait quelqu'un à qui je n'avais pas envie de parler en ce moment, c'était bien lui. L'écouter compatir, jouer au gentil ou pousser la chansonnette, franchement, non merci.

Debout dans la clairière, mon pouce sur l'écran tactile, je suis allé faire un tour sur mon groupe Facebook. Plus personne ne parlait de la chasseuse de lion, à présent, les internautes étaient passés à autre chose. À une star de téléréalité britannique, découverte en train de poser à côté d'un éland géant, pour promouvoir l'entreprise de chasse qu'il dirigeait ; une belle enflure, disait Jerem Nomorehunt avant son traditionnel #BanTrophyHunting. À un chasseur américain, aussi, exceptionnellement autorisé à tirer sur un markhor au Pakistan, pour cent cinquante mille dollars, rien que ça. Je suis resté muet, comme si je m'étais retiré du groupe.

J'ai remonté le fil d'actualité pour retrouver la photo d'Apolline Laffourcade, postée deux semaines plus tôt sous le pseudonyme de Leg Holas, je l'ai détaillée longuement, elle et sa victime étalée dans la savane africaine. J'ai encore parcouru les commentaires en pagaille qui s'affichaient en dessous, ceux de tous ces énervés rivés à leurs écrans. Et je me suis arrêté sur celui-là, que j'avais déjà lu plusieurs fois :

Clément Fuckleschasseurs : On devrait organiser une chasse et lui faire subir la même chose à cette femelle.

3

LA TRAQUE

30 mars

Apolline

— Apo, sincèrement, je suis désolé. Je ne pensais vraiment pas que ça allait se compliquer comme ça.

Je hausse les épaules, tente de prendre tout ça avec philosophie :

— Bah, c'est ça aussi, chasser en Afrique. Des fois il faut accepter de s'incliner face au gibier. Si je voulais être sûre de prélever un lion, il fallait le faire en *canned hunting*, en Afrique du Sud.

— Évidemment. Mais ce n'est pas de ça que tu rêvais, ma chérie, pas vrai ?

— Beurk. Tirer à travers un grillage, non merci. Autant chasser dans les cages d'un zoo…

Un verre de Windhoek en main, sous les branches de l'énorme faidherbia qui nous offre un peu d'ombre, papa me sourit. On n'est que tous les deux, assis sur les tabourets de pierre et de ciment face au foyer éteint devant lequel, chaque soir de cette semaine passée dans le Kaokoland, il a raconté ses exploits de chasseur aux deux Espagnols. Je ressens déjà un genre de nostalgie en regardant cet endroit loin du monde, qui a tout de l'image qu'on se fait en France de l'Afrique sauvage et inviolée. *Last day*: aujourd'hui c'est notre dernier jour. Demain, nous devons être à Windhoek pour prendre notre avion, décollage prévu à seize heures trente. Lundi papa reprend le travail, et moi la fac, à Pau. Retour au quotidien, avec peut-être encore un peu de ski le week-end, si par chance il reste de la neige dans les vallées.

Papa a déjà fait annuler les deux nuits qu'on devait passer dans ce lodge haut de gamme sur la Skeleton Coast, pour nous laisser plus de jours ici, et donc plus de chances de dénicher le lion. Mais ça n'a pas suffi. Toute la semaine on a attendu, occupant nos journées entre visites de villages à touristes et chasse de gibier moins prestigieux, zèbre, steenbok, phacochère. Chaque jour Lutz nous a assuré que c'était pour aujourd'hui, *Trust me this lion will be yours*. On le voyait faire les cent pas sur les allées sableuses du *hunting camp*, cellulaire rivé à l'oreille, faisant jouer le tamtam africain, harcelant ses contacts dispersés partout dans le *bush*, guettant la moindre info pouvant trahir le passage du félin. Mais de jour en jour, ça se voyait que lui-même y croyait de moins en moins. Dans ce désert, il paraît qu'un lion mâle peut parcourir quatre-vingts kilomètres en vingt-quatre heures, alors si ça se trouve, à l'heure qu'il est, il a franchi la frontière angolaise. Et là-bas, j'imagine que notre cher *PH* n'a aucune chance d'aller le prélever, serait-ce pour le fils de Donald Trump.

J'essaie de me faire à l'idée de repartir de Namibie sans mon *birthday trophy*, je cherche un sens caché à ce coup du sort. Je ne peux pas m'empêcher de penser à maman, de me dire que tout ça n'est pas anodin, que ça a un rapport avec sa mort. Chasser un lion, c'était son rêve, pas le mien, en fait. Qui sait, peut-être que si ce n'est pas pour être chassé par elle, le destin de ce fauve est de rester en vie. Peut-être que je ne suis pas assez bonne chasseuse pour prélever un grand fauve. Déjà que je ne suis même plus certaine d'être capable de tuer un simple zèbre, alors…

Papa finit sa bière, me touche le genou en glissant :

— L'année prochaine, Apo. Je te le promets : l'année prochaine, tu chasses un lion, quel qu'en soit le prix. Si ce n'est pas en Namibie, ce sera au Zimbabwe. Ou en Zambie si tu veux.

Je fais oui de la tête. Et je me replonge un peu dans la lecture de John A. Hunter, qui remue le couteau dans la plaie en évoquant justement ce félin que je n'ai même pas pu apercevoir :

Dans l'ordre du danger, je tiens le lion pour le second des animaux sauvages d'Afrique. Son adresse à se dissimuler dans le plus maigre couvert et sa rapidité qui n'exige aucun élan – au premier bond il est déjà en pleine vitesse – en sont les deux raisons.

Ce sont les dernières phrases que je lirai de ce récit.

La seconde d'après tonne la voix de Lutz Arendt, qui apparaît en contournant la *skinning room* :

— Je vous l'avais dit qu'on allait le retrouver !

Papa tourne la tête vers lui, ouvre deux yeux étonnés. Moi, je fronce les sourcils en insérant mon marque-page dans le livre, prudente. Fier comme un buffle, le guide nous explique :

— On va la faire, cette chasse. Le lion a été repéré par des pasteurs, pas loin d'ici. Ils l'ont entendu grogner, la nuit dernière.

Papa regarde sa montre : il est déjà onze heures et demie. Je sais comme lui qu'une fois la nuit tombée, la chasse n'est plus autorisée en Namibie.

— Vous êtes sûr que c'est encore jouable ?

— Un peu que c'est jouable, si on s'active. *Believe me* : demain matin, mes *skinners* auront retiré la peau de ce fauve.

Papa me jette un œil, soudain tout excité. Comme si d'un coup tous les espoirs étaient à nouveau permis.

— Legolas peut aller préparer ses pointes, recommence l'Allemand. Il ne s'agirait pas qu'on le rate à cause d'une flèche mal montée.

— On part tout de suite après ? demande papa.

— *Almost*. J'ai juste un détail à régler.

— Un détail ?

Le *PH* grimace.

— L'endroit où le lion a été entendu, c'est dans la montagne. Un coin que mes pisteurs ne connaissent pas très bien, et l'accès est un peu compliqué pour le Land Cruiser. On va avoir besoin de quelqu'un pour nous guider.

— Un autochtone, vous voulez dire ?

— *Exactly*. Meerepo est parti en chercher un.

Il renifle un grand coup sous sa casquette, avant d'ajouter :

— Il dit qu'il connaît un jeune Himba, dans son village, qui a souvent emmené ses bêtes par là-bas.

Komuti

Debout sur le plateau arrière du pick-up, je me tenais aux barres de métal tandis que Meerepo me conduisait vers son camp de chasse, le vent secouant ma tresse et mon tee-shirt. Les mopanes et les cases défilaient de part et d'autre de la piste, je les observais, le cœur battant à l'idée de me retrouver en face du lion. Tout était allé très vite : mon ami avait débarqué avec son collègue pisteur, expliqué qu'on avait retrouvé le fauve, cette nuit même, dans cette montagne que je connaissais par cœur, celle où vingt-deux jours plus tôt il avait décimé nos chèvres. Le patron de Meerepo avait besoin d'un guide pour s'aventurer sur ces hauteurs coupées de vallées abruptes. Je serais payé, évidemment, précisait-il pour me convaincre de dire oui, ignorant qu'il m'offrait là quelque chose que je n'osais même plus espérer. Une chance, peut-être, de pouvoir à nouveau me mesurer au lion.

Nous étions partis l'instant d'après, il fallait faire vite, disait Meerepo. Dans l'urgence, je n'avais même pas pensé à récupérer mon téléphone : il était toujours dans son pot, perché en haut d'une branche. Je n'avais pas eu le temps de prévenir Kariungurua, non plus. Elle serait sûrement mise au courant par d'autres qui m'avaient vu partir, songeais-je. Hier soir, elle et moi, nous nous étions à nouveau aimés au pied du *makalani*, nous avions veillé tard sous le ciel immense. Nous avions reparlé de la visite de la Française dans le village, du collier en coquilles d'œufs d'autruche qu'elle lui avait donné pour rien. Ce geste, je l'avais observé de loin, incrédule et blessé, avec l'impression que dans cette course qui m'opposait à la chasseuse pour abattre le félin, la femme que j'aimais avait choisi son camp. Qu'elle ne croyait pas en moi. Qu'elle était du côté de la Française, comme mon lâche de père, comme

Tjimeja qui me prenait pour un mendiant, comme tous les Himbas de la région qui parlaient de cette Blanche comme d'une archère inégalable.

Mais j'allais prouver à Kariungurua qu'elle me sous-estimait.

À elle autant qu'à tous les autres.

Je ne savais pas encore comment j'allais m'y prendre, je n'avais ni arc ni fusil. Mais j'allais trouver. Moi, Komuti, j'allais tuer ce lion. Parce que si j'étais dans ce pick-up, si mon ami était venu me chercher, si le fauve se trouvait justement dans ces montagnes où j'avais croisé son regard et où il avait tué nos bêtes, ce n'était pas pour rien, devinais-je. C'était la volonté des ancêtres. Comme un retour au point de départ, une seconde chance. Ça voulait dire que c'était à moi qu'il revenait de l'abattre.

Quels qu'en soient les moyens.

Plusieurs fois j'étais passé à proximité du camp de chasse où travaillait Meerepo, mais jamais je n'étais entré à l'intérieur. Nous savions tous que lorsque des clients du chasseur professionnel étaient présents, il fallait éviter de s'en approcher. Le 4×4 se gara dans le sable, tout près d'un crâne d'éléphant et d'une clôture plus régulière que celle du plus beau des *kraals*.

— Bon, tu obéis à mon patron, et tu restes discret, m'expliqua Meerepo tandis que nous franchissions le seuil du camp. Les Blancs, tu comprends, je les connais, moi. Il ne faut pas les décevoir. Ce qu'ils veulent, c'est une Namibie *sauvage*.

— *Otjindandi ?*

— Oui, *sauvage*, c'est comme ça qu'ils disent. C'est ça qui les fait rêver. S'ils dépensent autant d'argent pour venir chasser chez nous, c'est parce que chez eux ils ont déjà tué tous les animaux, tu vois. Avant, là-bas, il y avait des loups, des ours, mais maintenant il n'y a plus rien, juste des villes et des immeubles, comme à Windhoek.

Je hochai le menton, tentant de me figurer ce qu'il évoquait là.

— C'est pour ça, aussi, que les Blancs veulent toujours dire à l'Afrique comment s'occuper des éléphants et des rhinocéros, tu comprends ? Parce que chez eux, ils ont fait n'importe quoi.

— *Iii*...

Nous longeâmes de grosses pierres peintes en blanc, disposées avec soin en une ligne continue, jusqu'à un Land Cruiser équipé pour la chasse, au pied duquel nous attendait le chasseur professionnel. Jamais je n'avais pu observer ce Blanc d'aussi près. Il était encore plus gros que dans mon souvenir, lorsque j'avais croisé son étrange silhouette dans les rues d'Opuwo. J'avais même du mal à comprendre comment un homme pouvait atteindre un tel volume, de ce que j'en savais jamais un Himba n'avait ressemblé à ça. Il me toisa des pieds à la tête, gonfla ses joues en une drôle de grimace, et un instant j'eus l'impression qu'il lisait en moi. Qu'il savait ce qui, réellement, m'amenait ici. Mais sans doute me trompais-je.

— Personne ne connaît cette montagne comme Komuti, boss, énonça Meerepo.

Le *PH* fronça les sourcils, avant de tendre une main dodue.

— *Welcome to my team*.

Apolline

Dans ma tente, je checke rapidement mon matériel, cordages, cames, viseur, carquois, pointes de chasse vissées au bout de mes flèches. Tout est en parfait état. J'ai confiance en mon AVAIL, c'est un arc haut de gamme, il ne peut pas me lâcher, je me répète ça plusieurs fois. Je le range dans sa valise que j'empoigne, et enfin je me dépêche de rejoindre l'équipe qui m'attend au centre du *hunting camp*. Il y a papa, treillis, chemisette et iPhone dans sa coque anti-choc, paré pour repartir à la chasse, en mode reportage. Il y a Lutz, il y a son pisteur et son chauffeur, qui ont déjà chargé le matériel dans le Land Cruiser.

Et il y a cet autochtone himba qu'on est allé chercher pour compléter l'équipe, en train de gratter le sol de ses sandales rafistolées. À vue d'œil il doit avoir à peu près mon âge. Il porte un débardeur jaune au col usé, largement ouvert sous les bras. Une sorte de pagne fait de tissus bariolés, plusieurs colliers autour du cou. Mais surtout je suis frappée par sa coiffure : une tresse en haut de son crâne rasé, emballée dans un genre de fourreau de tissu. À la différence du *skinner* qui sourit en continu, ou des pisteurs toujours sympas avec nous, lui a une mine hyper sérieuse. Grave, même, je dirais. Quand je me présente devant lui, tends la main pour le saluer, il hésite. Et je réalise qu'en fait son regard est braqué sur mon collier de perles, celui que m'a offert la jeune Himba qui semblait tant vouloir la mort du *cow-killer*. Celui que depuis je garde autour du cou comme une précieuse amulette, ajouté à ma chaîne en or et à sa médaille catholique. D'un coup je me sens mal à l'aise, alors je détourne la tête vers papa.

— Bon, je crois que je suis *ready*.

Lutz nous rassemble, se frotte les mains pour entamer un nouveau briefing.

— *Gut*. Bon, on va se diriger vers la montagne. On n'a plus le temps d'appâter, et comme je vous le disais, maintenant qu'il est *éduqué*, le lion est devenu plus prudent. On part donc sur une chasse à l'approche, vous savez ce que ça signifie ?

Je hoche la tête, consciente qu'à l'approche, le danger est toujours plus grand qu'à l'affût. Mais aussi que c'est plus excitant. Le *PH* continue :

— D'abord, on va chercher des traces assez fraîches pour qu'on puisse les suivre, ou, encore mieux, un *kill* assez récent. Dès qu'on est sur une piste, on descend du 4 × 4 et on continue à pied, avec moi et Legolas en première ligne. Les autres, vous restez toujours derrière : je n'ai pas envie que quelqu'un se prenne une flèche ou une balle de mon Express. (Il regarde papa, puis l'autochtone.) C'est clair ?

— Très clair, fait papa, habitué à ce type de chasse.

Le Himba opine, pour dire qu'il a compris l'idée, même en anglais.

— Alors pas de temps à perdre, conclut Lutz en tapant dans ses mains. On est partis.

Et bientôt nous sommes en route. Le Land Cruiser nous éloigne du camp, dépasse des hameaux de cases arrondies, des cahutes abandonnées, des enclos désertés. Je recoiffe une de mes mèches secouées par le vent, et je m'aperçois que dans la précipitation j'ai oublié ma casquette Deerhunter dans ma tente. Peu à peu, toute trace d'occupation humaine disparaît, la piste seulement bordée de savanes sèches et rocailleuses, piquées d'arbres rabougris, d'herbes jaunes et cassées. Papa pointe le doigt :

— Je crois que c'est là qu'on va.

Face à nous se dresse un massif montagneux, des crêtes arrondies qui se découpent sur ce ciel jamais taché par le moindre nuage. Rien à voir avec mes Pyrénées, vu d'ici les sommets m'ont l'air secs et pelés. L'ensemble évoque un reptile géant couché en plein désert, terrassé par le soleil du Kaokoland, la chair creusée de vallées qui s'éparpillent dans tous les sens. Il est quatorze heures quand le 4 × 4 nous rapproche de ces monts orangés que papa immortalise. Depuis la benne où on est assis, je vois le bras du Himba qui se tend par la fenêtre, indiquant au chauffeur le meilleur itinéraire pour attaquer la pente. Le Land Cruiser pique à droite, et pendant de longues minutes nous roulons dans le *fesh-fesh* en longeant des falaises infranchissables. Mon regard fouille déjà les reliefs à la recherche du félin, je rêve de le voir surgir dans le décor, caché dans les replis de la roche, escaladant les parois comme je l'en sais capable pour poursuivre une proie. Mais j'ai conscience que nous ne sommes qu'au tout début de la chasse.

Et je suis loin de me douter jusqu'où elle va nous mener.

On contourne une colline, noyés dans la poussière que soulève le 4 × 4, pour enfin atteindre le bas d'une vallée dans laquelle on s'engage. Une plaine où un jour a peut-être coulé une rivière, fichée entre deux talus raides et caillouteux, le sol poudreux, hérissé çà et là de fourrés de salvadoras, parmi lesquels lions ou léopards peuvent être allés chercher de l'ombre. Je les inspecte, au cas où, mais je devine que si nous continuons d'avancer, c'est que Lutz et son pisteur debout derrière moi considèrent qu'il est vain de chercher aussi bas. On s'enfonce dans ce canyon qui peu à peu se rétrécit, enserrés par les remparts de pierre dressés de chaque côté. Un groupe de springboks s'enfuit sur les hauteurs en bonds effarouchés.

— Allez, les gamines, on laisse passer la grande chasseresse ! fait papa.

Lorsque enfin le Land Cruiser fait une halte pour que le pisteur puisse examiner le terrain, celui-ci remonte aussitôt à bord, secouant la tête. À trois reprises il recommence, arpente les alentours des salvadoras, la tête baissée, muet et concentré, avant de reprendre sa place et que le 4 × 4 se remette en marche.

Au fond de la vallée, on contourne un méandre pour découvrir ce qui, sans la sécheresse qui plombe toute la région, serait sans doute une oasis. Un bouquet de palmiers aux feuilles jaunies, poussé sur un tapis d'herbes et de broussailles, le tout ramassé en un bosquet compact. Sur la terre brune, je devine des taches plus sombres, humides, mais pas la moindre flaque d'eau au fond des quelques dépressions qui entourent le site. Il faudrait creuser, peut-être, pour en trouver, me dis-je. Pour faire de cet endroit un vrai trou d'eau, une de ces sources providentielles tant prisées par la faune.

Le Land Cruiser s'arrête à quelques mètres, et tout le monde descend, *PH*, pisteur, l'autochtone aussi. Seul le chauffeur reste à bord. Lutz nous fait signe de les rejoindre, observe bras croisés ses hommes en train d'investir l'oasis. Il a retrouvé son assurance de chasseur aguerri, comme si de rien n'était. Comme s'il n'était pas passé tout près de nous laisser repartir en France sans même avoir pu tenter de prélever mon trophée.

— Les prédateurs adorent ce genre d'endroit, explique-t-il. Ils peuvent passer des heures à l'ombre, en attendant la fin de journée. Ça peut aussi leur servir de cachette pour approcher une proie. (Il gratte les plis de sa nuque trempée.) Si votre lion est dans cette montagne, ma main au feu qu'il est venu traîner par…

Un sifflement le coupe, surgi de derrière un fourré.

— Bingo ! fait l'Allemand, comme un devin dont le pouvoir serait enfin reconnu.

Et bientôt nous sommes tous debout, autour de la découverte que vient de faire le pisteur. Il nous explique, dans un anglais approximatif, pointant son doigt noir en différents points.

— *Look*. D'abord, il s'est couché ici. Puis il s'est déplacé pour aller s'allonger là-bas.

Seul un pisteur aguerri peut repérer de telles traces, que papa prend en photo. Moi, j'avoue, je ne vois qu'un sol meuble, vaguement aplati entre de grosses pierres grenat.

— Elles ne sont pas assez fraîches, dit Lutz. Ça date de cette nuit, je dirais. On va monter un peu, avec le 4 × 4, pour en trouver des plus récentes.

Puis il me fixe.

— Mais c'est bien lui, jeune fille. C'est ton trophée.

Et alors mon cœur se serre, tout devient très concret. Mon lion est ici, je me répète. Quelque part au-dessus de nous, dans ces montagnes.

28 avril

Apolline

Je n'ai pas souvenir d'avoir déjà eu aussi froid un 28 avril, j'ai été obligée de dormir avec ma doudoune. Quand j'ouvre les yeux sur les poutres noires et pleines de toiles d'araignées étirées au-dessus de moi, emballée dans mon sac de couchage fermé jusqu'autour du visage, j'ai ce geste machinal : je porte ma main à mon cou, pour toucher ma médaille et le collier de coquilles d'œufs d'autruche, celui que la Himba voulait que je porte au moment de tuer le lion. Encore une fois, j'ai rêvé de ma chasse, comme chaque nuit depuis notre retour de Namibie. Elle me hante, j'y pense en continu : je pense au lion vautré dans les pailles, à un mètre de moi, je pense à mon arc, à ce soi-disant talent d'archère. Et je pense au jeune Himba, bien sûr.

Immobile sous le toit de la cabane, un nuage de buée glaciale s'échappant de mes lèvres à chaque respiration, je me demande comment les choses ont pu autant déraper, ce que nous aurions pu faire pour éviter tout ça. Et je me le demande plus encore depuis la publication de cette fichue photo que papa n'aurait jamais dû prendre. Sans elle, j'en suis sûre, tout aurait été différent. J'avoue, c'est assez ironique que je me sois retrouvée ainsi exposée sur les réseaux sociaux, moi qui ai toujours tout fait pour m'en tenir à l'écart. La première semaine, en vrai, ça a été d'une violence que je n'imaginais même pas. L'image a été partagée des centaines de fois, Sandra me montrait les pages où elle apparaissait, les commentaires tous plus haineux les uns que les autres, qui faisaient de moi un monstre, une barbare assoiffée de sang, des horreurs de ce genre-là. Papa se répandait en excuses, il a essayé de supprimer le compte, d'effacer la photo. Mais c'était trop tard, le coup était déjà parti. J'étais devenue la proie des anti-chasse planqués derrière leurs écrans. Amaury avait beau relativiser, moi j'avais hyper peur, chaque matin je me levais avec l'angoisse de trouver mon nom et mon adresse livrés à ces cinglés, comme c'est arrivé à pas mal d'autres chasseurs ces derniers mois, aux patrons du Super U, à Luc Alphand. Je savais que s'ils réussissaient à m'identifier, en vrai ça allait être l'enfer, pour moi comme pour papa. Je me retourne dans mon duvet, sens les planches dures de la couchette, sous le petit matelas. Et je me dis que, finalement, j'ai eu de la chance. Que maintenant qu'ils sont passés à autre chose, qu'ils se sont trouvé d'autres victimes à harceler, je vais enfin pouvoir commencer à digérer tout ça.

C'est bon de revoir la vallée d'Aspe, c'est la seule chose dont j'avais envie en fait : me retrouver ici toute seule, loin de la ville, loin de la fac, loin des gens. Hier, dans la montée à skis, concentrée sur mes pas et sur mon souffle, j'arrivais presque à oublier ce mois d'angoisse. Les Pyrénées, j'aurais du mal à m'en éloigner si je devais aller finir mes études à Paris, ou même à

Toulouse. L'Afrique et la montagne, ce sont mes deux paradis. La neige est épaisse sur le toit de mon refuge, je l'entends craquer au-dessus de moi, comme j'entends siffler le vent qui s'engouffre entre les pierres. La lumière du jour qui se lève me parvient en fragments, faufilée dans les brèches de la cabane. Je glisse ma main sous la toile, desserre le lacet qui m'entoure le visage, et d'un coup, malgré la doudoune, le froid se jette sur moi, comme la chaleur en Namibie, dès qu'on sortait des ombres au milieu du *bush*. Je m'extirpe hors du sac de couchage en frissonnant, et, encore mal réveillée, je réarrange les bûches dans la cheminée. Je rallume un feu, qui bientôt recommence à noircir de suie le plafond d'ardoises, la casserole d'eau posée sur les braises.

Je n'ai pratiquement que de la descente aujourd'hui, pour regagner ma voiture garée en bas, sur la petite route coupée par un bouchon de neige. Vu le ciel étoilé d'hier soir, et le froid de cette nuit, la neige aura sûrement ressaisi, il va falloir que je sois prudente. Assise face aux flammes qui s'agitent au-dessus du foyer et réchauffent l'intérieur de la cabane, ma tasse brûlante entre les doigts, je me refais l'itinéraire dans ma tête. J'espère avoir la chance de croiser un isard ou un chevreuil, ou même de lever un grand tétras dans les pins à crochets, j'ai vu quelques traces, hier. Je me mets à rêver de tomber sur un ours, consciente que ça, il ne faut plus trop y compter à présent. Que même si de nouvelles femelles sont réintroduites à l'automne comme ils le disent dans les journaux, les chances de les apercevoir resteront hyper minces. Je regarde ma montre : il est temps de me bouger. J'avale un bol de flocons d'avoine, commence à ranger mon matériel dans mon sac à dos :

mon mini-thermos de thé, les peaux de phoque et les couteaux de mes skis, mon kit de sécurité spécial avalanche, mes crampons et mon piolet, *just in case*. Et bientôt, chaussures de ski aux pieds, emmitouflée sous ma veste et ma doudoune, je pousse la porte du minuscule refuge, que la veille j'ai passé une demi-heure à dégager à la pelle.

Il fait un temps magnifique, on croirait à peine qu'il a neigé hier, et que d'autres chutes de neige sont annoncées. L'air est sec, le ciel d'un bleu glacial. Le soleil se lève tout juste au-dessus du massif de Sesques, cols et sommets qui nous séparent d'Ossau. Je devine le fond de la vallée encaissée comme aucune autre, où s'égrènent les villages, glissant vers le piémont tel un immense serpent fossile ; les cols espagnols, de l'autre côté. Derrière la cabane s'étale une pinède d'altitude, poussée entre les blocs de roche calcaire. Elle remonte la pente en direction des sommets, les branches alourdies par la neige qui parfois s'en échappe pour s'écraser au sol. Je renfonce mon bonnet sur mes oreilles, frotte mes mains pour lutter contre ce froid de loup. Et j'observe l'épais manteau blanc, tout autour de moi, sur les pelouses invisibles, sur les rochers, épousant les reliefs en bourrelets cotonneux. J'adore cet endroit, accessible et pourtant toujours désert, chaque fois que j'ai dormi dans cette cabane j'étais tranquille, personne pour me déranger.

Je fignole l'agencement de mon sac au seuil de la cabane, le charge sur mon dos : il fait son poids, mais rien à voir avec ce qu'il pèse quand les skis y sont fixés. Mes pas dans la neige ressaisie, dure et cassante comme du verre, je longe le mur, retrouve mes skis paraboliques appuyés contre la façade. C'est maman qui me les a offerts, des Dynastar Vertical, en fibre de carbone, je ne pouvais pas rêver meilleur matos. Je les décolle de la pierre, les tape l'un contre l'autre.

Mais je m'arrête aussitôt.

Les yeux rivés à la poutre qui court en bas du toit.

Juste au-dessus de l'emplacement de mes skis, plantée dans le bois, il y a une flèche.

Une flèche que je reconnais tout de suite.

Beman Hunter pro, avec son motif camouflage le long du tube, et sa triple lame Striker Magnum vissée au bout.

À cet instant, tout va très vite dans ma tête, les idées se bousculent, mon pouls avec, emballé d'un seul coup. Mon anniversaire, la Namibie, le lion, les menaces de mort sur Facebook. Je me retourne, dos au mur de pierre, je regarde à droite, à gauche. Je scrute d'un tout autre œil ce décor soudain moins accueillant. Les pins au garde-à-vous, dressés comme autant d'ennemis muets. Les chaos de roche ensevelis sous la neige, percés de rigoles et de brèches invisibles. Et je réalise que je me suis trompée.

Non, les anti-chasse ne sont pas passés à autre chose.

Ils sont entrés chez moi.

Et ils sont là.

Martin

— Eh non, tu n'es pas toute seule, j'ai dit à voix basse quand elle s'est retournée.

Je savais qu'elle ne pouvait pas me voir, planqué que j'étais derrière un chablis à l'orée des sapins, à trois cents mètres en dessous de la cabane. Mais moi, je la voyais très bien là-haut, à travers mes jumelles. Dans le silence glacial, que perçaient les premiers chants des merles à plastron, je distinguais sa silhouette de skieuse en veste bleue, sa démarche alourdie par les chaussures dans la neige. Et la peur qui venait de s'emparer de sa petite bouille d'étudiante, ses regards agités dans le paysage immaculé. Elle est revenue à la flèche, l'a retirée du bois pour mieux en observer la pointe. C'est en début de nuit que je l'avais plantée là, pour qu'elle la trouve en se réveillant, après l'avoir suivie en voiture depuis son chez-elle, puis à skis pendant toute la montée, caché dans les sous-bois. Dès le milieu de journée j'avais deviné où elle se rendait, qu'elle allait passer la nuit dans cette cabane d'estive autrefois utilisée par les bergers quand ils montaient leurs bêtes, reconvertie en refuge d'altitude aux frais du parc national. J'ai ajusté la mise au point de mes jumelles, et je l'ai vue chercher les traces de mes pas dans la neige. Elle est restée immobile quelques instants, histoire de réaliser un peu, la flèche de chasse dans sa main gantée.

— Sans ton arc, tu te sens beaucoup moins forte, hein, j'ai chuchoté.

Et j'ai jeté un œil à ma droite : son arc, il était à côté de moi, posé sur la neige, bardé de ses viseurs et de ses poulies dans tous les sens. Avec encore cinq flèches, fixées sur le carquois.

Je sentais qu'elle hésitait devant sa cabane, qu'elle se demandait quoi faire. Elle flippait, ça se voyait. Forcément, elle savait mieux que personne ce que ça pouvait faire de se prendre une flèche comme celle-là, quels dégâts pouvaient causer les trois lames de son arme de sauvage. Franchement, à ce moment-là je n'avais pas une idée très précise de ce que je voulais faire, je ne savais pas jusqu'où je voulais aller. Je n'avais pas l'intention de la tuer, de la *prélever*, comme elle aurait dit d'une de ses proies, je ne suis pas un psychopathe non plus. Par contre, lui flanquer la peur de sa vie, ça oui, c'était au programme. Que les rôles s'inversent un peu, qu'elle réalise ce que ça pouvait faire de se retrouver de l'autre côté d'un arc. Peut-être que ça lui ferait passer l'envie de s'attaquer de nouveau à une bête, je me disais, ce serait déjà ça de pris. Parce que franchement, cette fille-là méritait plus que des insultes sur un réseau social.

Je l'ai vue réajuster son sac à dos, chausser ses skis paraboliques à toute vitesse, attraper ses bâtons posés tout près, glisser à plat sur quelques mètres. Et se lancer dans la pente, sur la neige du matin dure comme du carrelage. Elle voulait rejoindre au plus vite le fond de vallée, évidemment, refaire en sens inverse l'itinéraire de la veille. J'ai posé mes jumelles, je l'ai regardée manœuvrer avec prudence, secouée par les vibrations de ses skis, évitant d'attaquer trop fort dans les virages. Elle se rapprochait de ma planque, sa descente allait la faire passer tout près de moi. Peut-être qu'elle n'allait même pas me voir si je restais immobile.

Mais j'avais prévu autre chose pour elle.

Je me suis redressé dans mon sous-bois, j'ai agrippé l'arc, encoché une flèche, crocheté la corde avec le décocheur. J'ai tiré les plumes vers moi, les deux poulies tournant sur elles-mêmes. Et dans le rond du viseur, je me suis calé sur l'énorme souche qui émergeait de la neige, à quinze mètres. Une souche de sapin en train de pourrir, hérissée de petits chicots de bois mort et bouffée par la mousse. Elle était pile sur la route de la fille, en descente elle ne pouvait pas faire autrement que de la frôler. J'ai gardé l'arc armé, poing droit calé derrière la mâchoire, l'empennage touchant ma joue. J'ai suivi du coin de l'œil la trajectoire vigilante de la skieuse sur la neige ressaisie.

Et juste avant qu'elle ne dépasse ma cible, j'ai tiré.

La souche a explosé sous elle.

— Bingo.

Du bois a giclé dans tous les sens, les débris ont volé dans la neige, jonchant le sol aux pieds de la chasseuse. Sous le coup de la surprise, elle a tourné d'un coup, dérapé sur trois mètres avec une belle maîtrise, failli croiser les skis. Pour enfin s'arrêter en travers de la pente, la chute évitée de peu.

Il lui a fallu quelques secondes pour reprendre ses esprits, comprendre ce qui venait d'arriver. Quelques secondes pendant lesquelles, si j'avais voulu, j'aurais facilement pu tirer une autre de ses saloperies de flèches, lui faire sentir ce que ça pouvait faire de s'en prendre une dans le bide. Mais ce n'était pas ça, l'idée. Je l'ai laissée se remettre, prendre conscience de la situation. Elle a encore fouillé des yeux le décor enneigé.

Et cette fois, elle m'a vu, en dessous d'elle.

On s'est regardés, elle sur ses skis dans la pente, moi debout parmi les troncs de la sapinière, silhouettes immobiles dans cet étrange hiver pyrénéen. Chacun cherchant à jauger l'autre, à deviner ses intentions. On ne s'est pas parlé, ni elle ni moi n'avons crié ou fait le moindre bruit, j'entendais les piaillements des rouges-gorges, quelque part dans les branches. Mais je crois que nos gestes ont suffi pour nous comprendre, comme un langage muet qu'on venait d'improviser. Elle a fixé le bas de la pente, la direction dans laquelle elle s'était lancée pour aller retrouver sa bagnole et bientôt son confort de citadine. Et au regard que je lui ai lancé juste après, l'arc en main gauche, prêt à tirer une nouvelle flèche, elle a compris que les choses n'étaient pas aussi simples. Que je ne la laisserais pas passer, pas par là, en tout cas. Pourtant j'ai baissé le bras, l'arc collé à ma cuisse, façon de lui dire que je n'allais pas lui tirer dessus tout de suite. Que ç'aurait été trop facile. Franchement, ça peut paraître bizarre, mais je crois que tout ça, Apolline Laffourcade, elle l'a compris très vite. Et à mon avis, c'est parce que pour elle la situation avait quelque chose de familier. Parce que c'était une chasseuse, tout simplement. L'espace d'un instant, elle a même froncé les sourcils en une mimique qui m'a marqué. Dérouté, aussi. Sur son visage, pendant quelques secondes, ce n'était plus de la peur que je lisais. C'était du défi. Oui, possible que je me trompe, mais c'est bien l'impression que ça m'a fait : cette blondasse plus à l'aise sur ses skis que pas mal de mes collègues, elle me mettait au défi.

Un œil sur moi, épiant mes moindres gestes, elle a retiré son sac à dos pour en extraire ses deux peaux de phoque, a décollé les bandes pour les fixer sous ses skis, sans précipitation. Elle m'a encore regardé, les lèvres serrées, ses yeux plantés dans les miens comme si elle voulait tout savoir de moi, qui j'étais, comment je l'avais retrouvée, ce que j'avais en tête, ce qu'elle risquait vraiment. Quel matériel j'avais, aussi. Et elle a commencé à remonter la pente, les skis glissant sur la neige puis s'y accrochant à chaque nouveau pas, décrivant de grands Z à coups de conversions. Je l'ai regardée s'éloigner, les mouvements sûrs en pleine montée, à deux reprises elle s'est retournée pour voir ce que je faisais. Depuis ma sapinière j'ai vu sa silhouette rapetisser sur la croûte blanche, gravir l'estive à un rythme soutenu. Je l'ai laissée prendre l'avance nécessaire, atteindre le refuge, le dépasser en piquant vers la droite, comme j'imaginais qu'elle allait le faire vu que de l'autre côté elle se serait heurtée à une falaise de plus de cent mètres de haut. J'ai repris mes jumelles pour la voir longer les blocs calcaires noyés sous la neige, me jeter d'autres regards. Et enfin sa parka bleue a disparu derrière une butte. Alors, jugeant qu'elle avait son avance, j'ai à mon tour chaussé mes skis, chargé mon sac sur mon dos, l'arc à poulies sanglé dessus.

Et j'ai commencé mon ascension.

Sur la neige dure, les traces de la fille étaient à peine visibles, les skis étaient restés en surface. Je repérais juste les trous de ses bâtons, et les marques des carres à l'endroit de ses conversions. Cette pente, je la connaissais, je l'avais gravie des dizaines de fois, comme toutes celles qui émaillent les vallées d'Aspe et d'Ossau. Toutes ces années passées à arpenter sentes et estives, pour aller surveiller je ne sais quel nid, réparer je ne sais quel panneau de signalisation, pour le compte de ce foutu parc national qui me trouvait trop radical, pas assez diplomate, nuisible à son image. Comme si c'était devenu la seule chose importante : l'image qu'on renvoyait. Je soufflais ma buée glaciale à chaque respiration, le rythme rapide. À ce moment, je n'avais aucun doute sur le fait que j'allais la rattraper, la chasseuse, quel que soit son niveau en ski. Pas plus que je n'en avais quant à sa culpabilité dans le meurtre du lion, et à coup sûr de pas mal de spécimens d'autres espèces tout aussi menacées. La seule question à laquelle je n'avais pas de réponse, c'était comment tout ça allait finir. Ce que j'allais faire d'elle une fois qu'elle aurait suffisamment flippé.

Je suis monté jusqu'à la cabane où elle avait passé sa nuit, avec ses murs de grès et de schiste, son toit surplombé de neige. C'était un refuge plutôt confidentiel, preuve qu'elle connaissait le secteur, au moins un peu. Plusieurs fois j'étais venu l'entretenir, cette baraque. Du conduit de la cheminée s'échappait une fumée noire, les volutes sales sur le ciel bleu que commençaient à gagner les premiers nuages. Pendant un court instant, j'ai regardé les remparts enneigés, sur l'autre versant, deviné les cimes de hêtres sous le col du Couret, là où Cannelle avait été abattue. J'ai encore pensé à Cannellito, certain que son cadavre était planqué quelque part, dans un de ces précipices inaccessibles que j'apercevais au bas des falaises. Mais je n'ai pas traîné : il ne s'agissait pas de la laisser filer, quand même.

Elle s'était enfoncée dans les pins à crochets, progressant à flanc de pente, invisible derrière les troncs verticaux comme les barreaux d'une prison, cherchant sans doute comment regagner au plus vite le fond de la vallée. J'avais mon idée sur l'itinéraire qu'elle allait essayer d'emprunter, avec quelques options possibles, entre le plus rapide et le moins périlleux. Dans le sous-bois, la neige avait moins ressaisi, on voyait mieux la trace de ses deux skis. Je m'y suis engouffré en suivant ces empreintes qui ondulaient entre les pins comme deux serpents inséparables. J'étais persuadé qu'elle n'était pas bien loin de moi, trois ou quatre cents mètres, pas plus, à portée de skis. Par endroits le manteau blanc était piqué d'autres traces, celles de la faune, isards, chevreuils, sangliers, coupant à travers bois en quête d'un trou dans la neige où brouter quelques pousses. Au-dessus de moi, des becs-croisés piaillaient dans les épines. Sac et arc sur mon dos, j'ai avancé, silencieux entre les pins à crochets, tournant le regard dès que s'effondrait un paquet de neige devenu trop lourd pour les branchages. Presque à l'horizontale, la progression était facile, mes peaux de phoque accrochaient bien la neige. J'attendais de voir où la fille m'emmenait, le moment où sa trace allait piquer sur ma droite, partir dans la descente dans l'espoir de me semer. Elle ne savait sûrement pas à qui elle avait affaire. J'ai avancé comme ça pendant une bonne heure, je crois, droit dans la pinède, sans rien voir d'elle sinon ces deux traînées qui s'éloignaient vers l'inconnu, certain d'être en train de la rattraper. J'ai passé un arrèc, dépassé des blocs calcaires gros comme des monstres pétrifiés. J'ai atteint une clairière ouverte entre les arbres, les pins toujours plus clairsemés que les sapins, je l'ai traversée, une bonne centaine de mètres pour retrouver le sous-bois.

Mais je me suis arrêté.

Je venais de perdre la trace de la fille.

Dans la clairière, la neige était à nouveau dure, les empreintes des skis quasiment invisibles, j'avais donc coupé tout droit pour les retrouver dans la pinède. Mais je ne les voyais plus. Plus de sillon aux pieds des arbres, plus de pointe de bâton. Je me suis retourné d'un coup, et j'ai murmuré :

— Toi, tu essaies de m'embrouiller, hein…

Évidemment, c'était son idée : brouiller sa piste, pour ne pas que je la rattrape. Ou au moins pour me retarder. Elle avait profité de la trouée pour changer de direction, quand ses skis s'étaient remis à glisser en surface, sans plus creuser la neige. Mais ce n'était pas moi qu'elle allait semer aussi facilement, franchement, si elle croyait ça, elle se faisait des films. J'ai fait demi-tour, cherché par où elle s'était enfuie. Vers le bas de la clairière, à tous les coups, je me disais. Je ne savais pas à quel point elle connaissait le secteur, si elle savait que d'ici, pour redescendre jusqu'à la route, il n'y avait qu'un passage possible. J'ai scruté la neige dans la descente, certain que j'allais finir par y trouver au moins les marques de ses carres. Mais ce n'était pas le cas. *Nada*, comme aurait dit Antoine. Alors j'ai continué à chercher, je suis revenu en arrière, des fois que j'aurais raté un truc en arrivant.

Et enfin j'ai trouvé où elle était, sa trace.

Elle était au-dessus de la clairière, pas en dessous.

Deux rayures, rectilignes et parfaitement parallèles, auxquelles s'ajoutaient les encoches des couteaux que la chasseuse avait fixés à ses skis, pour mieux mordre la neige. Parce que cette fois, elle partait en pleine montée. La pente raide à travers la forêt de pins, à peine en diagonale. Alors j'ai levé la tête vers les sommets, et entre les lambeaux de nuages j'ai fixé ce fameux passage, unique accès pour gagner l'autre versant de la montagne. Ce n'était pas un col, juste un étroit couloir fiché entre deux pics, à plus de deux mille mètres d'altitude.

Là, j'ai compris que ça allait être moins facile que prévu.

30 mars

Apolline

Je crois que c'est au moment de remonter dans le Land Cruiser que le doute me reprend. J'ai beau me raisonner, me dire que je ne suis pas une débutante, qu'en termes de matériel j'ai ce qui se fait de mieux, que je suis bien entraînée, rien à faire, l'angoisse revient. La peur de ne pas être à la hauteur d'une telle chasse, plus risquée qu'initialement prévu. De ne pas parvenir à décocher ma flèche quand le lion sera au bout de mon tunnel de visée. Mais il y a autre chose, depuis ce matin : l'étrange impression qu'en fait ce lion ne m'est pas destiné. Que c'était à maman d'aller le chasser. Ou même à quelqu'un d'autre, je n'en sais rien.

— Ça va, ma chérie ? fait papa quand je reprends place à côté de lui, sur les banquettes de la benne.

Je hoche la tête, garde pour moi mes pensées inavouables. Il me serre contre lui, l'air déjà tout excité par la traque à venir.

— Gare à tes fesses, Mufasa. Apolline Laffourcade est à tes trousses.

Et le 4 × 4 retourne la poussière du fond de vallée pour attaquer la montagne. Il s'engage hors de toute piste, dans le *wild*, guidé par les indications du Himba dont j'entends la langue sans en comprendre le sens. En vrai il n'a pas décroché un seul sourire depuis le départ du camp, ce n'est pas un marrant. Le terrain est plein de pierres, le Land Cruiser évolue au ralenti, suivant des routes invisibles sinon par lui. On roule sur des petites crêtes bordées de versants de terre sèche où se mêlent l'ocre et le rouge. On passe des cols pour les quitter en reprenant les pentes, laissant derrière nous les sillons larges de nos énormes pneus. On gagne en altitude, et parfois derrière nous se dévoilent les plaines d'où nous sommes partis, noires comme un tapis de cendres, gigantesques et désolées. On ne suit aucune trace à ce moment-là, mais pendant l'ascension le pisteur est aux aguets : debout derrière nous, dressé à la manière d'un suricate, il inspecte sol et buissons, spéculant sur les choix possibles du fauve à travers bosses et dépressions. L'après-midi avance avec nous, le soleil creuse le ciel de sa course lente et sûre, les heures passent, nos regards concentrés sur le décor qui nous entoure, nos corps bringuebalés par les manœuvres du Land Cruiser. On croise un oryx, quelques springboks encore. Le lion ne se montre pas et pourtant je sais qu'il est là, félin fantôme arpentant les nervures minérales. Sans doute nous a-t-il déjà vus, lui. Je me souviens de ce que m'a dit papa une fois, qu'un lion, on ne le voyait que lorsque lui-même l'avait décidé.

Il est seize heures quand on fait une halte au creux de trois collines qui encerclent une sorte de cuvette. On s'approche, au pas, d'un amas de troncs plantés près d'un arbre du berger. Je pense d'abord à un genre de bosquet, avant de réaliser qu'il s'agit d'un enclos abandonné. Un *kraal*, comme ils disent ici. Faite de branches de mopane enchevêtrées les unes dans les autres, la clôture est en ruine, effondrée à plusieurs endroits. À mesure que l'on s'en approche, je devine qu'à l'intérieur, autour aussi, il y a des carcasses d'animaux morts. Le 4 × 4 s'arrête à côté, et toute l'équipe met pied à terre sous le soleil harassant.

Lutz s'approche de nous.

— On va voir si on trouve une trace qu'on pourrait suivre. Dans la caillasse, ce n'est pas évident.

Les autres tournent autour du *kraal*, silencieux.

— C'est un des troupeaux qu'il a attaqués ? demande papa.

— *Yes*. Un troupeau de chèvres. À ce qu'on m'a dit, l'éleveur a perdu tout ce qu'il avait ici. En une seule nuit, vous imaginez ? On n'est pas vraiment dans *Le Roi lion*, hein… Vivre dans le *bush*, c'est ça.

Aucune odeur n'embaume l'endroit, l'attaque doit dater d'un moment déjà. On ne voit que des os éparpillés parmi les pierres, jonchant le sol du centre de l'enclos jusqu'à vingt mètres autour. Côtes, membres, crânes, il ne reste plus une once de chair sur les charognes, les os blancs sont comme des débris calcaires fondus dans le décor. Le pisteur se remet à chercher des empreintes, le chauffeur s'abrite sous les frondaisons du boscia. Mais le jeune Himba, lui, erre dans ce cimetière à ciel ouvert, les yeux rivés aux carcasses, l'air de se recueillir sur la tombe de défunts parents. Je le regarde faire, et je me dis que, peut-être, il connaît l'éleveur dont vient de nous parler le *PH*. Que c'est peut-être pour cela qu'il est aussi grave. L'espace d'un instant, je sens peser sur moi une immense responsabilité, celle de débarrasser ces pauvres gens d'un fléau. Mais quand, d'un coup, le Himba relève la tête et soutient mon regard, devinant que j'étais en train de l'observer, c'est tout autre chose que je lis sur son visage noir. Comme si lui et moi, nous étions des ennemis.

Je détourne les yeux, mal à l'aise, reviens vers Lutz.

— On devrait y aller, non ? Il fait hyper chaud.

Il m'observe comme si c'était la première fois que je m'adressais à lui.

— Patience, Legolas. On va le trouver, *trust me*. Mais là, mes hommes ont besoin de se reposer un instant.

Il les regarde s'abriter à l'ombre du boscia, à l'exception du guide himba toujours hypnotisé par les squelettes. Puis il fixe le haut de mon crâne, réalise que j'ai oublié ma casquette. Alors il retire la sienne à l'effigie de l'université de Stuttgart, et me la tend.

— Tiens, mets ça.

Étonnée par cette soudaine attention, j'hésite un peu, fronce les sourcils. Avant de prendre la casquette, et de la mettre sur ma tête, resserrée de plusieurs crans.

— Merci.

— *Ja*. Fais-y attention, hein. C'est un cadeau de mon neveu.

Puis il détourne le regard, pour passer à autre chose.

Je jette un œil à ma montre : plus que trois heures avant la nuit. Lutz a beau jouer l'optimiste, on sait tous que plus l'heure avance moins nous avons de chances de pouvoir aller au bout de cette chasse. Je suis en train de réfléchir à tout ça quand je vois le pisteur lever le bras pour pointer l'une des collines qui nous cernent. Tous, nous tournons la tête, et devinons, à près d'un kilomètre de nous, mais bien visible sur la pente, pas loin du sommet, une forme animale, immobile et solitaire.

— *Zebra*, estime Lutz.

De la portière du 4 × 4, il sort ses jumelles et plante ses yeux dedans, tourne la molette pour faire la mise au point. Se tait un instant. Avant de dire, en chuchotant cette fois :

— *Nein*, ce n'est pas un zèbre. Ça, pour un coup de chance…

Et, les gestes plus lents, plus solennels, il passe la lanière au-dessus de sa tête, me tend les jumelles, sans un mot. Mon pouls s'accélère alors, je regarde à mon tour à travers les lentilles grossissantes.

Et pour la première fois, je vois mon lion.

La gorge soudain toute sèche.

À flanc de colline, sa silhouette massive entourée par le bleu du ciel, il se tient debout, fier et figé. Mais rien à voir avec un animal naturalisé, au premier coup d'œil et même à cette distance je perçois la puissance qui l'anime. La force des grands prédateurs, de ceux qu'aucune espèce n'effraie vraiment. Je distingue le noir de sa crinière, sa queue courbe et statique, les épaules pointues sous le pelage ras. En vrai il est trop beau, un mâle comme jamais je n'en ai observé lors de mes précédents voyages, sec, râblé, tout en muscles. Adapté à la vie dans le désert, à la pénurie d'eau et de proies, à survivre à ce qui en aurait tué tant d'autres. Il nous observe, en fait, sans doute depuis un moment déjà. Peut-être est-ce mon imagination, mais dès cet instant, dans mes jumelles, j'ai l'impression que quelque chose se passe entre lui et moi. Que nous sommes destinés, finalement, à nous mesurer l'un à l'autre. *My God*, c'est comme s'il me défiait de venir l'abattre. Jamais je n'ai ressenti cela en chassant des herbivores.

Je baisse mes jumelles. Et je constate qu'une tension nouvelle vient de s'emparer de l'équipe, comme si d'un coup un danger nous guettait. Chacun sur ses gardes, les corps redressés, les sens à l'affût. Entre le lion et nous, le milieu est grand ouvert, à peine quelques arbres, des graminées rases qui dépassent des pierres sur quelques centimètres. Lutz scrute les rares reliefs, échange des regards avec son pisteur, sans un mot. Il nous fait signe de nous accroupir, chuchote :

— On ne bouge pas, on regarde juste. Le vent joue contre nous : si on tente la moindre approche, il va fuir.

On obéit, et d'accroupis on finit bientôt allongés au sol. À travers mon débardeur, je sens les arêtes brûlantes des roches pressées contre mon ventre, le piquant des herbes cassées. Mais je n'y prête plus la moindre attention, parce qu'en face de moi il y a mon trophée, et que cette pensée m'occupe alors tout entière.

— C'est bien lui, murmure le *PH*. Vous voyez sa cicatrice, sur le flanc ?

Les jumelles toujours collées à mes yeux, je ne réponds même pas, dès le premier coup d'œil j'ai repéré la balafre. J'observe le félin en continu, remarque le moindre mouvement de sa silhouette figée, lorsque tremble sa crinière, lorsque s'agite le toupet de sa queue, lorsque son museau se décale, ne serait-ce qu'un peu. Pour mieux me dévisager, je m'imagine. J'essaie de le cerner, de faire connaissance avec lui, avant d'engager la traque. Et en moi, je sens monter quelque chose de nouveau. Plus d'assurance, mes doutes étouffés par l'adrénaline. Je me dis que oui, finalement j'en suis capable, que je vais y arriver. Que ce soir, avant la nuit, j'aurai décoché ma flèche. Accompli ce que maman n'a pas eu la chance d'accomplir.

Nous restons là un long moment, à observer le lion sans pouvoir s'en approcher. À attendre, transpirant sur les cailloux, que lui décide d'initier un mouvement, n'importe quoi pour nous permettre de bouger. Le jour avance, lent et rapide à la fois, le soleil poursuit sa course, nous rapproche de la nuit. Je jette parfois un œil au reste de l'équipe postée près de l'arbre du berger, un peu plus loin. L'autochtone fixe lui aussi l'animal, attentif et concentré, le regard figé. Exactement comme moi. Près de trente minutes s'écoulent ainsi, dans le silence le plus total, sans que nous puissions rien faire, papa soulevant deux fois son iPhone pour prendre des photos de moi, couchée sur le sol comme une aventurière, avec ma casquette allemande. Jusqu'à ce qu'enfin le lion secoue la tête, ouvre une large gueule qui, de loin, laisse deviner ses crocs puissants, sa langue rose et sèche. Dressé sur ses quatre pattes, il semble embrasser du regard toute la montagne comme si c'était son royaume. Puis, la démarche sûre, avec ce qui pourrait être une forme de dédain, il disparaît derrière le talus. Laissant désert le flanc de la petite colline.

— *Get up*, fait Lutz. Cette fois, c'est parti.

Il fait signe à ses hommes et alors tout se met en branle. L'équipe se regroupe autour du Land Cruiser, discute avec l'autochtone qui fait de grands gestes, mimant cols et sommets pour définir la bonne approche. Lutz nous briefe rapidement, rappelle les règles à respecter, comment les choses devraient se passer, comment se positionner, tout ça. Il nous invite à remonter à bord, puis le 4 × 4 démarre et cahote sur les cailloux, traverse le petit plateau, gravit un bout de la pente où se tenait le lion il y a encore quelques minutes. Mais le chauffeur coupe le moteur avant de passer la crête.

— On continue à pied, dit Lutz en s'emparant de sa carabine et du talkie-walkie.

Je sors enfin mon AVAIL de sa valise, vérifie encore une fois que tout est en place, mes six flèches alignées sur le carquois, les cames bien mobiles autour de leur axe. Je descends de voiture, suivie par papa. Et, à l'exception du chauffeur qui reste dans le 4 × 4, on chemine en groupe compact vers l'arête rocheuse. Le sol est sombre et friable, un genre de grès qui se délite en fins graviers, j'avance avec prudence pour ne pas déraper, mon arc à bout de bras, à l'horizontale. Je sens mon cœur battre dans ma poitrine, les coups lancés en moi jusque dans mes tempes. Quelques secondes, même, mes poils se hérissent en chair de poule. C'est que j'ignore jusqu'où a fui le lion, il est peut-être là, juste derrière la butte, à nous attendre comme, paraît-il, le font certains mâles. Je me tiens prête à ôter une flèche du carquois et à l'encocher sur la corde. Lutz, lui, resserre ses mains autour de son .470, sérieux et concentré. Mais lorsque, lentement, tête baissée, nous atteignons la crête, je me relâche. Le fauve est déjà loin.

Le pisteur examine les traces laissées dans le sol meuble, me les montre. Fraîches et profondes comme jamais je n'en ai vu, elles s'éloignent de la corniche, dévalent la pente en une longue courbe. Mais le paysage que nous surplombons à présent est différent : de ce côté de la colline s'étend un genre de savane arbustive, dense et fermée. Buissons d'épines et acacias sont groupés en petits massifs, entourés de pailles blanches poussées dans la caillasse. C'est là, je me dis alors.

C'est là que ça va se passer.

Komuti

Je connaissais bien cet endroit, à plusieurs reprises j'avais longé ces bosquets impénétrables, avec mon père, avec nos bêtes, les yeux rivés aux branches pleines d'épines. Nous savions qu'à l'intérieur pouvaient se terrer toutes sortes de prédateurs convoitant nos troupeaux, qu'il fallait rester méfiant. Le 4 × 4 avait dû faire maints détours pour monter jusqu'ici, suivant les pentes sur lesquelles j'avais guidé le chauffeur, mais en vérité nous n'étions pas si loin de mon village : à pied, en empruntant les vallées escarpées, moins de deux heures suffisaient à rallier nos cases.

Cette fois, nous étions sur la piste du tueur de bétail, j'en avais conscience. J'observai l'étrange arc de la Française, avec ses cordes dans tous les sens, ses poulies, ses flèches accrochées sur le côté. Il ne ressemblait en rien à ceux qu'utilisaient autrefois nos ancêtres, avant l'arrivée des armes à feu, en ces temps où tuer un lion sans y laisser la vie relevait de l'exploit. J'aurais à peine su par quel bout attraper un tel engin. C'est donc sur la carabine que tenait le chasseur professionnel que je concentrai mon attention.

Le moment venu, il me faudrait m'en emparer.

28 avril

Martin

Franchement, elle grimpait bien, la fille. Ça faisait déjà un bon moment que je suivais sa trace quasi verticale sous les branches des pins à crochets, la double ligne cassée à l'endroit où elle avait fait ses conversions, mieux marquée à mesure qu'avançait le jour et que ramollissait la neige. Ce n'est pas que j'avais du mal à la suivre, non, pas moi, pas après toutes ces années que j'avais derrière moi à arpenter les hauteurs d'Aspe. Mais je commençais à me dire que je lui avais peut-être laissé un peu trop d'avance, surtout avec le matos qu'elle avait aux pieds, chaussures ultralégères et skis paraboliques. Moi, à chaque pas, c'est toute la fixation que je soulevais, près d'un kilo cinq. Forcément ce n'était pas le même effort, sans compter ce que j'avais sur le dos. Je le sentais passer dans les mollets. Il faisait un froid comme jamais je n'en avais ressenti à cette date. La faim pointait son nez, aussi.

J'étais certain qu'elle n'était plus loin de moi, maintenant. Qu'elle devait sentir la fatigue. Je l'imaginais, transpirante sous sa parka bleue, quelque part dans cette pinède. J'essayais de deviner à quoi elle pouvait penser avec moi à ses trousses, si elle flippait, si au contraire elle était sûre d'elle et décidée à me balader, comme elle avait semblé l'être quand elle m'avait jeté ce regard de défi, juste avant de disparaître. Je me suis souvenu de l'air dur et brutal qu'elle avait sur la photo d'elle et de son lion. Tout à mon effort physique, j'ai eu le temps de repenser à tout ce qui s'était passé depuis le jour où cette foutue photo avait fait son apparition, et commencé à m'obséder. J'ai pensé aux trolls qui sur Facebook tentaient toujours de semer le doute en racontant leurs salades, ceux qui disaient que peut-être que ce n'était pas cette blonde qui l'avait tué, le lion, ou même que la photo était truquée. J'étais loin de tout ça, maintenant. La blonde, elle était là, devant moi, je sentais sa présence de tueuse même si je ne la voyais pas, invisible qu'elle était dans les hauteurs boisées. Un moment, j'ai eu cette impression bizarre d'être à la recherche d'un animal extrêmement rare et que jamais on n'observait vraiment, comme le desman des Pyrénées, toujours planqué dans ses torrents.

Il n'était pas loin de midi quand le bruit a stoppé ma grimpette.

Sur ma gauche, au-dessus de moi, j'ai entendu la neige craquer, entraperçu quelque chose rouler dans la pente. Je me suis figé, j'ai fouillé le sous-bois dans la buée de mes expirations. Je me suis dit C'est elle, elle vient de glisser, elle est juste là. Au ralenti, je me suis baissé pour me cacher derrière les mamelons blancs, j'ai attendu qu'un autre son vienne la trahir, dans le silence et le chant d'une grive draine. J'avais le cœur qui battait fort, à cause du coup de cul, mais pas seulement, je crois. Il y avait l'adrénaline, aussi. Sans trop réfléchir, j'ai saisi l'arc sanglé dans mon dos, j'ai engagé une flèche sur la corde, le décocheur dans ma main droite. Et j'ai scruté la pente à travers le viseur. Je suis resté plusieurs secondes comme ça, avec l'arc de la fille armé entre mes mains, comme si j'allais tirer dès qu'elle sortirait le nez de sa cachette. Mais l'instant d'après, ce n'est pas une blonde qui est sortie des buissons. C'est un chevreuil, qui d'un pas lent a traversé le décor, ses pattes telles quatre aiguilles dans la neige cassante, avec les deux taches blanches de sa serviette d'hiver à la base du cou. C'était un jeune mâle, le velours de ses nouveaux bois en train de tomber. Je l'ai regardé se déplacer dans le rond du viseur, réalisant seulement à quoi ressemblait la scène, la tête qu'auraient faite les collègues s'ils avaient vu ça. Alors j'ai baissé l'arc. Le brocard a tourné le regard, sa truffe noire pointée vers moi, les oreilles figées de part et d'autre de ses bois flambant neufs. La seconde d'après il avait filé, signant son passage de fines empreintes de sauts. Et moi je suis resté immobile, avec en mémoire cette nouvelle rencontre avec le plus gracieux des cervidés d'Europe, un de ces rares mammifères pas encore exterminés par mon espèce.

Je savais qu'il ne fallait pas que je traîne si je voulais rattraper la fille, mais je commençais à avoir vraiment faim. Alors je me suis accordé une pause pour me refaire la cerise, fromage et saucisson tirés du sac à dos, les skis en travers de la pente. Avant de me remettre en route dans la montée, les couteaux cisaillant le tapis blanc pour mieux m'y accrocher. Le ciel s'assombrissait au-dessus des cimes, il allait encore neiger ce soir, je me disais. Autour de moi, les troncs des arbres se dressaient en mâts verticaux, leur base tordue par la reptation de la neige, année après année. J'ai continué à monter en suivant la double trace, mon itinéraire le plus direct possible, autant que mes skis le voulaient, à coups de conversions vives entre les arbres. De plus en plus clairsemée, la forêt s'étirait en altitude, je suis resté sous les arbres encore deux bonnes heures, pour enfin atteindre la lisière.

L'étage alpin, couvert d'une neige épaisse et compacte, seulement percée par les derniers des pins. Ici, l'été, ce n'étaient que blocs de roche et éboulis, avec juste un sentier de randonnée qui se faufilait dans les pierriers. La vallée était invisible dans la brume étirée tel un glacier géant. Les chocards à bec jaune virevoltaient dans la grisaille, longeaient les falaises dressées entre gave et nuages. J'ai observé la piste de la fille, à ma droite, et j'ai dit :

— Putain, mais elle va jamais s'arrêter…

La trace continuait de monter vers les sommets, inexorablement, sans la moindre marque d'un arrêt qu'elle se serait accordé. Elle avait de l'endurance, rien à dire, ce n'était pas à une débutante que je me frottais. Mais de réaliser ça, ça ne m'a pas donné envie de renoncer. Au contraire, ça m'a stimulé, je crois. L'enjeu n'était que plus grand d'avoir le dessus sur elle.

Alors moi aussi, j'ai continué.

J'ai ajusté mon sac et l'arc. Et, les skis dans ses empreintes qui se perdaient sur les hauteurs, je me suis éloigné de la pinède, à l'assaut de la pente immaculée, le blanc de la neige noyé dans celui des nuages chahutés au-dessus de ma trace. L'effort constant, pas après pas, visage glacé, mais dos en sueur sous ma parka doublée de ma doudoune. La neige s'est mise à tomber, les flocons à moucheter le ciel en ondulant jusqu'au sol blanc, vaguement poussés par le vent. Ils étaient encore inoffensifs, à cette heure. Je me suis arrêté, j'ai remonté mon col et j'ai regardé derrière moi, tout ce trajet que j'avais déjà parcouru. Je l'attendais beaucoup plus tard, la neige, une fois la nuit tombée. Sûrement pas à quinze heures. Des chutes de neige comme ça un 28 avril, je me suis répété, ce climat ne ressemblait plus à rien. Mais je n'avais pas l'intention de faire demi-tour. J'ai encore gravi des mètres et des mètres de pente raide, conversion après conversion. À présent j'avais les idées claires sur ce qu'elle essayait de faire, la fille. Elle espérait me semer dans la montée, passer entre les pics pour redescendre sur l'autre versant. Elle avait bien vu quel genre de matériel j'avais, avait dû se dire qu'avec son équipement haut de gamme, elle avait toutes ses chances.

Plus je montais, plus le temps se dégradait, plus il faisait froid aussi. La neige qui tombait se faisait plus dense, elle bouchait le paysage comme une purée grisâtre. Le vent la poussait dans sa chute de moins en moins verticale. Il faisait sombre comme si déjà la nuit se pointait sur les sommets. C'est à ce moment-là que j'ai réalisé que cette histoire n'allait pas finir aujourd'hui. Que ce foutu temps allait nous bloquer sur les sommets, qu'il serait trop tard pour redescendre avant la nuit. Alors, dans ma tête, j'ai commencé à faire l'inventaire de ce que j'avais dans mon sac. Quand je m'étais préparé, la veille au soir, j'avais envisagé la possibilité de passer une nuit sur place, bien sûr, moi je la connais, la montagne. Mais franchement, je n'avais pas prévu que la fille m'emmène aussi haut, ni qu'un temps pareil vienne nous fouetter quand on y serait. J'ai regardé ma montre, évalué la situation : si j'arrivais à passer sur l'autre versant, je connaissais une autre cabane d'altitude, à moins d'une heure de descente. Possible que la chasseuse aussi soit obligée de s'y réfugier, d'ailleurs. C'est là qu'allait finir notre périple, j'ai pensé à cet instant. C'est là qu'elle allait avoir la peur de sa vie.

Mais je me trompais.

J'ai redoublé d'efforts dans ce qui ressemblait de plus en plus à une tempête de neige, un méchant coup de nord-ouest comme ces montagnes en connaissaient parfois. J'avançais, la tête baissée à l'intérieur de mon col, luttant contre le vent qui me poussait sur le côté. Je progressais en serrant les dents, avec, sans que je m'en rende bien compte, en plus du froid et de la fatigue, une colère sourde qui montait en moi et qui m'aidait à avancer. Une colère contre cette blonde que je pourchassais depuis le matin. Depuis que j'avais découvert sa petite gueule, avant même de la voir en vrai, je la détestais pour avoir tué tant d'animaux. Mais alors que je peinais à la rattraper, il y avait autre chose, quelque chose de moins réfléchi, de plus viscéral. Une colère dictée seulement par ce qui était en train de se jouer sur ces sommets de vallée d'Aspe, entre elle et moi. La possibilité de me faire distancer sur mon propre terrain. L'envie, où qu'elle se trouve, de la dénicher, pour qu'elle comprenne à qui elle avait affaire. Je réalisais tout ça en même temps que je poussais sur mes couteaux autant que sur mes bâtons. Je commençais à faire gaffe à mes placements, aussi : la neige en train de tomber, plaquée par le vent sur la couche inférieure, elle était très fragile, elle ne demandait qu'à se dérober lorsque j'appuyais dessus. Je devinais la puissance potentielle de ce manteau neigeux.

Et enfin je l'ai vue.

À moins de cent mètres, silhouette noire et floue dans le décor opaque. Elle était là, en train d'avancer devant moi, se rapprochant du col. J'y étais presque, j'allais la rattraper cette grimpeuse qui se prenait pour Kilian Jornet. L'effort régulier dans la tourmente de neige et de vent, je me suis rivé à cette ombre sur skis dont j'ai bientôt distingué le bleu, la veste haut de gamme qui l'emballait. Elle ne m'a pas repéré tout de suite, elle montait vers le couloir en zigzags resserrés, à vitesse constante. À la voir comme ça, de dos, sans idée de tout ce trajet qu'elle et moi avions déjà parcouru, on aurait pu croire que pour elle, c'était facile, qu'aucune fatigue ne l'assaillait. Mais ce n'était pas à moi qu'elle allait faire croire ça, j'étais certain qu'elle peinait, elle aussi. Bonnet en avant, jetant des regards vers son dos noyé dans le rideau de neige, je l'ai suivie sans ralentir, jambes et bras mobilisés, comme aspiré par sa progression, assurant mes conversions. Je me persuadais que l'écart diminuait à mesure qu'on s'engageait dans l'étroit couloir, que j'allais être sur elle avant qu'elle ne dévale sur l'autre versant, mais peut-être qu'en fait ce n'était pas le cas. Au-dessus de nous je devinais vaguement les sommets, arêtes de roche grise, corniches esseulées dans la masse des nuages. Elle a duré un long moment cette traque au ralenti, peaux de phoque et couteaux crissant sur la neige lourde, nos silhouettes enveloppées par la tempête, virage après virage. Comme si dans ces montagnes il n'y avait plus qu'elle et moi, plus aucune autre vie, isards, sangliers, bouquetins, réfugiés loin de ce monde devenu désert en noir et blanc. Un monde réduit à deux humains en train de se pourchasser l'un l'autre, comme s'ils n'étaient plus de la même espèce, un prédateur et sa proie. Tu vas l'avoir, tu vas l'avoir, je me répétais sans cesse, pour me donner plus de force.

Elle s'est arrêtée d'un coup, s'est retournée vers moi. Je ne distinguais pas son visage, emmitouflé et perdu dans la mélasse, mais je devinais qu'elle estimait la distance qui nous séparait. Moi-même, les sens brouillés par la fatigue, je ne savais plus très bien l'évaluer, quelque chose comme cinquante mètres, je dirais. Soudain immobiles en pleine pente, on s'est regardés sans vraiment se voir entre les bourrasques qui jetaient la neige à l'horizontale et nous fouettaient les flancs comme des millions d'aiguilles, comme si la montagne elle-même voulait nous terrasser. Alors, les muscles usés par l'effort, guidé par la seule rage qui m'habitait, j'ai pris l'arc sanglé dans mon dos. Et de mes mains gantées, j'ai encoché une de ses flèches barbares pour la viser à travers le rideau de flocons. Je suis resté comme ça, son arc armé, conscient que j'avais peu de chances de l'atteindre, entre le froid, la fatigue, et le manque de visibilité. Je me disais Tu t'en fous, vas-y, tire-lui dessus, qu'elle comprenne sa douleur. Des secondes ont passé, le temps figé comme nos deux silhouettes épuisées.

Mais l'instant d'après, j'ai senti la neige glisser sous mes peaux de phoque.

Le manteau neigeux, déstabilisé par la surcharge que je lui causais.

Tout mon poids sur les deux skis.

J'ai lâché la flèche sans même m'en rendre compte, partie se noyer dans la tempête. Et moi, emporté par la coulée blanche, j'ai dévalé la pente sans rien pouvoir y faire, les skis croisés, dans tous les sens, de la glace dans mon col, brûlante comme si c'était de la braise.

Une mini-avalanche qui m'a traîné sur quarante mètres, la lame épaisse et chargée d'eau. Je me suis échoué sur un replat, complètement sonné, de la neige plein le dos, la joue râpée, le flanc cogné contre un rocher. Mais en un seul morceau. Rien de cassé, c'était déjà ça. J'ai gémi de douleur, la cuisse, surtout, je me suis redressé comme je pouvais.

Et j'ai regardé au-dessus de moi.

Pour deviner, cent mètres plus haut, comme un fantôme dans ces ténèbres blanches, la fille en train de se remettre en route, toujours debout sur ses deux skis. Je l'ai vue s'engager dans le couloir pentu, en décrivant ses Z étroits, les conversions prudentes d'un bord à l'autre du corridor. Continuer sa montée comme si je n'existais plus. S'effacer peu à peu derrière le voile des flocons de neige. Puis disparaître enfin, passée sur l'autre versant. Comme si la montagne venait de la sauver, cette nature dont elle était pourtant la pire ennemie, complice indirecte de tout ce que l'homme avait détruit.

J'ai fini par me relever de ma chute, me sortir des paquets de neige dans lesquels j'étais pris. Mais je savais qu'à présent, entre la nuit qui venait et la tempête qui ne semblait pas vouloir faiblir, continuant de plaquer au sol de nouvelles neiges instables, repartir en montée, c'était du suicide. Que j'étais coincé là, tout près de ce col inaccessible.

Condamné à y passer une nuit qui s'annonçait difficile.

30 mars

Apolline

Il est déjà plus de dix-sept heures lorsque nous commençons à suivre les traces du lion. J'avance en première ligne, le cœur battant, main gauche enserrant la poignée de mon AVAIL. Lutz est au même niveau, à ma droite, son .470 entre les doigts. Papa, le pisteur, et le Himba marchent derrière. Cette fois nous y sommes vraiment, je me dis. Ni affût ni appât, une chasse à l'approche digne des récits de John A. Hunter, l'humain face au félin. On foule le sable, puis les herbes hautes qui nous offrent un semblant de couvert. Les empreintes sont larges et nettes, faciles à distinguer. Elles disparaissent par endroits quand la pierre devient dominante, mais à chaque fois nous les retrouvons quelques mètres plus loin, et reprenons notre avancée. Le soleil rayonne au-dessus des crêtes, jette des ombres immenses sur le sol rouge, comme si celui-ci allait prendre feu. On est à bon vent : sans doute le fauve sait-il que nous sommes sur sa trace, mais au moins il ne peut pas nous sentir. La trace ondule du haut de la pente jusqu'au pied des ronciers, puis s'enfonce entre les acacias. On pénètre alors dans cet étrange taillis, cernés par des bosquets inextricables. Les doigts crispés autour du *grip* de mon arc, j'inspire profondément. Peut-être est-ce mon imagination qui s'emballe, mais je sens la présence du lion. Il est là, quelque part dans ce *bush* épais, il peut apparaître à chaque détour, nous attendre derrière chaque fourré. En vrai j'ai l'impression d'entendre son souffle, de le sentir sur ma peau, comme s'il était à quelques centimètres de moi. Et alors, plus que jamais lors de mes autres chasses, je prends conscience des rapports de force. Nous, nous avons nos arcs et nos carabines, nos artifices d'humains. Mais le lion, lui, il a tout le reste : son ouïe, son odorat, sa connaissance des lieux, tous ses sens affûtés par des générations de prédateurs du désert. Ces sens que, peut-être, possédaient encore nos ancêtres chasseurs-cueilleurs avant de quitter les bois.

Dans l'équipe, il n'y a plus de place pour la légèreté, tout le monde est concentré sur la traque, une tension latente nous lie les uns aux autres. Papa a cessé ses blagues, le *PH* parle à peine, le Himba ne me jette plus le moindre regard, les yeux dans les branchages, le pisteur semble avoir disparu tant il est silencieux. Par moments Lutz lève la main, je me fige et me prépare à engager une flèche, puis il me fait signe de me remettre en marche. Trente minutes passent ainsi, silencieuses et tendues, nos pas dans ceux du félin.

Jusqu'à ce que l'Allemand m'arrête et chuchote :

— *Look*. Là, derrière le buisson.

On se baisse pour mieux permettre aux pailles de cacher nos silhouettes. Les autres se tiennent derrière, à distance raisonnable.

— *You see ?*

Je plisse les yeux mais, j'avoue, je ne vois rien d'autre

qu'un paquet de branches entremêlées, de feuilles rabougries plus jaunes que vertes, d'aiguilles pointées dans tous les sens. J'attends. Quelque chose bouge alors dans mon champ de vision, une ondulation, tout près de nous. Trente mètres, je dirais. Je me concentre dessus. Et enfin je distingue un toupet de poils noirs, au bout d'une queue couleur de sable. C'est la seule chose qui dépasse du buisson d'épines : la queue du lion.

— *Wow*, je murmure, grisée par l'adrénaline. C'est canon…

À cet instant il semble à portée de flèche, avachi dans les graminées, et le vent est avec nous. Mais on ne voit qu'une infime partie de son corps, à peine peut-on deviner son arrière-train. Toutes les zones vitales sont cachées par la végétation. Tirer à l'aveugle, à travers les branches, ce serait du suicide.

— Il sait qu'on est là, chuchote Lutz.

Le *PH* observe les arbres qui nous entourent, cherche un moyen de mieux l'approcher, en restant à bon vent. Mais le fauve ne lui en laisse pas le temps : d'un coup la queue disparaît derrière les fourrés, et nous parvient le son étouffé d'une foulée dans le sable.

— On y va.

Je me redresse d'un coup, réalise que je tremble un peu. D'excitation, de peur aussi. Me reviennent en tête tous les récits de chasse au lion, les chasseurs trop impressionnés pour réussir à tirer, les accidents qui paraît-il arrivent chaque année. Plus prudents que jamais, arc et carabine prêts à tirer au moindre signe, nous marchons vers l'endroit où il se tenait, en faisant un large détour. On retrouve la trace de son corps sur les pailles écrasées, qui nous donne une autre idée de la taille de ce vieux mâle. *My God*, je réalise : il est énorme. On distingue nettement, aussi, des empreintes appuyées dans le sable, sèches et profondes. Des empreintes de fuite : il est parti d'un coup, pour se jeter dans les buissons qui se déploient en un énorme massif. Papa prend de nouvelles photos, pour garder la trace de chaque étape de cette chasse qu'il m'a offerte. L'équipe se regroupe, échange quelques mots, le pisteur secoue la tête.

— Rentrer là-dedans, c'est trop dangereux, nous explique l'Allemand. On va finir en rampant sous les épines, et le lion aura l'avantage.

— On contourne ? fait papa, familier de ce genre de traque.

— On contourne, confirme Lutz.

À pied dans le sable et les cailloux, on commence alors à longer le mur d'épines enchevêtrées, opaque et inquiétant, comme la limite d'un territoire où aucun homme n'aurait sa place. Je regarde le soleil qui touche déjà le haut des crêtes. La nuit approche, trop vite à mon goût. Le bosquet est plus vaste que je ne l'imaginais, on marche un long moment, les yeux rivés au sol. Cela fait cinq heures que nous sommes partis du *hunting camp*, la fatigue commence à se faire sentir. La faim aussi. Mais hors de question de faire une pause. J'avance, silencieuse et concentrée.

Le pisteur retrouve enfin une empreinte de lion toute récente, les coussinets bien visibles, à deux mètres des buissons.

— Il est ressorti par ici.

On reprend alors la traque, l'équipe resserrée évoluant de trace en trace, Lutz et moi toujours en tête.

Le soleil disparaît à mesure que nous progressons, les ombres dessinent des arbres géants sur les pierres, des collines horizontales étirées vers l'infini. Et bientôt, après que le dernier rayon s'est éteint sur la corniche, c'est toute la savane qui se retrouve plongée dans l'ombre. Le vent de fin de journée se lève doucement, fait rouler des paquets de broussaille sur la terre sèche. D'un coup il fait plus froid, l'hiver austral reprend ses droits. Je frissonne, pose mon arc, le temps d'enfiler une veste polaire. Papa me fait un sourire, pour me rassurer, me dire qu'on touche au but, mais je ne le sens plus si rassuré que ça. Il sait, tout comme moi, qu'à présent notre temps est compté. Que d'ici une heure, il fera vraiment nuit, et qu'alors je ne pourrai plus tirer sur quoi que ce soit. Pourtant Lutz continue d'avancer en silence, avec l'assurance du chasseur professionnel qu'il est, des années passées dans le Kaokoland, lancé derrière les plus discrets des gibiers d'Afrique. Je réalise que je le regarde différemment, surtout depuis qu'il m'a gentiment prêté sa casquette, j'oublie son obésité, sa manière de parler de moi en disant *elle,* de m'appeler Legolas, son tir doublé sur mon zèbre. Tout ça n'a plus aucune importance, à cet instant, seule compte son expérience. Et la puissance d'arrêt de sa carabine de sécurité.

Les empreintes du fauve s'enfoncent à travers le *bush*, font des détours entre les arbres, semblant tracer le lit d'une rivière aux méandres incertains. Il reste invisible, mais sa présence est palpable comme celle d'un esprit omniscient, incarné dans le moindre fourré, dans la moindre pierre, dans le décor tout entier. Le temps s'étire, les minutes comme des heures, comme si on marchait depuis des jours déjà.

Il fait déjà sombre lorsque Lutz s'arrête, debout au-dessus d'une belle empreinte. Il reste un instant à scruter le sol, les yeux sautant d'un bout de sable à un autre. Il consulte son pisteur, qui hausse les sourcils, de l'inquiétude sur le visage.

— Qu'est-ce qui se passe ? je demande.

Le Himba se rapproche soudain, son pagne bariolé secoué par le vent, et je le vois jeter des regards nerveux un peu partout, vers les buissons que gagne l'obscurité, les arbres dispersés autour de nous comme autant de démons décharnés. Comme s'il savait mieux que personne à quel genre d'animal on s'attaquait. Mon pouls s'accélère, sans que je comprenne pourquoi.

— Lutz, je répète. Qu'est-ce qu'il y a ?

Sans m'accorder un regard, il dit, la voix basse :

— Ce lion-là a passé trop de temps près des troupeaux. Il n'a pas peur de nous. (Il renifle, et ajoute :) Il nous balade.

— Quoi ?

— On est déjà passés par ici.

Je regarde papa. Et sur son visage, je lis quelque chose que jamais je n'ai décelé depuis que l'on chasse ensemble.

De la peur.

Oui, mon père commence à avoir peur.

J'observe encore le sol, et alors je réalise que d'autres empreintes nous entourent, croisant les premières et pourtant tout aussi fraîches, les trajectoires entremêlées. Le lion ne cherche pas à fuir : à mesure que vient la nuit, il sillonne le *bush* en revenant sur ses pas, décrit des cercles qui se croisent, des huit imaginaires. Comme pour nous perdre. Je sens ma paume devenir toute moite autour de la poignée de l'arc. Un frisson me traverse, des pieds à la tête. Une sensation dont on m'a déjà parlé, mais que jamais je n'ai éprouvée.

L'impression que les rôles s'inversent.

Que de chasseuse, je suis devenue la proie.

Je regarde le ciel, d'un bleu qui s'assombrit. Trois étoiles y brillent déjà de leur lumière froide. Le vent du désert fait gémir les branches tordues des acacias, les bruits de la faune nocturne s'élèvent un à un, ceux des geckos, des outardes, des gangas.

Papa se tourne vers Lutz :

— Qu'est-ce qu'on fait ? La nuit arrive, ça commence à devenir trop risqué, non ?

C'est la première fois que je le vois ainsi envisager d'interrompre une chasse. C'est parce qu'il est avec moi, je devine, parce qu'il a peur pour la sécurité de sa fille adorée. Tout seul, il aurait sans doute continué sans se poser de questions. Le *PH* le fixe, sur ses gardes, mais moins inquiet que nous.

— Vous voulez renoncer ?

— Je ne sais pas… fait papa. Vous en pensez quoi ?

Lutz regarde les traces autour de nous, les buissons, le ciel, il évalue la situation.

— J'en pense que c'est jouable tant qu'on y voit encore. Mais surtout…

Il se tourne vers moi, plante ses yeux dans les miens. Pour dire, en s'adressant vraiment à moi cette fois :

— Surtout je pense que c'est à toi d'en juger, Legolas. C'est ta chasse, ne l'oublie pas. Tu veux arrêter là ? Tu veux que j'appelle le 4 × 4 pour qu'il vienne nous chercher ?

Quelque chose se passe entre nous à cet instant,

entre cliente et chasseur professionnel. Ce n'est plus une question d'âge, de sexe, d'expérience. Juste une question de sang-froid. Il me sonde, cherche à savoir ce que j'ai dans le ventre. Je m'interroge moi-même, sur ma peur, ma détermination, mes capacités. J'observe à mon tour le décor qui nous entoure.

— Vous pensez vraiment que c'est jouable ? je demande encore.

— *Ja*, confirme-t-il. On peut se donner une dernière demi-heure, jusqu'à dix-neuf heures trente. Et tu sais quoi ? Je t'observe depuis une semaine, et… et je crois que tu en es capable.

En vrai c'est idiot, mais j'avoue, quand Lutz prononce ces mots, ça me donne confiance en moi. Et alors qu'il me voit encore hésitante, traversée par tous mes doutes, il se décide à dire ce que j'avais besoin d'entendre depuis déjà plusieurs jours :

— Si tu veux tout savoir… Ton tir sur le zèbre, il était parfait.

Il n'en dit pas plus, n'avoue pas son erreur, qu'il n'aurait pas dû tirer cette balle. Il ne faut pas trop en demander. Mais je devine que pour un chasseur comme lui, c'est déjà énorme, et ces paroles s'immiscent en moi comme une force renouvelée. Gonflée d'orgueil, j'inspire profondément, serre les dents. Avant de déclarer :

— On continue.

Et personne n'essaie de me dissuader.

Lutz tourne la tête, fait signe à ses hommes de reprendre le pistage. On avance dans un *bush* que dévore la pénombre, de minute en minute il me semble que le décor se resserre autour de nous. Les fourrés d'épines sont plus sombres, leur intérieur m'évoque des ténèbres insondables. Et pourtant tout est encore visible, les empreintes du lion se distinguent sans peine sur la terre noire. Cette dernière marche me paraît plus longue qu'aucune autre, je commence à me dire que le chasseur professionnel va interrompre la chasse de lui-même, jugeant qu'il n'est plus en mesure de garantir notre sécurité. Mais à aucun moment Lutz n'évoque la possibilité de faire marche arrière, il s'en tient à ma décision, continue d'avancer, .470 en main, ses cent kilos rivés à la course invisible du grand félin. Je me dis que finalement je l'ai mal jugé, qu'en vrai j'ai rarement connu un guide de chasse aussi solide.

Par endroits, quand je vois le pisteur jeter des regards sur les côtés, il me semble que nous perdons la trace, et alors la peur s'empare de moi, violente et glaciale. L'impression que le lion est vraiment derrière nous, qu'il nous suit plus que nous le suivons, guidé par son ouïe, son odorat, par ses sens cent fois plus aiguisés que les nôtres. Je me retourne et m'attends à le trouver à mes trousses, mes doigts tremblent autour de mon arme qui m'apparaît soudain dérisoire face à la masse de muscles que représente un tel animal. Parfois, même, le pisteur me regarde et hausse les sourcils, comme pour dire que lui aussi vient de se faire une belle frayeur. Papa ne prend plus de photos, à présent, ce n'est plus le moment. Le Himba marche juste derrière, échange des informations avec les autres, sur la géographie des lieux qu'il semble connaître parfaitement. Certains coins de végétation commencent à me sembler familiers, je réalise que plusieurs fois déjà nous sommes passés par là, je retrouve nos empreintes humaines, mêlées à celles du lion. On ratisse le *bush* dans tous les sens, ce bout de savane devenu terrain d'une chasse interminable, entourés par les reliefs de la montagne, mornes noirs au pied du ciel. Des silhouettes de chacals s'échappent des épines, nous surprennent.

— Stop.

Je m'arrête net.

Lutz est figé à ma droite. Le pisteur noir inspecte le sol avec une attention inquiète, lance des coups d'œil nerveux un peu partout, regarde son boss en secouant la tête. Le Himba se redresse, sa tresse pointée vers l'arrière. Ce n'est plus de la tension que je décèle dans l'équipe, sur les visages crispés, cette fois c'est de la panique. Une panique contenue, mais bien réelle.

— On l'a perdu ? j'interroge.

Lutz fait oui de la tête, redresse le canon de sa carabine. Cette fois, la nuit est toute proche, derniers instants avant de ne plus y voir. Ronciers et acacias nous cernent de toutes parts, les branches déployées sous le ciel bleu sombre.

Le lion a disparu, je réalise.

Sa trace s'interrompt à nos pieds, les empreintes avalées par le désert. Quelques minutes plus tôt il était là, à l'endroit où nous nous tenons. Mais à présent, *my God*, il est où ? La peur se répand en moi, j'ai la gorge toute sèche, mon cœur s'emballe tandis que mes yeux fouillent les ténèbres. L'impression de n'être plus rien, créature fragile à la merci du fauve, agrippée à son arc high-tech comme à une bouée de secours. L'impression d'être toute seule face à ce dangereux fantôme, que tous les autres ont disparu, j'entends à peine les informations qu'ils se murmurent les uns et les autres. Mes idées s'embrouillent, je pense à maman, je me dis que jamais nous n'aurions dû prendre de tels risques, que c'était de la folie de continuer si tard. Je tourne la tête à droite, à gauche, poupée de chiffon secouée par ses frayeurs.

Et enfin je le vois.

Oui, ça peut sembler bizarre, mais en vrai c'est moi qui le vois la première, j'en suis certaine. Il est tout près de nous, à quinze mètres tout au plus, au pied d'un gros buisson dans lequel il se fond, les teintes atténuées par le crépuscule. Son ventre touche terre, mais il n'est pas vautré comme il le serait en pleine journée, après un festin. Non, il se tient droit comme un sphinx, la tête au ras du sol, sa crinière sombre et énorme, déployée autour de son crâne tel un soleil éteint. Les yeux braqués sur moi, comme s'il avait compris que c'était moi la chasseuse, moi qui depuis des heures étais derrière lui. Je devine son regard jaune, consciente que lui me distingue vraiment, précisément. J'ai la sensation, même, qu'il voit en moi, perce jusqu'à mes intentions. Ses pattes avant reposent juste en dessous, épaisses et grises entre les pierres.

Seigneur, il m'attendait, je devine.

D'instinct je me mets en position : je caresse ma médaille et le collier himba, redresse mon arc, engage une flèche sur la corde. Mais le lion est de face, la pire des positions pour placer un tir. Je ne vois pas ses flancs, la surface qu'il occupe est réduite. Je ne vais pas pouvoir l'atteindre, je me dis soudain. Lutz s'approche de moi, me chuchote avec un flegme impressionnant :

— O.K., jeune fille, on reste calme. Tu vois son menton, le triangle clair, au-dessus des pattes ?

J'opine en silence.

— Tu dois attendre qu'il relève la tête, assez pour

découvrir sa zone vitale, et tu tires juste en dessous de ce triangle, dans la crinière. Ne t'inquiète pas, il n'a aucune raison de charger.

Je sais que Lutz a de l'expérience, mais déjà à cet instant, moi, j'ai l'impression que le lion va se jeter sur moi. Et j'ai conscience que ma flèche ne sera pas assez puissante pour le stopper, autant tirer sur un camion à pleine vitesse. Seule la puissance d'un gros calibre peut interrompre un tel animal dans sa course.

Décocheur enclenché sur le D-Loop, bras de corde verrouillé, je tracte ma flèche tandis que les cames entament leur rotation et que se tendent les câbles, à l'opposé de ma corde. Comme jamais je ressens chaque détail de mon effort qui grandit puis diminue : pic, vallée, mur. J'immobilise l'ensemble, l'empennage contre le bas de ma joue. J'aligne mon tunnel de visée : ma visette, le point bleu de mon viseur et, tout au bout, le menton du lion.

Et j'attends.

L'équipe est silencieuse, noyée dans la nuit naissante, j'oublie le pisteur, ce Himba qui me met mal à l'aise, papa même. Seul Lutz reste à ma droite, présence discrète et vaguement rassurante. Ses mots me semblent venir de l'intérieur de moi, comme s'il était devenu ma propre conscience.

— Tu peux l'avoir, dit-il alors. Il faut que tu sois très précise, mais tu peux l'avoir.

L'adrénaline se presse en moi, je n'ai plus ni froid ni faim. La peur est toujours là, hérisse ma peau en chair de poule. Et pourtant je me sens soudain immensément forte, galvanisée par la confiance de mon *PH*. Capable d'accomplir cet acte de chasse pour lequel je suis venue d'aussi loin. Je suis Apolline, je m'assène en moi-même, chasseuse d'exception, cent fois vantée par mon père pour mes qualités d'archère. Je suis maman, je suis papa, je suis John A. Hunter, à cet instant je suis tous les chasseurs de lions que l'Afrique a connus. Je suis de ceux et celles qui n'ont pas renoncé, qui sont parvenus à tenir tête au grand félin.

Le lion ne bouge pas.

Alors j'attends encore.

Je reste *focus*, ma flèche armée.

J'attends que se soulève le triangle blanc de son menton.

J'attends ce qui me semble une éternité, quinze livres retenues par mon bras de corde. Au bout de mon tunnel, le félin me dévisage avec un mélange de calme et d'impatience. Comme s'il prenait son temps, pour montrer qu'il n'a pas peur de moi, que c'est lui qui m'a dénichée, pas l'inverse. Je respire lentement, m'imagine calée sur son propre souffle, que nous inspirons ensemble cet air sec et frais de début de nuit. Lui aussi attentif au moindre mouvement de la bête, Lutz me jette un regard, pour s'assurer que je tiens bon. Mais je ne faiblis pas, droite et rigide comme le piquet d'un *kraal*. Aucun vertige, aucun tremblement. Avec la conscience aiguë de ce qui se joue ici, qu'au bout de ma flèche équipée de sa lame de chasse, il y a la mort. Que la longue vie de ce mâle, à travers plaines arides, rivières fantômes et montagnes pierreuses, ne tient plus qu'à une pression d'index. Que j'ai ce pouvoir sur lui, de décider de son sort, si par miracle j'arrive à placer ce tir.

Le temps s'étire et des pensées se bousculent en moi.

Je m'interroge sur le sens de tout ça, sur cette envie que j'ai de tuer cet animal. Sérieux, je pourrais en rester là, sur cette traque éprouvante et magnifique qui nous a pris la demi-journée. Je sais que je m'en souviendrai jusqu'à la fin de ma vie de cet après-midi-là, c'est ce que j'aime le plus, dénicher l'animal, mettre mes pas dans les siens, l'approcher sur ses propres terres. Alors, pourquoi ne pas s'en contenter ? Pourquoi ai-je tant envie de tirer cette flèche ? Mais je sais qu'il est déjà trop tard pour penser à cela. Parce que dans mon viseur, c'est un lion qui me regarde, pas un zèbre. Et lui, maintenant que nous sommes face à face, il ne se pose pas tant de questions.

Je vois sa silhouette se tasser, très légèrement, ses oreilles plaquées en arrière.

La voix de papa me parvient alors, pleine de peur pour sa fille :

— Attention, il va charger, là !

Et il a raison : le fauve s'apprête à s'élancer. Les quinze mètres qui nous séparent me paraissent ridicules, quelques pas lui suffiraient pour m'atteindre, m'asséner un coup qui me jetterait à terre, planter ses crocs dans ma gorge comme il l'a fait avec tant de proies déjà. Un frisson d'effroi me parcourt, il y a quelque chose de terrifiant à imaginer un tel prédateur foncer sur soi. Mais Lutz garde un sang-froid à toute épreuve, confiant dans mes capacités. Tout va très vite : juste avant sa charge, avant qu'il ne déploie ses pattes énormes, le menton du lion se redresse, dégage sa zone vitale qui se retrouve dans mon tunnel de visée.

J'entends la voix de Lutz, comme venue d'ailleurs, pressante et étouffée :

— *Now.*

Et mon index presse la détente, libère les cinquante livres de mon AVAIL.

Trois cents pieds/seconde, la flèche s'enfonce dans la pénombre.

Coupé dans son mouvement à peine entamé, le lion bondit au-dessus des pailles à la manière d'un impala, le corps cassé en deux. Un grognement s'empare du *bush*, celui de la douleur qui vient de le saisir. Il retombe sur ses quatre pattes, maladroitement, fait deux tours sur lui-même en soulevant la poussière, pris d'une soudaine folie. Et il détale vers la droite, disparaît derrière les buissons.

J'abaisse mon arc.

Je ferme les yeux, les rouvre, emparée d'un frisson qui aussitôt s'estompe.

Je me tourne vers les autres, les vois tous figés, terrassés par la même tension qui depuis des heures nous unit. Quelque chose m'envahit, une immense fatigue. Je regarde Lutz, qui me dévisage avec une mine impressionnée.

— *Wow*, c'était moins une, lâche-t-il.

— Il allait vraiment charger ?

— Oui, il allait charger. Tu as vu ses oreilles plaquées en arrière ? C'est rare, mais ça arrive, surtout chez les lions qui se sont habitués à l'homme. Et vu sa taille, s'il avait commencé à courir, là il n'y a que mon .470 qui aurait pu le stopper.

— Mais je crois que je l'ai eu, non ? Pile dans le moteur.

— Tu l'as eu, oui. C'était un tir extrêmement risqué, mais tu l'as eu.

Papa se rapproche, torse bombé.

— Je ne vous avais pas menti, hein ? lance-t-il au *PH*.

— J'avoue, une telle maîtrise, à son âge, je n'ai pas vu ça souvent.

Papa me serre dans ses bras, m'embrasse la joue.

— Oh, toi… Tu es vraiment la meilleure, Apo.

Je reste prudente :

— Attends, on ne l'a pas encore retrouvé, hein.

— Ne t'inquiète pas, il est mort. Il ne le sait pas encore, mais il est déjà mort.

Lutz prend son talkie, appelle le chauffeur pour qu'il rapproche le Land Cruiser. Il s'allume une cigarette, comme un rituel, pour laisser au lion le temps de mourir. Il recrache la fumée puis soupire en disant :

— *Legolas girl…*

J'observe la nuit qui vient, d'un œil nouveau, plus apaisé. Les étoiles trouent le ciel, têtes d'épingles innombrables au-dessus du désert, la Croix du Sud prend ses quartiers, on devine le halo de la lune qui bientôt devrait apparaître. Le vent soulève une poussière noire, s'enfuit vers les arbres en tourbillons furtifs. L'ambiance est soudain plus détendue. Le pisteur reste aux aguets, mais je vois bien qu'il est rassuré que cette chasse soit enfin terminée. Seul le Himba reste en retrait. Je l'observe, croise son regard. Et j'y vois quelque chose d'indéchiffrable. Impossible de deviner ce qui se passe dans sa tête, sous sa tresse emballée, mais mon *perfect shot* ne semble pas le réjouir. Un instant, même, j'ai l'impression qu'il est furieux, les lèvres serrées, comme s'il ne voulait pas que je tue ce lion. Comme s'il y était attaché par je ne sais quel lien, quelque chose de religieux, un truc traditionnel qui m'échappe totalement. Mais je me trompe, forcément : tous les éleveurs du coin ont envie qu'il meure, le *cow-killer*. En vrai, peut-être qu'à ce moment-là, le Himba sait déjà tout ce qui va arriver. Quels risques il va devoir prendre pour tenter d'éviter le drame qui se prépare.

Deux phares émergent au creux de la colline, le 4×4 se rapproche autant que possible de l'endroit où on se trouve, le chauffeur descend de voiture et court jusqu'à nous pour apporter une grosse lampe-torche à son patron. Lutz regarde sa montre à deux reprises, avant de déclarer :

— C'est bon, on peut y aller. Il n'a pas pu aller bien loin.

Il reprend sa carabine, au cas où. Et, à la torche, on suit la trace de l'agonie du lion, les taches de sang déposées sur les pierres comme les cailloux du Petit Poucet.

— *Look*, fait l'Allemand. Le sang est sombre, et épais : tu as touché le cœur, à mon avis.

Nous n'avons pas beaucoup à marcher : après avoir contourné deux troncs, nous apparaît la masse énorme du fauve étalé dans les pailles, sur le côté droit, les pattes emmêlées. Le voir comme ça, c'est hyper impressionnant, on dirait un géant. La torche jette une lumière froide sur son pelage, comme si le *bush* était en noir et blanc.

— Belle bête ! fait papa, tout excité. Apolline : 1. Mufasa : 0.

Lutz nous fait un signe de la main, s'avance en tête. Pour s'approcher de l'animal, vérifier qu'il est bien mort de l'hémorragie qu'aura causée ma flèche. Il marche, son gros calibre en avant, à pas prudents dans les cailloux que noie la nuit.

En vrai je ne sais pas ce qui passe par la tête de papa à ce moment-là. Pourquoi il a cette idée inconsciente, il a de l'expérience, pourtant. La fatigue, peut-être. Ou une trop grande confiance dans mes talents de chasseuse.

Il est derrière moi quand il crie :

— Hé, ma chérie !

Je me retourne d'un coup, mon arc en main, et suis aussitôt surprise par le flash de son iPhone. Une photo de moi et du lion que je viens de chasser, en arrière-plan. Quelque chose de spontané, pris sur le vif, avant le cliché que nous devons prendre ensuite, mis en scène et bien cadré. Cette photo, il la prend comme ça, sans réfléchir.

Lutz n'est pas dans le champ, mais le geste et le cri le surprennent.

Il tourne la tête, juste un instant.

Assez pour que le flash l'éblouisse, puis qu'il bute sur une pierre.

L'instant d'après j'entends s'élever un grognement qui me glace le sang. Le lion se relève, en vrai il se remet sur ses pattes. La vision est irréelle, dans la nuit j'ai à peine le temps de voir son énorme silhouette quitter le sol, comme un cadavre soudain ranimé.

Je pousse un cri, papa laisse glisser son iPhone.

Un coup de feu part, tiré par Lutz, déboussolé.

Mais aussitôt je comprends qu'il a manqué sa cible. Agile et massif à la fois, un spectre gris se faufile entre les herbes blanches, bouscule tiges et feuillages. En moins d'une seconde, dans la confusion, la forme s'efface, avalée par la végétation qui s'agite à son passage. Et ce qui jaillit dans ma tête, ce sont les mots de papa, cinq jours plus tôt autour du feu de camp : un animal dangereux, blessé, dans la nature, c'est le pire des scénarios.

29 avril

Martin

Dès que j'ai ouvert l'œil, j'ai deviné que la tempête avait cessé, un coup de nord-ouest aussi violent que passager. J'avais mal dormi, forcément, même habillé de ma doudoune en plumes d'oie et de mon pantalon d'hiver, la couverture de survie étalée en tapis dans le fond de l'igloo pour m'isoler de la neige tassée. Trois heures de sommeil, au mieux, quand enfin j'avais réussi à me réchauffer dans l'air piégé de la cavité, qui dépassait à peine zéro degré. J'en avais vu d'autres, franchement ce n'était pas la première fois que je passais la nuit en montagne. Mais au matin, je me sentais comme assommé, entre ma cuisse qui me faisait mal et la fatigue accumulée la veille. Piégé par les intempéries à mille neuf cents mètres d'altitude, bloqué par le manteau de neige instable que le moindre surpoids aurait changé en avalanche, j'avais été obligé de me mettre à l'abri. Je m'étais écarté de l'axe du couloir, histoire de ne pas me reprendre une autre coulée, j'avais cherché une petite corniche, fouillé la neige avec ma sonde, pour évaluer la profondeur. Et à la pelle, dans les flocons qui m'entouraient en un tourbillon de glace, j'avais creusé dans la pente. Un trou à l'horizontale, assez grand pour pouvoir m'y glisser avec mon sac, lové dedans comme un ours en hivernation. Pendant des heures, dans le noir de mon igloo, j'avais écouté gronder la montagne, les bourrasques engouffrées dans les pans de roche, comme si elle partageait la colère qui me serrait le ventre.

J'ai dégagé le bloc de neige sur un ciel apaisé, qui commençait même à se dégager, le plafond des nuages percé de brèches grandissantes. Il faisait toujours très froid, mais maintenant je voyais les sommets, le pic de Sesques pointant dans la grisaille, les estives et les cimes enneigées sur le versant d'en face. J'ai avalé un casse-croûte froid, rassemblé mes affaires, tapé sur les paquets de neige collés aux tissus ou coincés dans les poulies de l'arc. J'ai secoué mes skis, nettoyé les fixations, repositionné mes peaux de phoque. Et sans traîner dans le coin, je me suis remis en route. Dans la montée, sur le chemin qu'hier soir j'avais dû interrompre. En direction du couloir cette fois bien dessiné au-dessus de moi, langue de neige verticale entre les deux sommets. Le manteau me semblait stable à présent, je restais prudent, mais progressais sans peine, le danger écarté. La neige n'avait même pas ressaisi pendant cette nuit de tempête, mes peaux de phoque suffisaient pour bloquer les skis à chaque pas que je faisais. Mon objectif, c'était d'atteindre la cabane d'altitude où la fille avait forcément passé la nuit. Je ne me faisais pas d'illusion : elle était sûrement déjà repartie, et peut-être même qu'avant midi elle aurait atteint le fond de vallée si en descente elle était aussi bonne qu'en montée. Mais, furieux et peut être un peu vexé de m'être fait distancer la veille, j'avais quand même envie de repartir sur ses traces.

Pour pouvoir me dire que je n'avais pas lâché l'affaire, que j'étais allé jusqu'au bout.

Ce n'est pas mon genre de m'avouer vaincu, non, pas moi.

Quand j'ai commencé à remonter le couloir, à gravir cette bande étroite de neige tassée, je me suis mis à faire beaucoup plus gaffe. J'ai resserré mes Z pour ne pas quitter le centre du manteau, rester là où il était le plus épais : sur les bords, je savais que tout était plus fragile, que le risque restait grand de faire se décrocher une plaque. Alors j'ai fait plein de conversions pour éviter une nouvelle dégringolade, qui aurait pu m'entraîner beaucoup plus bas qu'hier soir, et m'amocher très sérieusement. J'avançais à bon rythme, malgré la douleur et la fatigue que je sentais dans chacun de mes muscles. De diagonale en diagonale, les cuisses méchamment sollicitées pour soulever mes fixations, j'ai fini par atteindre le sommet du couloir, au-dessus duquel planait un grand corbeau. Par me retrouver sur ce col minuscule à deux mille deux cents mètres, encadré par les deux pics de roche sombre, dressés au-dessus des neiges en cathédrales vertigineuses, des monuments comme aucune humanité ne pourrait jamais en ériger. J'ai embrassé l'immense décor déployé sous mes skis, la vallée d'Aspe étirée du piémont jusqu'au col du Somport, tout là-bas, à la frontière espagnole. J'ai essayé d'imaginer ce qu'était cette vallée quelques siècles plus tôt, avec sa faune intacte, lorsque le lynx boréal fréquentait encore le massif et même tout le territoire français, lorsque les loups peuplaient ces montagnes par centaines, lorsque existait encore le bouquetin des Pyrénées.

La cabane, je la voyais déjà. C'était un abri minuscule,

coincé entre neige et blocs de roche, deux cents mètres plus bas. J'ai décollé mes peaux de phoque de sous mes skis, verrouillé l'arrière des chaussures sur les fixations. Et je suis parti dans la pente, sur la neige de ce versant sud. Ici non plus elle n'avait pas regelé : je restais prudent, mais c'était une descente facile, je marquais bien mes virages en flexion-extension. L'étage alpin s'étirait loin sous les corniches, le manteau blanc troué de partout par les chaos rocheux, plus visibles que de l'autre côté. À mon passage, comme une apparition, un lagopède s'est envolé d'une croupe enneigée, dérangé dans sa cachette par les vibrations de mes skis. Je l'ai regardé s'éloigner, son plumage d'hiver aussi blanc que la neige elle-même.

Dès que j'ai atteint la cabane, j'ai vu les traces de skis qui s'en éloignaient. Je me suis accroupi pour examiner les trous laissés par les bâtons. Autour des anneaux, il y avait encore des petits tas de neige restée en cristaux, une neige à peine fondue : Apolline Laffourcade était partie d'ici très récemment. Moins d'une heure, j'estimais. J'ai fait le tour du bâtiment, jeté un œil rapide à l'intérieur, des fois qu'elle aurait laissé quelque chose. Mais je ne me suis pas attardé : même si je pensais n'avoir que peu de chances de la rattraper, j'ai tout de suite lancé mes skis sur ses empreintes. Je les voyais, très nettes dans la neige fraîche, qui filaient en ondulant vers les basses altitudes, les virages typiques des skis paraboliques. Pourtant dès ce premier coup d'œil j'ai deviné que quelque chose clochait : la trajectoire était moins fluide que je ne l'aurais pensé, comme si par endroits la skieuse avait perdu le contrôle de sa descente, redressé la barre. Je suis descendu sur une petite centaine de mètres, coupant ses empreintes de mes skis à l'ancienne. Pour enfin comprendre le problème, stoppé dans ma course au creux d'une dépression. À côté des deux sillons parallèles, bien visibles sur la neige immaculée, il y avait une tache rouge.

Une tache de sang.

— Putain, elle est blessée, en fait.

Hier soir, dans le flou de la tourmente, la flèche tirée dans ma chute avait dû l'atteindre, finalement. À la jambe, peut-être bien. Et ce matin ça saignait encore, signe que ce n'était pas qu'une égratignure, que la plaie s'était rouverte. Bizarrement, quand j'ai compris ça, mes yeux rivés à ce rond écarlate infiltré dans les cristaux de glace, c'est une sorte d'excitation qui m'a saisi. Comme un espoir, une énergie perdue que je venais de retrouver. Parce que cette tache de sang, elle voulait dire que la partie n'était pas terminée. Que la chance était aussi un peu de mon côté. Que la fille, ralentie par sa blessure, n'était peut-être pas si loin que ça, en fait, entre ici et le fond de vallée. Plus de mille mètres de dénivelé si je ne me gourais pas : barres rocheuses, estives, forêts de sapins, de hêtres, de chênes aussi. Franchement, ça laissait de la marge. J'étais à nouveau derrière elle, j'ai pensé.

Et cette fois je n'allais pas la laisser s'en tirer aussi facilement qu'hier soir.

J'ai remis mon sac en place, l'arc sanglé dessus. Et je suis reparti de plus belle dans la pente, remonté à bloc malgré la fatigue et les douleurs. Marquant mes virages au-dessus des siens, sinuant dans le manteau de neige, coupant sa trace de diagonale en diagonale. J'ai regardé tous ces endroits où sa trajectoire se brisait, se mettait à ressembler à celle d'une débutante. C'était la jambe droite qui était touchée, à mon avis : c'est quand elle la posait qu'elle ne tenait plus sur ses appuis. À deux reprises la fille semblait même avoir fait une chute, glissé deux mètres plus bas avant de se remettre en route.

— Tu fais moins la fière, hein, j'ai dit en voyant ça.

D'autres taches de sang me sont apparues, espacées de plus de cent mètres l'une de l'autre, impossibles à rater tant le rouge jurait sur le blanc de la neige.

Sur ce versant, l'enneigement était moins fort que de l'autre côté. Le tapis était déjà troué de zones de fonte, laissait apparaître les herbages encore noirs et boueux. Sûrement que les isards venaient brouter par ici en attendant le vrai printemps. J'ai skié en évitant les parcelles déneigées, sur les corridors blanchâtres de neige mêlée de boue. Des passereaux voltigeaient au ras de cette prairie d'altitude, pipits spioncelles, traquets motteux, accenteurs mouchets en parade sur les cailloux. J'ai poussé le plus loin possible avant de déchausser, profité de la neige tant que me portaient mes skis. Mais en atteignant la lisière de la sapinière, j'ai dû me résoudre à les retirer. La fille avait fait pareil, au même endroit : son sillon s'arrêtait pour laisser place à quelques profondes empreintes de pas, celles de ses chaussures de ski, tout ultralégères qu'elles étaient. Puis sa piste s'enfonçait sous les arbres. Dans un sous-bois où, de la neige, il n'y en avait presque plus, sinon en plaques éparses au pied des sapins. Ici, ça allait être moins facile de la suivre : les empreintes de ses pas étaient plus diffuses, parfois bien marquées dans l'humus détrempé, parfois plus difficiles à repérer, quand le sol se faisait plus dense.

Franchement, j'étais épuisé par le manque de sommeil, et ma jambe me faisait mal. Mais j'avançais aussi vite que je le pouvais, les pieds alourdis par mes Garmont, mes skis sanglés des deux côtés de mon sac, en plus de l'arc. Le terrain était meuble et spongieux, je savais que si je ne faisais pas gaffe, je pouvais dévaler la pente en une sacrée glissade. Pendant une bonne heure, j'ai réussi à suivre l'itinéraire emprunté par la fille, dans cette forêt où aux sapins sont bientôt venus se mêler les hêtres. Quand je perdais la trace, je finissais par la retrouver, un peu plus bas : une empreinte de pas, la traînée d'une glissade dans les feuilles mortes, une branche cassée. Ou une tache de sang, sur une racine, sur une mousse. Chaque fois que j'en voyais une, j'imaginais la chasseuse, au même endroit, peinant dans la descente avec sa blessure, cherchant le chemin le moins risqué. J'essayais de me mettre à sa place, de deviner ses intentions, avec l'impression de la connaître de mieux en mieux. Comme si quelque chose nous reliait à présent, nos destins inséparables. Comme si tout allait se jouer aujourd'hui, sur ce versant sud de la vallée d'Aspe. J'ignorais ma fatigue et la faim qui me prenait, poussé que j'étais par une détermination inébranlable, soutenu par la montagne et la forêt, enfin rangées dans mon camp. Les odeurs de terre mouillée, les enchevêtrements des lichens massés sur les troncs des sapins, les bruits de la faune, pinsons des arbres, mésanges noires, les empreintes des ongulés dans les reliques neigeuses, j'interprétais chaque signe comme une marque de soutien. Alors que je contournais le tronc fantomatique d'un arbre mort, chandelle piquée de moignons, j'ai même surpris un grand tétras qui s'est enfui entre les branches pour me laisser le champ libre, l'air de savoir sur quelle piste j'étais lancé.

Mais je me suis arrêté quand j'ai perdu sa trace.

D'un coup, les pieds calés dans les feuilles mortes, je ne savais plus par où aller, si elle avait coupé au plus raide ou au contraire décidé de poursuivre à flanc de pente. Ni empreinte de chaussure ni tache de sang, plus rien pour m'orienter. Je suis resté un instant comme ça, stoppé dans ma traque, hésitant. Je suis remonté pour retrouver les dernières preuves de son passage, j'ai encore cherché en contrebas. Mais non, il fallait se rendre à l'évidence : à cet instant je l'avais perdue. Ou peut-être que c'est elle qui s'était arrangée pour cela, je me suis dit, maligne comme elle était. Peut-être qu'elle avait tout organisé pour me mener sur une fausse piste. J'ai réfléchi, observé les détails de ce bout de forêt, cherché comment m'y prendre pour me remettre à ses trousses. Et alors je me suis souvenu que, tout près d'ici, il y avait quelque chose qui pourrait peut-être m'aider. Que cette forêt, elle faisait partie d'un des suivis ours du parc national. Parce que autrefois, à en croire les récits des anciens, les plantigrades la fréquentaient souvent. Oui, j'ai pensé, ça méritait d'aller jeter un œil au dispositif.

J'ai dévalé la forêt, cherché cette sente qui la coupait, qu'on savait empruntée tous les ans par les sangliers. Je l'ai suivie en piquant sur la gauche, les pieds sur le petit chemin à peine visible, skis et arc sur le dos. J'ai bien regardé les arbres qui m'entouraient, pour être sûr de ne pas rater celui que je cherchais. Mais non, je l'ai trouvé sans problème. Un sapin, vertical à deux mètres de la sente. Avec, fixé sur le tronc dans son boîtier de camouflage, invisible pour qui ne saurait rien de son existence, un des dizaines d'appareils photo à déclenchement automatique dispersés dans la vallée. Installé là pour détecter l'hypothétique passage d'un ours, mais qui en fait immortalisait tout ce qui lui passait devant, jour et nuit. Les bras tendus, j'ai décroché le boîtier, pour en sortir l'appareil. Et, debout dans le sous-bois, sous les branches qui gouttaient dans mon col, j'ai fait défiler les images prises depuis la dernière fois qu'on l'avait relevé. Aucune photo d'ours, évidemment, il ne fallait pas rêver non plus. Des chevreuils, des isards, des sangliers au flash, un renard.

Et Apolline Laffourcade.

Oui, la fille était bien passée par ici. On la voyait en train de marcher, une main serrée sur la tache rouge qui maculait son pantalon, en haut de la cuisse. Elle avait l'air crevée, les cheveux emmêlés sous son bonnet, la silhouette affaissée. Sur son dos, il y avait bien son sac, mais pas de skis : sans doute avait-elle renoncé à en supporter le poids. Elle avait dû les planquer quelque part. J'ai regardé l'heure à laquelle avait été pris le cliché : dix heures quarante-sept. Puis ma montre : onze heures trois.

— Seize minutes, j'ai dit. Mais, t'es tout près, en fait.

Alors je me suis remis en marche sans perdre une seconde de plus, dans la direction qu'elle avait l'air de suivre. Avec mes énormes chaussures, ma vitesse de progression était limitée, mais elle aussi, elle avait un handicap : sa blessure, qui continuait de marquer les feuilles mortes de petites taches rouges. Et elle connaissait moins que moi le terrain, ça franchement j'en étais certain. Chacun ses atouts, chacun ses faiblesses, elle était équitable cette poursuite, personne ne pourrait dire que je ne lui avais pas laissé sa chance. J'ai pressé le pas sur la sente, un pied au-dessus de l'autre entre les troncs, sous les branches basses encombrées d'usnée, le souffle court dans l'air glacé du sous-bois d'altitude. Je suis passé devant un des arbres équipés de grillages et de bouts de barbelés pour accrocher les poils des ours, mais qui, forcément, n'avait plus rien récolté depuis des années. Je me suis arrêté au niveau d'un autre piège photographique, j'ai encore regardé les clichés : la fille était toujours là, après chevreuils et sangliers, ignorant qu'elle était ainsi épiée. Je la suivais à la trace, photo après photo, j'imaginais ce qui se passait dans sa tête, derrière les expressions de son visage fatigué. Ces images capturées en secret, c'était comme si j'étais tout près d'elle. J'avais l'impression de l'entendre respirer, de sentir son odeur, de percer son intimité de chasseuse, de tout savoir de ses intentions. J'ai encore accéléré, sans même faire gaffe à la fatigue qui me gagnait de plus en plus, courant presque sur le sol boueux, soulevant les trois kilos que pesaient mes grosses pompes.

La forêt changeait d'aspect, gagnée par une brume qu'à présent traversaient les rayons du soleil, comme autant de flèches de lumière tirées du ciel dans les feuillages. Des amas de roches ont fait leur apparition dans le paysage, blocs de calcaire entassés parmi les fûts des hêtres et les massifs de buis, tapissés de mousses spongieuses, de feuilles en décomposition, de branches et de troncs pourris. Le sentier se faufilait entre ces accrétions, je devinais que sur les côtés, sous l'humus et les plaques de neige, lc terrain était instable, percé de brèches dans le calcaire. Je me suis retrouvé à marcher dans un milieu boisé qu'étrangement je n'avais jamais parcouru, éloigné des parcours familiers. J'étais derrière la fille, je n'en avais aucun doute, et à ce moment c'était la seule chose qui m'importait, je me foutais de savoir où j'étais réellement. J'ai franchi un torrent d'eau glaciale chargé de feuilles noires, les pieds sur les rochers.

Et enfin Apolline Laffourcade m'est apparue, loin devant moi, sa veste bleue découpée en barreaux par les troncs verticaux. Je me suis hâté pour mieux m'approcher d'elle, et j'ai pu voir comment elle avançait. Elle posait la paume droite sur les arbres qu'elle frôlait, pour soulager ses appuis, l'autre main sur sa blessure. Même de dos, je devinais qu'elle avait mal, pourtant elle s'accrochait. Je me suis demandé pourquoi elle allait dans cette direction, si elle savait par où passer pour rejoindre la route. J'étais tout près d'elle quand mon pied a glissé, la semelle dérapant dans les feuilles et la boue. Juste de quoi la faire se retourner, les yeux braqués sur moi. J'ai croisé son regard, dans lequel il n'y avait plus rien de ce défi qu'hier j'avais décelé. Non, cette fois ce que j'ai lu c'est l'épuisement des vingt-quatre heures qu'avait durées cette traque. La fatigue d'une proie, poussée dans ses retranchements, blessée, acculée. Celle que moi-même j'essayais d'oublier.

Quand elle m'a vu à nouveau à ses trousses, elle a redoublé d'énergie, s'est mise à accélérer le pas. J'ai fait pareil, et bientôt elle et moi on courait réellement sur le flanc de la pente, une course ralentie par le poids, par nos douleurs, l'épuisement, la faim, par le terrain raide et instable. Franchement, j'avoue, elle m'impressionnait, même blessée elle détalait comme un isard. Parfois elle dérapait, s'étalait dans les feuilles, mais à chaque fois elle se redressait et reprenait son avancée, des coups d'œil en arrière pour voir où j'en étais. Je suis tombé, moi aussi, plusieurs fois, je me suis pris des pierres dans le dos, des branches dans la figure, seulement poussé par la rage de l'atteindre. Je puisais dans mes réserves, au bord de l'essoufflement, dans la brume forestière et la buée de mes expirations. À la lumière qui me parvenait, je devinais qu'on atteignait l'orée de la forêt, que bientôt on serait en plein jour. C'est là que tout devait finir, je me disais à présent. Après les derniers arbres.

Parce qu'il fallait bien que ça finisse.

Parce qu'à présent, après tout ça, je ne pouvais plus la laisser s'en tirer.

Un instant j'ai cru qu'elle allait réussir à m'échapper tant elle était endurante, galopant devant moi sans que je parvienne à l'atteindre. Alors, comme elle, je me suis délesté de tout ce que je pouvais : mes skis, mon sac, j'ai tout laissé derrière moi, entre les racines rampantes d'un hêtre. Je n'ai gardé qu'une chose : son foutu arc de chasse, dans ma main droite.

On est sortis de la hêtraie sapinière, pour trouver un ciel bleu dans lequel n'erraient plus que des nuages incertains, comme les reliques grisâtres de la tempête d'hier. Je n'étais jamais venu ici, franchement je ne connaissais rien de cet endroit. Mais ce que je voyais, c'était un paysage de lapiaz comme il y en avait d'autres, un terrain sur lequel elle autant que moi pouvions laisser une jambe : le sol sur lequel Apolline Laffourcade avançait, c'était de la pierre calcaire, un chaos minéral, fissuré de partout, entaillé de brèches et de crevasses creusées par le ruissellement des eaux, certaines invisibles sous la mousse et la neige en lambeaux, des sapins miniatures poussés je ne sais comment dans les anfractuosités. On risquait de s'y coincer le pied, de se couper méchamment sur les arêtes acérées. J'ai marché là en funambule, mes godasses de ski au-dessus des trous béants, sautant parfois sur plus d'un mètre.

Elle s'est retournée, elle a regardé l'arc que je gardais à bout de bras. Mais j'étais trop loin d'elle pour pouvoir tenter le moindre tir, alors elle a continué de s'éloigner, trébuchant sur sa jambe blessée, se relevant. On était entourés de murailles gigantesques, un cirque de falaises où nichaient les vautours, la roche plissée par des millions d'années d'orogénèse, des pentes de cailloux piquées de sapins équilibristes. J'ai accéléré, mobilisé toutes mes réserves, repoussant fatigue et douleur. J'ai réduit l'écart qui me séparait de la randonneuse, plus solide que n'importe quel garde du parc national. Moins de cinquante mètres, je dirais, à ce moment-là. J'ai deviné derrière elle l'obstacle qui allait la contraindre à mettre fin à sa fuite : un précipice, sûrement plusieurs dizaines de mètres de vide, jamais elle n'allait réussir à s'engager là-dedans. Une barre neigeuse recouvrait la corniche, elle a mis le pied dessus, continué sa progression. Mais elle n'en pouvait plus, éreintée comme je l'étais, manque de sommeil, plus rien dans les jambes, l'énergie à zéro. Je l'ai suivie sur le névé, essoufflé, transpirant.

Et on s'est arrêtés.

À moins de dix mètres l'un de l'autre.

Elle s'est retournée sur moi, ses yeux bleus dans les miens. La carrure affaissée, mais toujours sur ses deux jambes, la main tenant sa blessure, rouge sur le tissu déchiré. Je me suis planté devant elle et, lentement, j'ai levé l'arc, une flèche engagée sur la corde. J'ai armé, amené les plumes à ma mâchoire, figé l'ensemble, fixé le manteau bleu à l'intérieur du viseur, prêt à la transpercer. Certain qu'à cette distance je ne pouvais la rater. C'est là que tout se jouait, dans cet instant qui m'a paru durer un siècle. Les idées se sont bousculées en moi comme la neige d'une avalanche, faussées par l'épuisement. Je revoyais cette photo sans laquelle rien de tout ça ne serait arrivé, cette fille avec son cadavre de lion avachi dans les herbes, si loin des Pyrénées, dans un pays d'Afrique dont je ne savais même pas le nom. Les dépouilles naturalisées dans le bureau de son friqué de père, antilopes, zèbres, léopards, babouins, la mise en scène macabre des victimes de leur cruelle passion. Après deux semaines passées à l'approcher, elle était là, juste devant moi, comme la représentante de tous les destructeurs de la vie animale, de cette défaunation dont les humains s'étaient rendus responsables. La liste infinie des mammifères à jamais disparus, exterminés par mon espèce au fil des millénaires, jamais vengés, jamais défendus par aucun juge. Et en même temps je me suis vu, moi, l'arc de chasse prêt à libérer sa flèche, imitant tous ces monstres, les rôles inversés. Ne sachant plus vraiment pourquoi je poursuivais encore cette skieuse déjà blessée, poussé par la colère autant que par le défi qu'elle semblait m'avoir lancé. Comme si enfin elle se savait vaincue, elle a levé vers moi sa main tachée de sang, elle a bredouillé ce qu'elle pouvait pour me faire renoncer. Mais ça n'a fait que renforcer ma détermination.

J'ai resserré mes doigts autour du décocheur.

Je l'ai vue faire un pas en arrière, les pieds dans la

neige compacte. J'étais sur le point de tirer, vraiment, là je suis certain que j'allais le faire.

Mais c'est à ce moment-là que le névé s'est effondré.

En un bruit sourd, la langue de neige s'est affaissée en dessous de nous. Le sol qui nous portait aspiré dans les fissures du lapiaz. J'ai lâché la flèche, l'arc encore en main gauche, et elle et moi on a glissé dans l'invisible piège, un gouffre insoupçonnable dans le karst érodé. J'ai senti la roche me lacérer le dos, mon épaule cogner contre la paroi, la douleur immédiate. Puis ma cheville se tordre en heurtant un sol meuble, deux mètres plus bas. Dans une sorte de cavité sombre.

Où régnait une odeur animale.

4

LA MISE À MORT

30 mars

Charles

La douleur était une compagne qui jamais ne s'éloignait vraiment, seulement muette parfois, éclipsée de longs mois comme s'il l'avait vaincue, il pensait la connaître pour l'avoir éprouvée sous tant de formes, celle qu'engendrait l'oryx luttant contre la mort lorsqu'il lui mordait le cou, seconde après seconde, serrant, serrant, serrant malgré les coups de sabot jetés à l'aveuglette, encaissant les assauts de ces cornes de plus d'un mètre et pointues comme des dards, jusqu'à lui percer le flanc et le marquer à jamais ; celle des combats à la vie à la mort entre lions affamés, quand il fallait se battre pour avoir sa ration, quand il n'y avait plus ni frère ni compagnon de chasse, ces horions à pleines griffes qui vous laissaient sonné et vous trouaient la peau ; celle causée par les chutes, aussi, cette fois où, parti en varappe à la poursuite d'un zèbre, il avait dévissé du haut d'un des remparts qui bordaient l'Hoarusib, les membres balafrés par les pierres coupantes à l'endroit où son corps avait percuté le sol, des lunes et des lunes avant de pouvoir se remettre sur pattes ; aucune de ces douleurs, pourtant, ne ressemblait au calvaire qui habitait sa fuite de fauve blessé, non, cette fois c'était tout autre chose, un mal invisible et aigu, lancé dans chaque organe pourtant mobilisé pour l'éloigner des hommes, une algie qui le creusait de l'intérieur à mesure qu'il avançait sous les halliers, la tige plantée en lui dépassait de son flanc droit comme un palmier de terre, le métal se prenait dans les rameaux enchevêtrés, et à chaque fois c'était pour raviver les élancements, les trois lames cisaillant la chair jusque dans ses tréfonds, une torture qui le taraudait sous son pelage empoissé de sang.

Mais il en fallait plus pour tirer le dernier souffle à un lion de son rang, quoi qu'en pensent les jeunes mâles qui l'avaient lâchement évincé de sa fierté : la douleur le tenait sur pied plutôt que de le coucher, par miracle son corps lui répondait encore, il courait vaille que vaille, boitillant et saignant, contournant les bosquets, faufilé à travers la broussaille, accroché à sa vie comme autrefois à sa mère, prêt à tout pour survivre à l'affront qu'il venait d'essuyer, il pouvait l'endurer cette souffrance viscérale, maintenant qu'elle était là il allait faire avec, serrer les crocs, puiser dans ses réserves, car mourir n'était pas dans ses plans, non, pas après ce qu'il avait déjà surmonté, la sécheresse, la famine, les autres carnivores, tous ces périls qui en avaient terrassé tant, rester en vie tant que c'était possible, tant que cette tige en lui n'avait pas sectionné tous ses organes internes, avait laissé battre son cœur étrangement épargné, se gonfler ses poumons enserrés sous les côtes.

Il détala sur ses pattes estropiées, rampa sous les épines, s'insinua sous les branches emmêlées en massifs, élargit tant qu'il pouvait la distance qui le séparait des hommes lancés à ses trousses depuis le milieu du jour, ces bipèdes dont les contours hantaient déjà ses souvenirs, debout à quelques mètres de lui dans la nuit approchante, avec leurs armes et leurs regards menaçants, si seulement ils n'avaient pas possédé ces outils ils auraient vite compris à qui ils se mesuraient, en trois coups de patte il les aurait atteints comme des proies sans défense, assommés d'un seul impact, griffes et crocs plantés dans leurs chairs dépourvues de tout pelage. Poussé par la douleur autant que par la rage, il fonça dans le *bush*, sauta de pierre en pierre, trébuchant mais se relevant à chaque fois, grondant son agonie, son sang en taches éparses sur la terre qu'il foulait, comme autant de cailloux d'ocre déposés dans sa course, résolu à triompher du moindre obstacle dressé sur son passage, fût-il vivant, fût-il à nouveau un de ces hommes violant son territoire, pour pouvoir fuir, qu'importe, il déchaînerait tout ce qu'il avait encore en lui.

Komuti

Une véritable psychose venait de s'emparer du groupe.

— *Where is he ?* criait la Française. *Where is he ?*

Ce n'était plus de la peur que je lisais sur son visage qu'éclairait la lune en train de se lever, c'était de l'effroi. Une nouvelle flèche enclenchée sur la corde de son arc si étrange, elle visait arbres et buissons en tournant sur elle-même, au hasard. L'autre Blanc, son père imaginais-je, ne riait plus du tout, il se tenait à distance des ronces, jetait des regards dans tous les sens. L'énorme chasseur professionnel, carabine chargée, tentait de garder son sang-froid, fouillait la végétation du halo de sa lampe-torche, posté à côté de son pisteur damara qui tremblait comme une feuille dans le vent. Moi aussi, je dois l'avouer, j'étais terrorisé, je frissonnais en épiant l'intérieur des bosquets.

Je n'arrivais pas à y croire : le lion s'était réveillé de sa propre mort. Il était couché dans les pailles, terrassé par la flèche que j'avais vue se planter en lui, et la seconde d'après il était à nouveau vivant, prenant la fuite sur ses quatre pattes de tueur de bétail. Je savais que, parfois, certaines vaches plus précieuses que d'autres, des vaches rousses, les plus résistantes, refusaient de mourir quand l'heure venait de les sacrifier. Mais jamais je n'avais entendu parler d'un lion bravant ainsi la mort. Peut-être était-il protégé par je ne sais quel sortilège, songeais-je en piétinant le sol de pierre et de sable, les poils de mes jambes hérissés sous mon pagne. Peut-être était-il doté d'une force toute particulière. Mais parmi toutes ces pensées qui se bousculaient en moi, c'est une autre idée qui s'imposa bientôt. Si la flèche de la Française n'était pas parvenue à faire mourir le lion, ce n'était sans doute pas par hasard. Peut-être était-ce la volonté des ancêtres. Peut-être était-ce parce que cette mort me revenait.

Depuis que nous avions quitté le camp de chasse, j'attendais mon heure. En 4 × 4 sur les pentes de la montagne, à pied à travers le *bush*, tout l'après-midi j'avais joué au guide pour le chasseur professionnel. J'indiquais les meilleurs itinéraires pour s'engager sur le massif, comment contourner telle ou telle colline en évitant les passages escarpés. J'observais la Française évoluer entre les acacias en faisant mine d'y être à l'aise, tout accoutrée de ses drôles de vêtements. Ainsi que

Meerepo me l'avait conseillé, je me faisais discret, évitais de croiser son regard de peur qu'elle devine quelles intentions m'habitaient. Je l'avais vue suivre ces traces que jamais elle n'aurait su repérer seule, je l'avais vue se concentrer, je l'avais vue avoir peur lorsque venait la nuit, je l'avais vue viser le fauve prêt à nous attaquer. À chaque instant j'étais là, dans son dos, muet et impuissant. Sans arme, avec tout ce monde autour de nous, je n'avais trouvé aucune faille, aucun moyen de prendre sa place pour mettre à mort celui qui avait réduit à néant le troupeau de mon père. Lorsque la flèche était partie, j'avais pensé Ça y est, c'est trop tard, jamais je ne pourrai me vanter d'avoir tué un lion.

Mais le lion n'était pas mort.

Cette résurrection, réalisai-je en pleine panique, c'était la chance que j'attendais.

Il était invisible, nous l'entendions seulement grogner dans les épines, se plaindre de sa blessure qui fatalement devait le faire souffrir.

— *Get in the car !* intima le chasseur professionnel aux deux Français. Tout le monde dans le Land Cruiser !

Et nous courûmes vers le 4 × 4 garé plus bas, aussi près que le permettait le terrain accidenté. Une fois à l'arrière de la benne, l'Allemand sortit un énorme projecteur que le Damara alluma, braqué vers le *bush* comme un soleil nocturne. Le chasseur ordonna au chauffeur de s'enfoncer entre les arbres, agrippé à sa carabine.

— Attention aux côtés, lança-t-il à ses clients. Vu comme il se comporte, il est capable de bondir à l'intérieur !

— Mais… tenta la fille, terrorisée.

— Chut.

La voiture cahota sur les pierres, le halo fouillant les amas de branches entrelacées. Nous n'entendions plus le fauve à présent, rien d'autre que le bruit du moteur qui grondait dans la nuit. Il ne tournait plus en rond pour nous égarer, cette fois il fuyait pour de bon, coupait tout droit à travers la savane arbustive. Je l'imaginai en train de traverser les fourrés denses, de se glisser sous les branches en gémissant de douleur. Le pisteur repéra les premières taches de sang déposées sur les pierres, il les éclaira depuis la benne pour bien les observer. Le chauffeur se remit en marche pour les suivre un moment, la carabine du chasseur pointée vers la trace, prête à faire feu dès qu'apparaîtrait le fauve. De mon côté j'élaborais mille plans, guettais l'instant où il me serait possible d'agir. Nous nous accrochâmes aux taches rouges, le Land Cruiser avançant tant que le permettait le *bush*. Les épines crissaient sur les portières qui les rasaient.

— Vous pensez qu'on peut encore le retrouver ? fit le père.

Le chasseur grommela.

— Il y a peu de chances, il avance vite, ce con. Je nous donne encore quinze minutes avant de faire demi-tour.

Le jour me semblait déjà loin, la nuit était bien installée, percée par nos phares, la lune et les étoiles déployées en voûte au-dessus de nos têtes. Nous progressions au ralenti sur le terrain parsemé de trous et de pierres coupantes, longeant les inextricables taillis. Moi qui connaissais ces lieux comme personne, je commençai à deviner quelle direction prenait le fauve blessé : il se dirigeait vers les vallées creusées de falaises. Là où, imaginait-il peut-être, nous ne pourrions pas le suivre.

Nous perdîmes sa trace, la retrouvâmes un peu plus loin. Nous finîmes par gagner les marges de ce *bush* piqué d'arbres et d'épineux, pour finalement nous heurter à une corniche trop raide pour y engager le 4 × 4.

— *Scheiße !* fit le chasseur professionnel.

— Il est parti là-dedans ? demanda la fille, les yeux vers le vide.

— On dirait bien, oui.

Ils dirigèrent le projecteur vers le ravin, cherchèrent en vain le lion dans les rochers. L'Allemand grogna.

— Bon, on ne peut plus rien faire, on rentre au camp. Il faudra revenir demain pour l'abattre, avec plusieurs carabines. S'il n'est pas mort d'hémorragie d'ici là.

Je lus du soulagement sur les visages des Blancs.

— Qu'est-ce qui s'est passé, à votre avis ? demanda la fille.

— Aucune idée, je n'ai jamais vu un truc pareil. Mais la chasse, tu sais, ce n'est pas une science exacte. (Il fixa la dernière tache, sur une grosse pierre à droite du 4 × 4.) Le sang est plutôt rouge vif, en fait. Peut-être que ta flèche s'est juste plantée dans la viande, finalement. Ça se joue à quelques centimètres.

Je les écoutai ainsi débattre sans comprendre le détail des analyses du professionnel. Mais moi, je me fichais de savoir où s'était plantée la flèche. Moi, je ne voulais pas que nous fassions demi-tour, je voulais continuer la traque, seul, sans ces gens pour qui je n'étais rien, sans cette Française qui ne savait pas tirer. Et pour cela, j'étais prêt à tout tenter. Le chasseur professionnel rangea le projecteur, se tourna vers moi, remarqua combien j'étais tendu, mon regard lancé vers sa grosse carabine qu'il tenait bien en main. Mais ce qu'il en déduisit, je crois, c'est seulement que je m'inquiétais des dégâts que pouvait causer un tel animal laissé en pleine nature.

— *Don't worry*, me dit-il alors. Je l'aurai. S'il survit jusque-là, demain je l'aurai, crois-moi.

— *O.K., boss*, dis-je alors simplement.

Il renifla, puis demanda :

— Tu peux nous guider pour redescendre ?

Et aussitôt je compris que tout se jouait maintenant, dans cette dernière requête. Que c'était maintenant ou jamais. Cette vallée en haut de laquelle nous nous trouvions, je la connaissais parfaitement, jusqu'aux étroits corridors qui s'immisçaient parmi les murs de roche.

— *Yes, boss*, répondis-je sans attendre. Il y a un passage, là-bas.

Il échangea quelques mots avec son chauffeur.

— Alors on est partis.

Et nous nous remîmes en route en longeant la falaise.

— Ici. Sur le côté de la colline.

Le chauffeur m'obéit, contourna le morne noir dont la forme arrondie se détachait au pied de la Voie lactée. J'indiquai par où passer, l'itinéraire précaire entre les blocs de pierre massés en haut de la combe. Le 4 × 4 roulait au pas, s'engagea dans la pente, ses quatre roues à l'étroit sur la corniche.

— Par là.

Le Land Cruiser fit une courte halte, le chasseur professionnel considéra le talus qui dans les phares semblait s'enfoncer d'un coup vers le fond du canyon.

— Tu es sûr de toi ? C'est raide, on dirait.

— Non, ça passe.

Le chauffeur hésita. Puis s'exécuta, tourna le volant vers l'abîme. Il progressa très lentement, l'air rassuré par la stabilité du terrain. Nous descendîmes sur une courte distance, cahotant entre les bosses, tous concentrés sur la conduite de l'homme agrippé à son volant.

Et enfin la voiture bascula sur le côté.

Les roues dans le vide.

Ce vide que je guettais de mètre en mètre, une portion de pente qui la saison dernière s'était effondrée. Dans la benne, la Française poussa un cri, son père saisit la barre de métal pour s'y agripper. Le 4 × 4 versa sur le flanc, se mit à glisser dans la pente, les passagers chahutés dans l'habitacle et à l'arrière, tombant les uns sur les autres. D'autres cris s'élevèrent, la peur d'une chute plus grave encore, que le 4 × 4 aille s'écraser en bas de falaise et que personne n'en sorte vivant. Mais la cascade fut de courte durée. La voiture alla s'échouer un peu plus bas, sur un replat. Exactement comme l'avait fait cet autre véhicule, des mois plus tôt au même endroit.

Exactement comme je l'avais prévu.

Il y eut ensuite un grand silence, les passagers à terre, vautrés dans la pierraille. Chacun tentait de réaliser ce qui venait d'arriver, comptait blessures et contusions, se massait dos ou cuisse. Je vis se relever le chasseur professionnel, visiblement indemne, juste un peu secoué.

— Ça va ? lança-t-il à ses clients. Rien de cassé ?

Les deux Blancs confirmèrent : plus de peur que de mal, comme je m'y attendais. Personne n'était vraiment blessé. L'Allemand se tourna vers moi, m'observa, interdit. Mais moi ce que je fixais, c'était surtout sa carabine, échouée deux mètres plus loin. Je lançai un dernier regard au groupe accidenté, comme pour m'assurer que je n'étais responsable d'aucun drame. Et je me jetai sur l'arme à feu, pour m'enfuir aussitôt.

J'entendis leurs cris stupéfaits tandis que je dévalais le talus :

— Hé, mais reviens !

— Lutz ! Mais il est fou, c'est hyper dangereux !

Mais aucun d'entre eux ne tenta de m'arrêter, trop occupés qu'ils étaient à se remettre de leur chute. Je courus sur la pente de sable et de grès, mon arme en main, dérapai par endroits sur mon pagne élimé, butai sur les pierres, trébuchai dans les brèches, me relevai aussitôt. Mes yeux mirent du temps à s'habituer à l'obscurité, encore éblouis par phares et projecteur. Je m'éloignai aussi vite que mes jambes le pouvaient. Je descendis un coteau friable, enjambai des blocs de roche amoncelés sur les pentes, franchis une petite arête. Et bientôt je ne perçus plus aucune voix humaine, rien d'autre que les cris des chacals dans le lointain. Bientôt je me retrouvai tout seul, armé d'une carabine à gros calibre, lancé à pied dans cette vallée obscure qui semblait s'enfoncer vers les entrailles du monde. Seul face à mon destin que je venais de prendre en main. Avec, quelque part dans les reliefs du canyon, ce lion blessé que, croyais-je encore, j'étais destiné à achever. La lune était haute et brillante désormais, sa lueur dévoilait les détails du décor dans lequel j'évoluais, corniches incertaines que j'arpentais avec prudence, falaises ternies par la nuit, dressées à pic en surplomb des talus. Accroché à mon courage, j'avançais à l'instinct, seulement guidé par ce que je savais de cet endroit, l'itinéraire possible du fauve à travers les pans de roche. Je savais ces lions-là capables des plus périlleuses varappes, j'avais déjà vu des femelles se risquer dans les remparts, presque à la verticale.

Je cheminai un moment dans l'incertitude, mes pas dans ceux de tous les pasteurs qui avaient déjà arpenté ces contreforts. Pour enfin, sur une pierre anguleuse, découvrir deux taches rouges et humides.

Deux taches de sang, qu'éclairaient faiblement les rayons lunaires.

Mon cœur bondit dans ma poitrine.

Ça y est, pensai-je. J'étais à nouveau sur sa trace.

C'était l'entrée d'un goulet qui se faufilait entre deux parois minérales. J'inspirai un grand coup, saisis la carabine. Et m'y engouffrai, ignorant la peur qui me secouait les membres. J'avais conscience des risques que j'encourais : un lion blessé, acculé par les hommes, était ce qu'un Himba pouvait croiser de plus dangereux. Si d'aventure je le surprenais, s'il m'attendait, tapi au détour d'un rocher, il ne m'ignorerait pas comme ses congénères le faisaient parfois quand nous passions à bonne distance d'eux, aux heures les plus chaudes du jour. Non, d'instinct il se jetterait sur moi sans prendre le temps d'y réfléchir, m'écharperait jusqu'à ce qu'il ne reste plus de moi qu'un amas de chair et de sang. J'avançais donc avec la vigilance d'un zèbre, mes doigts serrés autour de mon arme. Je tentais de me raisonner, songeais à ceux de mes ancêtres qui, autrefois, s'étaient mesurés à un tel animal. Ce que je ressentais là, cette peur, ils avaient dû la ressentir eux aussi. Mais eux n'avaient pas le choix : s'ils ne parvenaient pas à tuer cet ennemi qui menaçait bétail, hommes, femmes et enfants, personne n'allait le faire à leur place, ni chasseur professionnel, ni agent envoyé par quelque ministère. Eux, ils étaient condamnés à aller jusqu'au bout. Pas après pas, je m'accrochais à cette idée. Quand je sortis enfin de ce boyau oppressant, je tremblais de partout. Mais j'étais en vie.

Il y avait encore des taches de sang sur la terre sèche, l'itinéraire du lion était aisé à suivre désormais. La trace s'éloignait dans la pente, dévorée par la nuit quelques mètres plus bas. Je m'y arrimai, m'engageai dans la descente. Le sol était friable, je dérapai çà et là. Autour de moi, des arbres émergeaient des versants, branches cagneuses déployées au-dessus du vide, racines enfouies dans les fissures. Par endroits je devinai des empreintes appuyées sur le sol meuble, ici le fauve avait posé une de ses pattes de géant, là il avait dérapé, son allure diminuée par sa blessure. J'allais le rattraper, me dis-je alors, il ne pouvait pas aller très loin avec une telle lésion. Mais je ne le rattrapais toujours pas. Et plus j'avançais, plus j'étais impressionné par sa résistance, plus je mesurais quel genre de lion il était. Comme si, en mettant ainsi mes pas dans les siens, après avoir croisé son regard avant qu'il ne tue nos chèvres, après avoir échoué à l'abattre une première fois, j'apprenais à le cerner.

Étrangement, ce n'est qu'en atteignant le pied des pentes que je me souvins jusqu'où menait cette vallée-là. Je finis ma descente en courant sur un amas de rochers bancals, mon pagne plein de poussière. M'arrêtai un instant, levai le regard vers les corniches, tout là-haut, horizons torturés sous le ciel étoilé. Je crus deviner les lueurs du 4 × 4 autour duquel s'affairaient sans doute le chasseur professionnel et son équipe. Mes sandales sur la terre ferme, je me trouvais à présent dans le lit d'une rivière fantôme. Commiphoras, tamaris et salvadoras émaillaient le sable et les galets qu'avaient charriés d'antiques torrents. J'avisai de nouvelles taches de sang dans la lumière de la lune, de nouvelles empreintes, sinueuses et maladroites. Qui, inexorablement, menaient vers l'aval.

Et, là-bas, réalisai-je enfin, vers mon village.

La pensée me traversa, soudaine et furtive. L'idée qu'en fuyant dans cette direction, le fauve puisse rencontrer un des miens. Mais je la chassai aussitôt.

Et je me mis à courir pour espérer le rattraper.

Je foulai le sable, carabine en main, longeai le lit à sec en suivant les empreintes. Le vent nocturne fouettait ma tresse et mon tee-shirt, je plissais les yeux pour mieux y voir entre buissons et troncs cassés sur les deux rives. Je courais haletant vers mon destin de tueur de lion, bientôt j'allais le rejoindre, bientôt j'allais l'abattre, sans cesse je me répétais cela. J'avisai des formes animales en train de fuir à mon approche, jaillissant des branchages ou de derrière une dune, reconnus des chacals, ou peut-être des hyènes. À moins que ce ne fût mon imagination qui, nourrie par la peur, s'inventait toute une faune.

Lorsque la piste disparut, perdue sur un tapis de pierres rondes, je m'arrêtai.

Les battements de mon cœur cinglant mon corps tout entier.

Cramponné à la carabine, je scrutai les alentours, tournai sur moi-même. Rochers et halliers, dressés tout autour comme autant d'esprits maléfiques, capables de prendre vie, de se mettre en mouvement pour venir me dévorer. Je cherchai la silhouette du démon, l'imaginai partout, dans mon dos moite de sueur, gueule ouverte et sanglante, à peine affaibli par sa blessure. Je me sentis défaillir, des paroles insensées vinrent animer mes lèvres, je bredouillai des mots pour conjurer l'effroi, suppliai les ancêtres de me venir en aide.

Lorsqu'une forme secoua la végétation, à quelques mètres, je me retournai, tirai sans même viser, poussé en arrière par la crosse de l'arme, trébuchai sur une racine. Me relevai aussitôt pour constater ma méprise : un coup de vent dans les feuilles d'un *velvet raisin bush*. Je perdais mes moyens, je m'en rendais compte, mais ne parvenais pas à retrouver mon sang-froid. Le lion m'apparaissait partout, omniscient, désincarné, la menace ne me quittait plus un seul instant. Mais il n'était pas là, j'avais inventé sa présence.

Non, devinai-je : il continuait d'avancer.

Et moi, je venais de perdre de précieuses minutes.

Alors, fébrile et transpirant, je me remis à courir de plus belle dans le fossé de la rivière. Les pires scénarios prenaient racine en moi, je pensai à mon père, à ma mère, à Tutaapi en train de dormir dans les cases, là-bas. Le village n'était plus si loin que ça à présent, je me hâtais vers lui, le cœur à l'agonie, frappant le sable de mes pieds épuisés. Le lion était devant moi, peut-être tout près, peut-être déjà sur place. J'accélérai, puisai dans mon angoisse pour maintenir le rythme, repoussant la fatigue. Je pouvais encore éviter un drame, j'en étais encore capable, je m'accrochais à cette idée pour ne pas ralentir. L'envie me vint de pouvoir les prévenir de ce danger qui fonçait vers eux, je pensai à mon téléphone, resté dans le pot de plastique, perché en haut de son arbre pour mieux capter le réseau. Je ne pouvais compter que sur mes propres ressources, et sur cette carabine volée au chasseur professionnel. Je galopai ainsi sur une longue distance, dépassai ravines effondrées et arbustes en bouquets, coupai par les hauteurs du lit à l'approche des plus tordus des méandres, perdant puis retrouvant sans cesse la trace du fauve, m'attendant à le voir face à moi au détour de chaque lacet. Le village se rapprochait dangereusement, des images m'assaillaient, irrépressibles et terrifiantes.

Mais ce qui était sur le point d'arriver, je ne le devinai qu'en apercevant le *makalani*.

Il m'apparut alors que je franchissais un talus de boue séchée, vertical et chevelu sous les lueurs du ciel. Reconnaissable entre mille autres, dressé près des roches plates sur la berge asséchée. Ce palmier sous lequel tant de fois j'avais retrouvé la plus belle des Himbas du Kaokoland. Ce palmier sous lequel je lui avais fait l'amour, ses fesses rondes contre le haut de mes cuisses, sa jupe en peau de mouton relevée sur mon ventre.

Kariungurua.

L'idée me transperça le cœur comme une des flèches de la Française.

En quittant le village, ce matin, embarqué par Meerepo, je n'avais pas eu le temps de la prévenir. Il était tard, cette heure tardive où dormaient nos familles, réfugiées sous les toits de bouse séchée. Cette heure où, chaque soir, sans exception, nous avions l'habitude de nous retrouver. Cette heure où, le plus souvent, elle m'attendait au pied du *makalani*, arrivée sur place avant moi.

Je me mis à courir comme jamais je ne l'avais fait, mon corps entier en train de se consumer, mes jambes au supplice, mon cœur au bord de l'explosion. Je voulus hurler, implorai en pensée les ancêtres, cherchai en moi les ressources cachées pour empêcher l'inévitable. Tout me parut soudain d'une logique effrayante, comme si tout, dans cette journée de traque, avait été conçu pour mener jusqu'ici, à cet instant précis de la nuit. Alors que grandissait le palmier, j'espérai un miracle, que la femme que j'aimais ait cette fois décidé d'annuler sa venue. De mettre fin, même, à notre relation, qu'importe tant qu'elle se trouvait ailleurs qu'ici.

Mais Kariungurua était bien là, en train de m'attendre.

Lancé dans le lit de la rivière, le lion lui fonçait dessus.

29 avril

Apolline

Quand mes chaussures de ski touchent à nouveau le sol, il me faut quelques instants pour réaliser dans quel genre de caverne j'ai glissé. L'odeur, je ne la remarque même pas, je crois. Ce que je ressens en premier, ce sont les élancements de ma blessure, ma cuisse qui saigne contre la paroi. Dans ma chute, la plaie s'est rouverte pour de bon, *my God*, ça fait hyper mal. Après la nuit dans la cabane, je croyais que c'était en train de se refermer, mais là je me dis que sans points de suture, en vrai jamais ça ne cicatrisera. La cavité est étroite, forme un petit couloir dans lequel on ne pourrait même pas passer à deux. Je gémis et me redresse comme je peux, les mains appuyées sur la roche, pliée en deux dans le soupirail, je relève la tête vers la brèche dans le lapiaz, deux mètres au-dessus. Caché sous la langue de neige, ce trou était impossible à repérer, on a marché dessus sans prendre de précautions, évidemment.

Le type est dans le même état que moi, trois mètres plus loin dans le corridor, j'ai l'impression qu'il s'est tordu la cheville. On se dévisage l'un l'autre, je croise son regard ahuri, ses cheveux dans tous les sens, mais je n'échange pas un mot avec lui. J'ai du mal à croire à tout ce qui est arrivé depuis hier matin, qu'il m'a poursuivie dans la montagne, qu'il m'a tiré dessus, même, à l'aveuglette dans la tempête. Tout ça pour avoir chassé un lion que je n'ai même pas réussi à abattre, sans rien savoir de ce qui s'est vraiment passé en Namibie. En vrai ce mec est complètement cinglé, je me dis à cet instant. Mon arc est encore dans sa main gauche, comme s'il s'y était agrippé, il a de la chance de ne pas s'être fait taillader par une des pointes restantes. Je serre les dents, et je me tortille pour me déplacer au ralenti, en faisant gaffe à ma blessure, histoire de ne pas aggraver mon cas. Sur la gauche, derrière la roche, je vois de la lumière : une issue. Sortir d'ici, je n'ai que cette idée en tête, sortir de cette fichue crevasse et m'éloigner de ce fou. Je garde un œil sur lui tandis que je me faufile entre les murs.

C'est à ce moment-là que je le vois tourner la tête vers le fond de la grotte.

Comme s'il venait d'y découvrir un démon.

Cannellito

Réveil de brute, les poils hérissés d'un seul coup.

L'échine tout entière raidie par le vacarme dans les tréfonds de la tute.

Deux cents kilos de muscles et de graisse, engourdis par les semaines de sommeil.

Ouvrir les yeux, les refermer, les rouvrir sur la pénombre profanée par les intrus.

Les derniers rêves en train de s'étioler, flous comme les souvenirs du dernier printemps. Celui de l'an passé, à la même date, debout qu'il était alors depuis un mois déjà.

Des milliers d'hectares parcourus la rage au ventre.

À se refaire les réserves, affaibli par le jeûne, prêt à tous les efforts pour se remplir la panse, fouiller sous la neige pour déterrer les glands, déchiqueter les troncs morts pour y sucer les larves, charogner isard, sanglier, chevreuil, gagner le fond de vallée pour brouter de l'herbe comme une vulgaire brebis, bêtes, plantes, insectes, tout est bon quand on a faim comme ça.

À entamer un nouveau rut, aussi, violent et pourtant vain, poussé par le bas du ventre, chercher la femelle des gaves jusqu'aux sommets, cette femelle introuvable, un fantôme, une légende, des années qu'il n'en avait plus croisé. Marquer son territoire de mâle ursin, s'acharner sur les arbres frayoirs, s'y frotter, les griffer, les mordre, n'importe quoi pour y laisser sa trace, faire savoir que s'il en restait une elle ne pouvait être qu'à lui. Un rut à rendre fou, à en perdre les poils de l'arrière-train tant l'envie l'habitait.

Seul comme jamais dans les pas des anciens, dernier représentant d'une lignée déjà éteinte, morte sans vraiment le savoir encore.

Seul dans les buxaies, seul dans les bois d'altitude, hêtres, pins, sapins, alisiers rabougris sur les pentes escarpées.

Mais cette année, rien de tout cela. Le climat déréglé, les cycles bouleversés, à n'y plus rien comprendre. Un hiver qui reprenait de la vigueur quand aurait dû commencer le rut, jamais de mémoire d'ours il n'en avait connu de pareil, des coups de froid impossibles à l'heure de se mettre en route. Alors autant prolonger sa léthargie, repousser ce rut qui sans printemps ni femelle n'avait plus aucun sens. Se rendormir et tout remettre à plus tard, dormir encore puisque tout l'y encourageait.

Dormir jusqu'à ce que le monde retrouve sa marche normale.

Dormir et ne jamais se faire réveiller par aucun importun.

Les hommes, il connaissait. Leurs odeurs importées des villages d'en bas, tant de fois croisées sur les sentes forestières, sous les branches des sapins dégoulinants d'usnée. La meilleure chose à faire avec ces carnivores qui lui ressemblaient tant et qui comme lui parfois marchaient sur leurs deux jambes, c'était de s'en tenir le plus loin possible. Éviter de s'y frotter si on tenait à sa vie.

Mais à toute règle ses exceptions.

Pas ici, dans sa tanière, son refuge d'hiver, là où aucune bête ne devait s'introduire sans subir sa colère. Deux bipèdes tombés du plafond comme des faines à l'automne, échoués dans le couloir qui menait à la sortie. De quoi ressusciter les plus sommaires instincts.

Se redresser sous le plafond de pierre, mufle pointé vers les deux inconscients.

Humer leurs sueurs insupportables.

Grogner encore, plus franchement, tout à fait réveillé cette fois.

Mettre debout ce corps massif, muscles roulant sous le pelage brun.

Et faire entendre sa colère d'avoir été ainsi tiré d'hivernage.

Apolline

Je devine seulement l'énorme masse de poils qui se soulève dans l'obscurité, coincée sous le plafond de pierre. Je pense à un sanglier, d'abord, lui aussi tombé par un des gouffres creusés dans le karst. Mais quand s'élève le grognement, grave et puissant dans la caverne, je comprends à quoi on a affaire. Et j'avoue, j'ai la peur de ma vie, mon pouls s'emballe d'un coup. Un ours, *my God*, un ours. Des traces dans la neige, ça m'est arrivé d'en voir, une fois ou deux. Des articles, j'en ai lu un paquet sur les derniers plantigrades de nos vallées, sur cette réintroduction qui se ferait peut-être à l'automne. Souvent en randonnant j'ai rêvé d'apercevoir un de ces rares survivants. Mais là c'est autre chose : on est dans la tanière d'un mâle, dérangé en plein hivernage.

L'anti-chasse se met à s'agiter dans le corridor, et je fais pareil. J'oublie ma blessure, me démène pour gagner la lumière, fuir cet antre avant que l'ours ne soit sur moi. Coincée entre les pans de roche, je me glisse à toute allure dans le boyau, rampe sur les derniers mètres, poussée par la peur, pieds et mains dans la terre. Je passe sous un bloc de roche trempée, en diagonale au-dessus de ma tête, à se demander comment ce gros mâle a réussi à passer par là. Pour enfin gagner l'air libre, le cœur à deux cents. Et réaliser où on se trouve.

Coincés sur une vire rocheuse.

À gauche, le vide : une pente d'une raideur effrayante, quasi verticale, qui se jette vers le fond du cirque. À droite un mur de pierre qui remonte sur cinq mètres vers le lapiaz. Je serais capable de m'y hisser, sans doute, je ne suis pas mauvaise grimpeuse. Mais pas là, pas dans l'urgence, pas avec ma blessure, pas en chaussures de ski. Des hêtres rabougris ont poussé là, les troncs tordus entre les pierres, quelques rhododendrons, aussi, une forêt miniature qui s'étend sur le replat déneigé. Une main sur ma plaie, je m'éloigne autant que je peux de l'entrée de la tute, réfugiée dans les racines. Je me retourne. Je vois l'homme s'extraire à son tour du boyau, comme un fou, à quatre pattes dans les feuilles mortes, la figure empourprée par l'effroi, mon arc toujours dans sa main, tenu n'importe comment. Il se presse sur la corniche, cherche l'issue que je n'ai pas su trouver, fixe le trou d'où il vient d'émerger.

Et l'ours sort à son tour, la seconde d'après.

Je pensais les ours bruns plus petits que ça, surtout en fin d'hivernage. Sérieux, vu d'ici, il me paraît énorme, sur le moment j'ai l'impression d'être face à un grizzli. Une masse de muscles et de poils hérissés, les oreilles rondes de part et d'autre de son museau, une bosse plus sombre au-dessus des épaules, posé sur ses quatre pattes épaisses comme des sapins. Il s'avance sur la vire, nous regarde avec agitation, sa grosse tête bougeant dans tous les sens, grognant sa colère d'avoir été tiré de son repos. De la buée s'échappe de sa gueule, les babines sont trempées d'écume. Il reste comme ça quelques instants, peut-être encore à moitié endormi, menaçant, mais hésitant à se rapprocher de nous, piétinant les feuilles trempées, le mufle en avant. Depuis mon refuge je le regarde faire, tente de le cerner, de maîtriser cette terreur qui me secoue les membres. Il cherche nos odeurs, je me dis, il évalue la menace. Il a plus peur que nous, je me répète ça comme un mantra, Il a plus peur que nous. Mais à trois mètres de moi, je vois l'homme à terre se préparer à une charge, moins confiant que moi.

Impossible de deviner comment chacun peut réagir dans une situation pareille, les logiques de survie prennent le pas sur tout le reste. Le type fixe l'ours avec un regard indéchiffrable, entre effroi et fascination. Et il fait ce geste que je n'attendais pas de lui : il reprend l'arc en main gauche, sort une des deux flèches encore en place dans le carquois. Et l'engage sur la corde, pour se défendre d'une attaque qu'il juge sans doute inévitable. Il verrouille son bras d'arc, arme maladroitement, les doigts tremblants autour du décocheur. À cet instant je ne sais pas quoi penser, il me fait flipper, presque autant que l'ours toujours immobile. Ça se voit que ce gars ne sait pas se servir d'une telle arme, que c'est la peur qui dirige ses mouvements.

Un moment passe ainsi.

Moi, calée au pied d'un tronc.

Lui, en position de tir, accroupi et figé.

L'ours face à nous, grognant, grattant le sol sur le seuil de sa tute. Il espère nous voir fuir, je crois deviner. Qu'on s'échappe par quelque défilé. Il veut juste nous chasser, c'est tout, pouvoir s'en retourner dans son antre. Mais c'est impossible, on est piégés avec lui sur ce morceau de corniche. C'est lui ou nous, je réalise à cet instant, aucune échappatoire.

Et alors qu'il s'agite, je décèle les indices qui trahissent l'imminence d'une charge, étrangement semblables à ceux de mon lion, à peine un mois plus tôt : ses oreilles brunes se tassent vers l'arrière, les poils de sa nuque se hérissent en une échine d'épines. Il va charger, il va charger, les mots se pressent en moi. L'instant d'après il s'élance vers l'anti-chasse en une charge effrayante, toute sa masse lancée dans la longueur de la vire, les quatre pattes foulant le sol comme autant de massues, la puissance d'un poids lourd en train de nous foncer dessus. Avec le recul, et c'est ce que j'allais raconter plus tard, je crois vraiment que c'était juste une charge d'intimidation. Que l'ours voulait seulement nous effrayer, qu'à un mètre de nous il aurait stoppé son galop pour reprendre position. Mais sur le moment, ce n'est pas du tout l'impression que ça donne. En vrai je n'ai jamais vu quelque chose d'aussi impressionnant que cette charge : on s'imagine déjà encaisser l'assaut, basculer sous son poids, affronter griffes et crocs du plus massif des carnivores d'Europe. Je me tourne vers l'homme, les yeux écarquillés. Il faudrait que j'intervienne, que je lui dise Non, de ne pas tirer cette flèche armée sur mon AVAIL, que c'est de la folie. Qu'aucun arc n'est capable d'interrompre une telle charge. Qu'il faudrait une carabine comme celle de Lutz Arendt, avec un gros pouvoir d'arrêt.

Mais il est déjà trop tard.

La lame s'échappe de ses doigts crispés, à trois cents pieds/seconde.

Et se plante dans l'épaule du plantigrade.

Lancé à pleine vitesse, l'ours rugit de douleur, dévie seulement sa course, percute la paroi de roche, les hêtres nains déracinés d'un coup. Il cale ses pattes arrière pour ne pas dévisser. Et aussitôt se redresse, le tube de carbone dépassant de ses poils bruns où se mêle un sang rouge, pris d'une soudaine folie, secouant la tête en montrant ses crocs géants. Il se met à grogner, à gratter sa blessure, à suffoquer comme une bête à l'agonie, se cogne contre les troncs sans plus rien maîtriser de ses gestes. La puissance qu'il déploie est proprement terrifiante, comme s'il allait tout balayer, arbres, hommes, rochers, nous emmener dans une chute de cent mètres. Mais il semble se reprendre, réaliser soudain ce qui vient d'arriver. Toujours grondant, le souffle grave et rauque, il se retourne vers son agresseur aussi pétrifié que moi, coincé contre un mur de roche.

Et s'abat sur lui de toute sa masse.

Les pieds avant sur la poitrine de l'homme qui s'écrase aussitôt, deux cents kilos de graisse et de muscles. Le sternum comprimé sous les pattes et les griffes, comme un vulgaire tapis gonflable. Puis l'ours ouvre une gueule immense, les crocs à découvert. Et, le visage à quelques centimètres de celui de sa victime, il se met à hurler comme jamais je n'ai entendu hurler un animal. Un cri qui glace le sang, les dents tout près du crâne du type. Comme si l'instant d'après il allait s'y attaquer, mordre cette tête comme le font les grizzlis. J'imagine déjà le visage pris en étau, les os sur le point de céder dans la mâchoire du grand carnivore. Je croise le regard de l'homme attaqué par l'animal, une vision d'horreur que jamais je n'oublierai, les yeux de celui qui se voit déjà mourir. Peut-être ai-je tort, mais sur le moment je me dis Il va le tuer, c'est sûr, il est parti pour le tuer. Comme si l'histoire se répétait : ours, lion, autant de grands mammifères poussés dans leurs retranchements, forcés de s'en prendre aux humains que nous sommes.

Je n'ai pas le temps de réfléchir, ni de toucher ma médaille.

D'instinct je me jette sur mon AVAIL échoué dans les feuilles mortes, l'empoigne comme jamais je ne l'ai fait, les doigts serrés autour du *grip*. Dos calé contre la pierre mouillée, j'engage la dernière flèche à toute allure. J'amène l'empennage à moi en un geste rapide, bras gauche bloqué, sans décocheur, la corde se déroule avec la rotation des cames, le geste devenu comme un réflexe. Je glisse mon œil dans ma visette de corde, fixe le point lumineux, celui des dix mètres, réglé sans jamais me figurer qu'un jour j'aurais besoin de tirer un ours quasi à bout portant. Je prends le temps de respirer, consciente que je n'ai droit qu'à un seul tir. Je serre les lèvres, accrochée à mon sang-froid. Je vise la zone vitale sur le flanc brun en plein mouvement, l'animal appuyé sur l'homme à terre. Sur un ours, je sais que pour percer la cage thoracique, il ne faut pas viser trop bas, à cause de toute cette graisse qu'il y a autour du ventre. Je me cale bien haut sur le corps, dix centimètres à gauche de l'épaule, loin des os sur lesquels pourrait buter ma flèche.

Et d'un *perfect shot* je perfore les deux poumons du dernier des ours.

5

LE RITUEL

2 avril

Apolline

Moi qui voulais de l'*authenticité*, je vais être servie, c'est ce que je réalise lorsque le 4 × 4 émerge d'entre les acacias, suivi par la poussière du *bush*. Le village himba n'a plus grand-chose à voir avec celui qu'on a visité cinq jours plus tôt : aucun enfant ne se précipite pour venir nous accueillir, aucune femme ne se prépare à nous vendre ses babioles, ou à nous montrer comment elle pile son ocre. L'ambiance n'est plus la même, évidemment. Aux cases traditionnelles sont mêlées des tentes igloos comme on en trouve chez Decathlon, une bonne dizaine je dirais, érigées en amas colorés autour des mopanes. Des peaux de bêtes et de vieux sacs de sport sont entassés dans les branches, au-dessus des toiles synthétiques.

— Ce sont les invités, explique Meerepo, l'air grave derrière son volant et ses lunettes noires. Mais on attend encore du monde, certains vont venir de très loin.

Je fais oui de la tête, pour signifier que j'ai compris. Je jette un regard à Lutz, à papa, tous deux muets sur les sièges, avec leurs mines de circonstance. L'heure n'est plus aux jeux de mots ou aux blagues douteuses sur les traditions locales, ni même aux photos, d'autant plus que dans la confusion de notre chasse papa a perdu son iPhone. Le 4 × 4 se gare à distance des cahutes, le *skinner* nous invite à descendre avec lui.

— *Come with me*. Je vais vous présenter à la famille.

On marche vers le centre du campement où sont regroupés les Himbas, bien plus nombreux que la dernière fois.

— Les funérailles vont durer plusieurs jours, continue le *skinner*, pédagogique malgré les circonstances qui nous amènent ici.

À l'écart de la foule, un homme est en train d'équarrir une vache à côté d'un bidon métallique. Il attaque l'animal à coups de machette dans la viande écorchée.

— On va sacrifier plusieurs bêtes. Les cornes seront accrochées au-dessus de la tombe, après l'enterrement. Dirigées vers le bas, c'est comme ça pour les femmes.

Il s'approche de trois hommes en train de débattre, assis sur des chaises pliantes, gros colliers et bonnets en toile. Il les salue :

— *Wa penduka ?*

— *Mba penduka nawa.*

On serre des mains sans bien savoir à qui on a affaire, je fuis les regards, hyper mal à l'aise. Puis on se dirige vers d'autres personnes. La plupart des femmes arborent la tenue himba que j'ai déjà vue plusieurs fois, mais d'autres sont vêtues de grandes robes bouffantes et colorées, avec d'étranges coiffes à deux pointes. Une ado s'approche de moi, avec en main un bâton où sont passées les anses de plusieurs *mugs* métalliques. Elle m'invite à en prendre un, me sert un café géant sans que je puisse vraiment refuser, fait pareil avec papa qui s'exécute. Je dis merci, elle me sourit comme si tout allait bien. Et on continue de déambuler, nos tasses brûlantes entre les doigts.

— Venez, c'est par là.

Je reconnais l'endroit : c'est ici, au pied de cette case, que la fille m'a offert le collier. Je porte les doigts à mon cou pour le toucher, caresse les perles cassantes. Je revois son visage si bien dessiné, mon cœur se serre à l'idée qu'elle n'est plus de ce monde. Un genre d'enclos de branches de mopane est érigé devant l'entrée, une bonne dizaine de Himbas établis à l'intérieur : femmes à gauche, assises sur de vieilles couvertures ; hommes à droite, mieux installés sur des pliants de camping.

— C'est sa famille, nous dit Meerepo.

Il entre dans l'enclos pour serrer de nouvelles mains, nous invite à l'imiter.

— Voilà Tjimeja. C'est son père, un homme très respecté. Il possède l'un des plus beaux troupeaux du Kaokoland. Il porte le deuil, vous voyez ?

L'homme n'a pas de coiffe sur la tête comme les autres Himbas, ses cheveux sont défaits, gris et plaqués en arrière par un bandeau de tissu. Son collier est comme dépiauté. Je lui tends la main en glissant un timide :

— *Moro*.

— *Moro*, répond-il, la voix éteinte.

Il fait de même avec papa et avec le *PH*.

J'ose à peine le regarder, désolée que je suis que ma chasse au lion se soit soldée par le décès de sa fille. Pourtant sur son visage, en vrai je ne vois aucune colère. Juste une immense tristesse : il a les traits tirés, de la fatigue dans les yeux. Il nous indique une place pour nous asseoir, à l'entrée de l'enclos, à côté de trois calebasses en forme de poire. On reste silencieux un petit moment, et comme cent fois depuis cette nuit tragique, je repense à cette traque interminable dans la montagne qui s'élève au-dessus des cases, non loin d'ici, la roche rouge sous le ciel désespérément bleu. Je n'arrive toujours pas à comprendre comment le lion a pu se relever après que j'ai tiré cette flèche, j'étais pourtant certaine que mon tir était réussi. À croire que je ne suis pas si bonne archère, finalement. Que j'avais raison de croire que c'était à maman de le tuer, ce félin, et pas à moi. Maman : je voudrais tellement qu'elle soit près de moi à cet instant, que jamais son cancer ne l'ait emportée.

— Hier, ils ont interrogé la défunte, nous explique Meerepo. C'est la tradition, il y a tout un rituel. Ils ont porté son corps emballé dans une peau de bœuf, pour lui demander qui était responsable de sa mort.

Je le regarde, hésitante.

— Et… ça a donné quoi ?

— *Nothing*. Enfin si : le responsable c'est… Enfin, c'est le lion, voilà.

J'opine en silence, rassurée et contrite à la fois.

Le lendemain de la chasse, rapatrié au camp par un deuxième 4 × 4, Lutz est parti chercher le fauve pour l'achever, avec un autre chasseur de sa trempe et deux gros calibres. Mais il ne l'a pas trouvé, comme si encore une fois l'animal avait disparu dans le désert. D'après lui, si ce n'est pas déjà fait, il va finir par succomber à sa blessure, quelqu'un retrouvera sa dépouille dans les semaines à venir. Mais moi je n'en suis pas si certaine. En vrai ce lion, j'ai l'impression qu'il n'est pas comme les autres. Plus résistant, plus opiniâtre, aussi. Comme s'il ne pouvait pas mourir.

Voyant combien je suis mal à l'aise, papa me touche l'épaule, compatissant, m'adresse un sourire de soutien. C'est moi qui ai insisté pour qu'on décale notre vol de quelques jours, je ne me voyais pas repartir dimanche, alors qu'une fille venait de mourir. Mais maintenant que je suis là, je me dis qu'on aurait peut-être mieux fait de le prendre, notre avion. Que ma présence ne change rien au chagrin de ces gens pour qui nous ne sommes que des étrangers. J'ai juste envie de retrouver Pau, Amaury et Enguerrand, la maison, d'aller m'isoler dans un refuge de montagne. Que cette histoire prenne fin. Loin de me douter de ce qui m'attend là-bas.

Énorme à côté des Himbas, Lutz s'adresse à son *skinner* :

— Tu leur as dit pour l'argent ? Que mes clients allaient les dédommager ?

— *Yes, boss*. C'est bien, ça va payer les vaches sacrifiées pour la cérémonie.

Et le père endeuillé, qui comprend de quoi on parle, renchérit en nous remerciant :

— *Okuhepa.*

Ce qui me met encore plus mal à l'aise. Et me rappelle tristement ce que me disaient les expatriés français, au Burkina Faso. Qu'en Afrique, la vie avait moins de valeur que chez nous. On reste là un long moment, témoins de ces funérailles dont je ne peux m'empêcher de me sentir responsable, au moins un peu. Hommes et femmes boivent leur café, se lamentent en évoquant le souvenir de la défunte, combien elle était belle, combien elle savait s'y prendre avec le bétail, quelle parfaite épouse elle aurait faite pour ce dénommé Kaveisire, le mari idéal, semble-t-il.

— Meerepo ? dis-je bientôt.

— *Yes ?*

— Et ton ami ? Le jeune qui nous a guidés dans la montagne. Il n'est pas là ?

Le *skinner* secoue la tête, une expression indéchiffrable sur son visage.

— Komuti ? On m'a dit qu'il était là hier, pendant l'interrogatoire de la défunte. Mais aujourd'hui, je ne sais pas. Moi-même, je ne lui ai toujours pas parlé depuis l'attaque.

— Comment il va ?

Meerepo soupire, hausse les sourcils.

— Il est choqué, je crois. Il était… Il la connaissait bien… Enfin je veux dire, comme tout le monde, quoi.

Assis sur un bidon, papa se redresse :

— C'est de la folie d'être parti tout seul à la poursuite du lion. Il aurait pu se faire tuer, lui aussi.

— *Yes, I know.*

— Tu sais pourquoi il a fait ça ?

— *No idea.* Mais vous savez, ici, tout le monde voulait qu'il meure, ce *cow-killer*. C'est peut-être pour ça.

— En tout cas, ce n'est pas demain que je le reprends avec moi, grogne l'Allemand.

2 mai

Martin

— C'était quoi, votre idée ? D'après sa déposition, vous avez poursuivi Apolline Laffourcade pendant deux jours dans la montagne, avec un arc de chasse. Vous l'avez menacée à trois reprises en armant l'arc dans sa direction. Vous avez finalement tiré une flèche sur elle alors que vous étiez l'un et l'autre à environ deux mille mètres d'altitude, autour de dix-sept heures. Une flèche qui l'a blessée à la cuisse droite. Alors je repose ma question : aviez-vous, oui ou non, l'intention de commettre un meurtre ?

Depuis mon lit d'hôpital, avec d'un côté le drain thoracique et de l'autre ma perf d'antibiotiques, j'ai continué de me taire, mon regard plongé vers la fenêtre de la chambre, fuyant celui des gendarmes.

— Il va falloir nous aider un peu, là, a encore tenté celui qui m'interrogeait, le plus persévérant des deux.

Je les ai entendus soupirer.

— Laisse tomber, a dit son collègue. Tu vois bien qu'il ne dira rien.

Il avait raison : je n'avais rien à leur raconter, à ces deux humains en uniforme. La seule chose dont j'avais envie à cet instant, c'était qu'ils partent d'ici, me laissent avec mes douleurs impossibles à soigner. Un élancement m'a saisi alors que je respirais, au niveau de mes côtes fracturées. Mais ce n'était pas ce qui me faisait le plus mal. Le gendarme a renchéri, retournant le couteau dans la plus douloureuse de mes plaies :

— Revenons à l'ours. D'après Apolline Laffourcade, l'animal n'avait pas l'intention de blesser qui que ce soit, il cherchait juste à vous effrayer par une… (Il a jeté un œil à son cahier.) … une *charge d'intimidation*. Selon elle, si vous ne l'aviez pas blessé d'une première flèche, il n'aurait jamais attaqué. Et elle n'aurait pas été forcée de l'abattre. Vous confirmez cette version des faits ?

J'ai écrasé mes paupières l'une contre l'autre, serré les lèvres. Comme si ça pouvait suffire à le faire taire.

— En tant qu'agent assermenté dans un parc national, j'imagine que vous êtes au courant que la destruction d'une espèce protégée est un délit. Passible de…

Il allait encore vérifier ses notes, mais je lui ai épargné cet effort. Plus pour moi que pour eux, sans lui accorder le moindre regard, j'ai dit à voix basse :

— De deux ans d'emprisonnement, et de cent cinquante mille euros d'amende. Article L415-3 du code de l'environnement.

— Exactement.

Un silence insupportable s'est alors abattu sur la chambre, moi continuant de fixer la grisaille comme un paralysé, eux ne sachant plus par quel bout attaquer leur enquête sur cette affaire qui faisait la une de *La République des Pyrénées*. J'ai attendu qu'ils se décident à quitter ma chambre, observé le peu d'avifaune qui peuplait les chênes entourant le centre hospitalier :

une pie dans les branchages, un accenteur mouchet, un rouge-queue noir. Franchement, il n'y a qu'à ces oiseaux que j'aurais voulu pouvoir parler à ce moment-là. Et à ma chienne, aussi, qu'Antoine allait nourrir mais qui devait quand même s'ennuyer un peu sans moi.

— Allez viens, a dit le collègue qui commençait à perdre patience.

Et enfin ils se sont décidés à initier le mouvement. Je les ai entendus ouvrir la porte, et l'autre m'a lancé avant de disparaître :

— J'espère que vous êtes conscient que si Apolline Laffourcade n'avait pas trouvé le moyen d'appeler les secours aussi vite, à l'heure qu'il est vous seriez mort.

Et dès que j'ai été tout seul, j'ai fermé les yeux.

Pour me répéter que j'aurais préféré ça : être mort.

Je ne savais même pas comment la fille avait fait pour quitter la vire rocheuse et regagner le lapiaz, trouver un coin où passait son portable. Je me souvenais juste de la suite, quand l'hélico de la sécurité civile avait débarqué pour me prendre en charge et me rapatrier jusqu'à Pau. Fracture des côtes, pneumothorax : d'après les médecins, je m'en tirais bien, après quarante-huit heures sous morphine je n'avais plus qu'un traitement antibio, du paracétamol en perfusion, et un drain qui me sortait du sternum pour aspirer l'air de ma plèvre. J'allais pouvoir sortir d'ici deux jours, me disait-on, et sous quinze jours je n'aurais peut-être même plus de douleur en respirant. Mais les médecins ne savaient rien de ce qui me faisait le plus souffrir en ce moment, de ce cratère qui s'était ouvert en moi et me dévorait de l'intérieur. Je me foutais complètement de mon état de santé, de celui de la fille qui avait déjà retrouvé papa avec seulement des points de suture, de ce qui allait m'arriver quand la justice des hommes allait me tomber dessus.

La seule chose à laquelle je pensais, c'était à Cannellito. Et à cette flèche que j'avais moi-même tirée sur lui. Cannellito, fils de Cannelle et d'un mâle slovène, ultime représentant des ours du Béarn. En continu je revivais la scène de son attaque. On l'avait dérangé dans sa tanière, la seule façon de pousser un ours brun mâle à s'attaquer à un homme, à en croire tout ce que j'avais lu. Je me revoyais plié en deux dans le couloir de la tute, dans ce lieu que jamais aucun humain ne devrait profaner, avec cette odeur de fauve qui m'avait aussitôt saisi. Je me revoyais coincé sur le replat, parmi les hêtres nains et les rhododendrons, acculé comme une proie à la fin d'une longue traque, secoué par la peur autant que par mes douleurs. Et je revoyais Cannellito en train de me foncer dessus, toute sa masse de plantigrade lancée sur moi, oreilles plaquées, mufle en avant, gueule entrouverte avec ses crocs qui dépassaient, quelques secondes pendant lesquelles je m'étais vu encaisser l'assaut et ne rien pouvoir y faire. Tout était allé tellement vite. J'essayais de me souvenir de ce qui s'était passé en moi à cet instant, de ce qui m'avait poussé à engager cette flèche pour lui tirer dessus, comme l'avait fait seize ans plus tôt celui qui avait abattu Cannelle. Un réflexe auquel je ne trouvais aucune explication, mes membres gouvernés par une forme d'inconscient, libérés de toute raison. L'instinct de survie, allait dire mon avocat quelques semaines plus tard, plaidant la légitime défense.

Ou l'instinct de chasse, peut-être.

Une idée qui faisait son chemin les jours passant, et

qui me faisait plus mal encore. Comme un cruel rappel de mon appartenance à cette espèce qui avait décimé tant d'animaux, millénaire après millénaire. Comme si je portais en moi cette saloperie qui jamais ne nous quitterait, une maladie mentale, héréditaire et incurable. Comme si je ne valais pas mieux que tous ces fous posant fièrement à côté de leurs victimes, ressuscitant à l'infini les crimes de nos ancêtres. Oui, c'était ce genre de pensées morbides qui m'assaillaient sans cesse. Et désormais, je me détestais autant que je détestais toutes les Apolline Laffourcade de la planète. Plus que jamais, j'avais honte de faire partie du genre humain. Et oui, j'aurais préféré être mort que de continuer à vivre avec un tel fardeau. Échanger ma vie contre celle de Cannellito.

Après le départ des deux gendarmes, je suis resté immobile pendant toute la journée. J'ai attendu, la poitrine douloureuse et le cœur en morceaux, incapable de faire quoi que ce soit. J'ai regardé les oiseaux, les nuages immobiles au-dessus du CHU, tenté d'apercevoir un bout de montagne à travers la fenêtre, entre les cimes des chênes. Et enfin, vers dix-sept heures, j'ai allumé la télé sur France 3 Nouvelle-Aquitaine, pour voir le ministre de l'Écologie arriver en Béarn. Visite de crise, évidemment. D'après Antoine, il allait faire des annonces au sujet des ours.

Sur l'écran, j'ai commencé à voir les images du convoi officiel, les bagnoles s'enfonçant dans la vallée d'Aspe, encadrées par des motards, longeant gave et falaises comme je l'avais fait tant de fois, dépassant ces hameaux qui m'étaient familiers. Ils ont roulé jusqu'à Etsaut, sous le ciel nuageux, et bientôt le ministre s'est pointé sur la place du village, debout derrière un petit pupitre. À ses côtés, il y avait le préfet, mon directeur, et aussi quelques élus du coin que je reconnaissais, dont celui à qui j'avais dressé un PV l'année dernière. Après les politesses, le discours a commencé, le ton très solennel.

— *Lundi dernier, autour de quatorze heures, Cannellito, le dernier ours des vallées béarnaises, a perdu la vie après avoir été dérangé dans sa tanière par deux randonneurs à skis. C'est une perte immense, à la fois pour notre patrimoine naturel, parce que l'ours fait partie intégrante de la culture pyrénéenne, mais aussi pour la diversité biologique de notre pays, à l'heure où le taux d'extinction des espèces est, selon les scientifiques, cent fois supérieur à ce qu'il devrait être.*

Il était mal placé pour rappeler ce genre de vérité, lui qui avait fait tant de cadeaux aux amis chasseurs du président, et qui chaque année rognait sur les budgets des parcs nationaux. Mais ça ne l'a pas empêché de continuer à dresser son tableau.

— *Avec le ministre de la Justice, je puis vous assurer qu'une enquête est en cours pour déterminer les circonstances d'un tel drame, et notamment si la légitime défense peut-être invoquée pour justifier ce geste.*

J'ai inspiré profondément, pour maîtriser ma rage, ce qui m'a tiré de nouvelles douleurs au niveau de mes fractures. J'ai encore écouté les bonnes paroles du ministre, qui n'en pouvait plus de dire à quel point la nouvelle était dramatique. Et j'ai serré les poings quand je l'ai entendu dire :

— *En tout état de cause, après la mort de Cannelle en 2004, et à présent celle de son fils, et après avoir consulté les élus du territoire, il m'apparaît que les conditions ne sont pas réunies pour permettre le développement d'une population ursine en vallée d'Aspe et d'Ossau. Aussi je vous annonce que j'ai pris la décision de suspendre tout projet de réintroduction d'ourses slovènes dans le noyau béarnais.*

13 avril

Komuti

Planté en haut du ciel en seigneur imperturbable, le soleil tassait plaines et montagnes lorsque le pick-up s'ébranla pour quitter le campement. Dans la benne, les hommes prenaient toute la place, affalés sur un vieux matelas, l'un d'eux à moitié alcoolisé. Les femmes les houspillaient, des cartons sous les cuisses, soucieuses de préserver parures et peaux ocrées. Quant à moi, genoux serrés l'un contre l'autre, je me tenais silencieux, indifférent à leur agitation. Avec, calée entre mes doigts entrelacés, ma découverte de la veille.

Le village semblait bien vide depuis le départ des derniers invités. Himbas, Hereros, Damaras, on était venu de loin pour honorer la mémoire de Kariungurua. Des jours entiers les proches parents avaient pleuré leur fille chérie, se relayant pour sans cesse évoquer son souvenir. Son père se lamentait comme s'il était le plus malheureux des hommes, comme si personne autant que lui n'avait jamais aimé cette jeune Himba, emportée avant d'avoir pu enfanter, ni même se marier avec l'époux qu'il lui avait pourtant si bien choisi. À aucun moment Tjimeja ne m'avait regardé, pour lui j'étais comme un fantôme, fils misérable d'un clan sans le moindre honneur. Tout au plus un ami de sa fille. Un témoin de la tragédie qui le frappait, aussi, lancé derrière le lion après cet accident de 4 × 4 dont tout le monde avait entendu parler, mais qui n'avait rien pu faire pour empêcher l'attaque. Un inconscient, peut-être. Il ignorait tout de la vérité, de cet amour qui m'unissait à la défunte, de ce que tant de nuits durant nous avions partagé elle et moi, de ce que j'avais eu l'intention d'accomplir pour le convaincre que je la méritais. Personne ne savait, à part Meerepo. Et ma mère, peut-être, qui elle avait remarqué que son fils avait changé ces dernières semaines, soupçonné l'existence d'une relation, et sans doute même décelé ces regards qu'à toute heure du jour je ne pouvais m'empêcher de jeter vers la case de Kariungurua.

Mon cœur essoré de chagrin autant que de colère, je m'étais tenu à l'écart des plaintes et des sanglots versés pendant les funérailles, errant parmi les convives à la manière d'un étranger, ma badine à la main, muré dans mon silence et mes secrets. Je me débattais avec les dernières images qui me restaient d'elle et me revenaient sans cesse, sa dépouille échouée sur la berge de la rivière à sec, quelques secondes après l'attaque du lion, son énorme *ohumba* brillant d'un éclat froid sous la lune. Son corps parfait, inerte et déchiré de blessures, ruiné par les coups de pattes, griffes et crocs dans sa chair de princesse, le sang qui fuyait d'elle et se répandait dans la nuit, sur sa peau déjà rouge, sur la terre sèche, sur les galets. Je revivais la scène en continu, rêvais que les choses aient pu se passer différemment, que je sois parvenu à tuer l'animal avant qu'il ne soit sur elle. J'en voulais au monde entier, rongé par la rancœur. Je maudissais mon lâche de père et celui de Kariungurua sans qui nous n'aurions pas eu à nous retrouver secrètement en ce lieu où elle avait perdu la vie, je maudissais tout mon peuple, incapable d'affronter un lion comme on le faisait autrefois, je maudissais les ministres qui décidaient de nos vies depuis Windhoek, je maudissais les ancêtres pour avoir permis un tel drame.

Et plus que tout, je maudissais la Française.

Lors de la cérémonie, quand ils avaient procédé à l'interrogatoire de la défunte comme le veulent nos coutumes, le gardien du feu sacré avait conclu que personne ne portait la responsabilité d'un tel désastre, que tout venait du lion, que c'était lui, le coupable. Lui et ce mauvais sort qui, sans que l'on sache bien pourquoi, devait déjà peser sur la fille de Tjimeja. Si mon père avait connu toute l'histoire, su que j'avais volé sa carabine, que c'était moi qui avais tenté d'abattre le lion une première fois, en ce lieu où le chasseur professionnel l'avait appâté, que j'avais volontairement provoqué l'accident du 4 × 4 dans la montagne, lui aurait sans doute jugé que c'était moi le responsable, rejeté encore une fois toute la faute sur son fils comme il le faisait sans cesse. Mais je refusais cette idée. Non, je n'étais pas responsable de la mort de mon amour. Pas plus que le lion poussé autour de nos *kraals* par la sécheresse.

Pour moi, la coupable, c'était cette Blanche.

Cette Blanche venue sur nos terres pour tuer le lion à notre place.

Cette Blanche que l'on disait tellement habile avec son arc.

Cette Blanche que l'on comparait aux meilleurs des Bochimans.

Cette Blanche à qui Kariungurua avait même offert un collier.

Oui, à mes yeux gonflés de larmes, tout était sa faute. Elle ne méritait pas la confiance qu'ils avaient tous placée en elle. Elle avait beau avoir un arc digne d'un film américain, toute une équipe de chasseurs et de pisteurs pour l'assister dans sa traque, elle n'avait pas réussi à abattre l'animal. C'est à cet instant que s'était noué le destin de la femme que j'aimais, lors de ce tir raté. Moi, Komuti, si on m'avait donné de tels moyens, j'aurais fait en sorte que jamais le tueur de bétail ne réussisse à se relever. Ça, j'en étais certain, me répétais-je en serrant les dents sur ma souffrance. Et je me fichais de savoir combien d'argent cette fille et son père avaient donné pour dédommager Tjimeja.

Le 4 × 4 nous éloignait du campement en filant sur la piste rectiligne. J'observai les reliefs, les massifs rouges, gris, noirs, jaillissant des plaines, piqués de blocs de roche et de ronciers épars. Les arbres et les *kraals* laissèrent place aux échoppes colorées, aux grillages tendus entre les piquets de mopane, aux murs de tôle tordue, autant de traces de l'emprise de la ville qui d'année en année s'étendait sur le *bush*. Nous empruntâmes la route bitumée pour nous enfoncer dans les rues d'Opuwo, descendre de la colline jusqu'à la rue centrale où s'alignaient les devantures des supermarchés et les étals des vendeuses d'ocre chez qui Kariungurua allait peut-être s'approvisionner. Nous nous arrêtâmes face à la station-service, les passagers descendirent, l'ivrogne se dirigea sans attendre vers le *bottle store*, titubant sur le trottoir.

Et moi, je retrouvai Meerepo qui m'attendait là, assis sur un muret de pierre, une nouvelle paire de lunettes sous sa casquette de *bad boy*. C'était la première fois que je le revoyais depuis l'attaque, lui qui seul pouvait imaginer ce que je vivais.

— Ça va, mon ami ? m'accueillit-il. Tu tiens le coup ?

Je haussai les épaules.

— Mon père a reçu les indemnités pour son troupeau, l'informai-je, plutôt que de m'étendre sur l'intensité de mon chagrin. Il va pouvoir racheter des chèvres.

— C'est bien, ça.

— *Iiii*... Pour lui, c'est bien, oui.

En face de nous, des touristes descendaient d'un minibus, aussitôt assaillis par des vendeuses de colliers zembas. Je les fixai un court instant, avant de montrer à Meerepo le téléphone portable qui depuis le matin ne quittait plus mes mains. Il haussa les sourcils en connaisseur.

— *Wow*. IPhone XS Max ! C'est avec les indemnités de ton père que tu t'es acheté un tel bijou ?

— Je n'ai rien acheté du tout. Je l'ai trouvé.

Je fixai encore l'engin, enserré dans sa coque ultra-solide, éteint et déchargé, mais en parfait état.

— Hier, je suis retourné dans la montagne, repris-je. J'ai refait à pied tout le trajet de la chasse, j'ai marché dans le *bush*, j'ai retrouvé les endroits où on a suivi les empreintes du lion, je me suis remis à la place de la fille, à l'endroit où elle a raté son tir. J'avais besoin d'y aller, tu comprends. C'est là que je l'ai trouvé. Dans les cailloux.

Meerepo posa une main sur sa bouche.

— C'est celui de son père ! devina-t-il. Je le reconnais, il l'utilisait souvent dans le camp de chasse.

— Je crois bien, oui. Il a dû le perdre, dans la panique, quand le lion a ressuscité.

Il se saisit de l'iPhone dernier cri, le fit tourner entre ses doigts.

— Je te le donne si tu veux, dis-je alors.

Il me regarda, tout étonné. Je soupirai.

— À condition que tu m'aides à faire un truc.

— Quoi donc ?

— Tu crois que tu pourrais récupérer ce qu'il y a dans ce téléphone ?

Il fronça les sourcils, devinant peut-être déjà quelle idée était en train de germer en moi. Observa la machine, de l'envie plein les yeux.

— Viens, on va voir ce qu'on peut faire.

Et nous nous levâmes pour quitter l'ombre de la station-service, longeâmes les enseignes des magasins des Chinois, les salons de coiffure derrière les murs de tôle. Pour enfin gagner le cyber dans lequel Meerepo avait autrefois été employé, et qu'il fréquentait encore souvent. Sur la porte vitrée, il y avait un dessin pour nous accueillir : une tête de jeune homme, avec la même tresse que la mienne en haut du crâne, et l'inscription *Proud Himba*. À l'intérieur, un homme et une femme en tenue traditionnelle s'usaient les yeux derrière les écrans des ordinateurs, isolés par des petites parois de bois gondolé. Ils levèrent à peine la tête à notre arrivée, hypnotisés par les images venues d'autres mondes. Mon ami s'installa à un poste libre, alluma la machine qui se mit à vrombir comme un insecte à l'agonie. Il y avait des fils électriques dans tous les sens, branchés les uns par-dessus les autres sur la seule prise disponible.

— Alors, qu'est-ce que tu as dans le ventre, toi ? fit Meerepo en reliant l'iPhone à l'ordinateur.

Je le regardai opérer, les yeux grands ouverts, incapable de comprendre les détails de ce qu'il faisait là. Il ouvrit des fenêtres dans tous les coins de l'écran, comme je l'avais déjà vu faire une fois, en professionnel de l'informatique qu'il était. Il pianota sur le téléphone, marmonna quelques paroles, comme s'il lui parlait réellement. Avant de se féliciter :

— Bingo. Ces Blancs, ils utilisent toujours les mêmes mots de passe…

Sur l'écran, une multitude de petits carrés venait de s'afficher. L'intérieur du téléphone, imaginais-je. Mon ami se tourna vers moi.

— Qu'est-ce que tu cherch…

— *Oviperendero*, le coupai-je. Ce Blanc-là passait son temps à faire des photos.

— Évidemment, les photos.

Et bientôt, c'est tout le voyage des Français qui se déroula sous nos yeux, au rythme des clics de Meerepo sur sa souris. Des photos par dizaines. Des photos de mon pays, prises depuis le ciel d'où ils étaient descendus dans leur énorme avion. Des photos du père et de la fille, avec leurs sourires de Blancs et leurs étranges vêtements pour se cacher dans le *bush*. Des photos de leurs premières chasses, la fille posant fièrement derrière la croupe d'un zèbre mort, avec son arc tout biscornu, l'air fier de celle qui aurait terrassé un buffle à mains nues. J'observai toutes ces images avec un mélange de curiosité et de colère. Non que j'eusse le moindre problème avec l'idée que des gens comme eux viennent dépenser leur argent chez nous pour chasser ce qu'il n'y avait plus chez eux, mais parce que je connaissais le dénouement de leur coûteux voyage, ce vers quoi il avait mené. Je restai muet face aux clichés pris dans mon village, lors de leur visite impromptue. Meerepo se tourna vers moi lorsque apparut la photo de la Française et de Kariungurua, bras dessus bras dessous à l'entrée de la case, comme si ces deux jeunes femmes étaient amies intimes. Je revécus ensuite, image par image, toute cette journée de traque dans la montagne, en 4 × 4 puis à pied, du plein jour au crépuscule, ma silhouette et mon pagne apparaissant parfois dans le champ de l'appareil.

Jusqu'à cette toute dernière photo, prise juste avant le réveil du lion.

Une image assez étrange, baignée d'une lumière blanche, pareille à celle que jettent les éclairs sur le *bush*, les nuits d'orage. On y voyait la chasseuse qui venait de se retourner, son arc en main, avec sur sa tête la casquette du chasseur professionnel. Son visage était bien visible, mais j'avais du mal à le reconnaître. Sans doute à cause de la surprise, il semblait plus dur, empreint d'une forme de férocité que je n'avais pas décelée chez elle. À son cou il y avait deux colliers. Celui offert par Kariungurua. Et un autre, en or je crois, avec une sorte de médaille qui ressortait nettement dans le bas de la photo, des lettres gravées dessus. Un objet comme celui-là, à lui seul, devait valoir le prix de plusieurs vaches, imaginais-je. Mais la Française n'était pas seule sur la photo. Juste derrière elle, il y avait le lion. Vautré dans les broussailles, du sang noir sur son flanc.

— C'est fou, il a vraiment l'air mort, nota Meerepo.

— *Iii.* Si on ne connaissait pas la suite, on pourrait croire qu'elle vient de le tuer.

Nous restâmes plusieurs secondes interdits devant cette scène qui n'était suivie par aucune autre. De la mort de Kariungurua, bien sûr, personne n'avait pris de cliché, bientôt il n'en resterait plus aucune trace, sinon celles laissées dans le cœur de ceux qui l'aimaient. Je serrai les dents.

— Tu te souviens de cette photo que tu m'as montrée l'autre jour, après la réunion avec le monsieur du ministère ? Celle de l'Américain, avec tous ces gens qui le menaçaient de mort, juste pour avoir tué un oryx.

Mon ami fit oui de la tête, comme s'il lisait dans mes pensées. Je revins à l'image de la Française et du lion qu'elle semblait bel et bien avoir tué, encore affichée sur l'écran.

— Je te donne l'iPhone, répétai-je. Si tu trouves le moyen de faire circuler cette photo jusque dans le pays de la fille. Comment elle s'appelait déjà ?

— Son nom, je ne m'en souviens pas. Mais mon patron, il l'appelait quelque chose comme…

Il fouilla sa mémoire, avant de dire :

— Leg Holas.

ÉPILOGUE

10 octobre

Charles

À peine distinguait-on le pelage à l'ombre de la dune, carcasse à demi noyée dans les collines de sable, les grains pris dans les poils, crinière, oreilles, paupières, poussés par le vent marin pour enfin l'ensevelir, venir à bout de ce mâle qui avait tout enduré, il était là comme mort, les contours indistincts dans le décor minéral, roche ou félin le doute était possible, il aurait pu finir ainsi, sa dépouille dévorée par le sable et la faune, charognée par tous ceux qui de son vivant le fuyaient, chacals, hyènes, corbeaux-pies, il aurait pu se fondre à jamais dans ce lieu reculé et fréquenté par aucun homme, devenir légende, fantôme, croyance, son histoire racontée par chasseurs et pasteurs devant les feux dansants, romancée à l'infini pour entretenir le mythe, mais il avait d'autres ambitions que de nourrir les rêves de ceux qui l'avaient tant traqué : lorsque le jour s'en alla et que le soleil toucha les dunes, il secoua son échine pour se remettre debout, déroula pattes avant et pattes arrière, se remit en marche à l'approche de la nuit, les pas dans le sable fuyant, les empreintes dessinant son périple de cuvette en talus, il marcha droit devant lui, attiré par des signaux qui ne ressemblaient à rien de familier et dont à chaque instant il se sentait plus proche, des odeurs et des bruits venus d'un autre monde, il marcha comme un lion qui n'aurait pas failli mourir, remis de sa blessure comme d'autres avant celle-là, le métal planté en lui finalement expulsé, l'infection évitée par miracle, un rescapé peut-être, mais ne l'étaient-ils pas tous, ces félins des zones arides ?

Il chemina ainsi sur les crêtes friables, avec en mémoire les mois passés depuis qu'il avait fui ces terres et ces bêtes que les hommes avaient faites leurs, une odyssée à peine croyable, lion solitaire à travers plaines et montagnes, à guetter sa guérison tout en cherchant le salut, des kilomètres par centaines parcourus en quête d'un lieu où s'établir, un lieu loin des humains et de leurs *kraal*s trop tentants, un lieu où il y aurait des proies toujours sur pattes, épargnées par la sécheresse, de quoi survivre encore un peu puisque la mort n'avait pas voulu de lui, un lieu avec une fierté inconnue, même, un groupe à conquérir, quitte à rêver autant rêver en grand, il avait été plus loin qu'aucun de ses frères pour peut-être trouver un tel endroit, poussé par quelque instinct connu de lui seul, en direction du nord il avait dépassé rivières chétives et lits à sec, Uniab, Khumib, Sechomib, Munutum, sillonné les vallées d'Engo et de Hartmann au fin fond du pays, il avait même atteint la Kunene qui elle coulait vraiment, sans reculer il l'avait franchie à la nage, ignorant les mâchoires des crocodiles du Nil qui peuplaient ces eaux-là, il avait exploré jusqu'à ces terres lointaines que les hommes appelaient Angola, pour bientôt revenir dans le Kaokoland, continuer son errance en évitant les autres mâles qui sans difficulté l'auraient repoussé, résigné peu à peu à ne jamais pouvoir s'établir en aucun lieu, à progresser ainsi en nomade éternel.

La plage se dévoila alors qu'il n'attendait plus rien, il franchissait une crête semblable à toutes les autres lorsqu'elle fit son apparition, la côte des Squelettes étirée sans limite sous le ciel d'Afrique australe, les vagues jetées sur le sable en guerrières écumantes, disputant au désert une frontière incertaine, comme si d'autres dunes venaient prendre le relais des premières, la mer après la terre, il stoppa son avancée en haut du belvédère, embrassa le paysage déployé sous ses yeux; la côte, il connaissait, il l'avait approchée au cours de ses périples, il avait goûté à ces eaux trop salées pour étancher la soif, il avait prédaté des oiseaux de mer entre les touffes herbeuses, cormorans du Cap ou à poitrine blanche, il avait charogné aussi, globicéphales échoués sur les galets, viande offerte par la mer aux carnivores terrestres, mais jamais il n'avait soupçonné ce qu'il découvrait là: des proies potentielles, par centaines, par milliers, massées en une colonie géante au bord de l'océan, des otaries à fourrure regroupées par quelque miracle, silhouettes brunes et obèses rampant sur le rivage, beuglant à qui mieux mieux en un vacarme indescriptible, mâles, femelles, jeunes, il y en avait à perte de vue, les odeurs enivrantes de toutes leurs déjections, il les regarda s'ébattre entre deux territoires, plongeant dans les vagues pour y chasser leurs proies, remontant sur la plage de leur démarche pataude, bousculant les voisines tant elles étaient nombreuses, il balaya des yeux cet endroit fabuleux, comme on observe un monde nouveau, il détailla les bornes de l'immense armada, pour enfin repérer les deux lionnes postées là depuis des mois, deux femelles vautrées en surplomb de la foule, familières de l'endroit, déjà aguerries dans leur manière d'aller chasser ce gibier si singulier, il croisa leur regard, chercha le mâle dominant qui devait se trouver tout près, n'osant imaginer que tout soit si facile. Mais les femelles étaient bien seules, sous la domination d'aucun alpha, et lorsqu'il comprit cela quelque chose vint se répandre en lui, l'impression d'être enfin au bout de son odyssée, que peut-être la vie lui offrait ce qu'il n'espérait même plus, une chance supplémentaire que lui refusait le désert. Loin des hommes, de leurs armes, de leurs *kraal*s, et de leurs bêtes parquées.

BIBLIOGRAPHIE SÉLECTIVE

Kilum. Rencontre avec les Himbas, Vincent Lemonde et Samuel Figuière, Steinkis, 2017

Les Himbas font leur cinéma, un film de Solenn Bardet, Gédéon Programmes, 2012

L'Ours. Histoire d'un roi déchu, Michel Pastoureau, Éditions du Seuil, 2007

Plaidoyer pour Cannelle. Pour la sauvegarde de l'ours dans les Pyrénées, Gérard Caussimont, Loubatières, 2005

Professional Hunter. Un guide de chasse au Kenya, John A. Hunter, Montbel, 2010

Rouge Himba. Carnet d'amitié avec les éleveurs nomades de Namibie, Solenn Bardet et Simon Hureau, La Boîte à Bulles, 2017

Vanishing Kings. Lions of the Namib Desert, Philip Stander, Will et Lianne Steenkamp, HPH Publishing, 2018

Note de l'éditeur

Dans une précédente version de ce roman, les personnages himbas portaient des prénoms présents dans le carnet de reportage *Rouge Himba* de Solenn Bardet et Simon Hureau. À la demande de l'autrice, ils ont été modifiés.

REMERCIEMENTS

Merci à tous les mammifères, humains et non humains, qui ont permis l'existence de ce livre, des ciels plombés d'Etsaut aux *kraals* d'Orupembe.

À Hélène, à qui je sais ce que je dois, pour ce roman comme pour les précédents.

En Namibie, au génial Félix Vallat, ami-guide-fixeur-pilote-des-dunes-attrapeur-de-mambas, sans qui rien n'aurait été possible, ainsi qu'à l'excellente Charlotte Hiernard (Ecosafaris Namibia : la meilleure agence pour vos voyages et reportages dans le pays, *yes Papa !* Sans compter l'apport de TOSCO pour la conservation de la faune d'Afrique australe) ; à mon frère Jérémie Niel, compagnon de repérages inégalable, champion de conduite sur *fesh-fesh* et de drague de springboks (au fait, cette clôture, elle est bien en mopane, hein ?) ; aux indispensables *lion rangers* du Kunene, Cliff Tjikuundi, Linus Mboro, et Rodney Tjavara (et sa légendaire politesse) ; à Maxi Pia Louis, directrice de l'association namibienne des organisations de soutien à la gestion communautaire des ressources naturelles ; à Tanja Dah, *chief executive officer* à l'association des chasseurs professionnels de Namibie ; à Philip Stander pour l'incroyable translocation et l'arrivée à la *Mad Max* ; à John Heydinger pour la longue nuit de veille auprès des lionnes ; à tous les éleveurs namibiens, damaras, hereros, himbas, qui ont bien voulu me raconter un peu de leur quotidien, cette cohabitation fragile mais responsable avec les prédateurs du désert ; aux traducteurs : Joree Tjavara pour l'otjiherero, Charles Naruseb pour le damara, Lara Potma pour l'afrikaans. Et bien sûr à Charlie-Xpl114, l'image de sa silhouette féline à jamais dans mes souvenirs, endormie sur la banquette arrière tandis que nous descendions l'Hoanib (et son odeur, aussi, parce que, bon…). Puisse-t-elle encore arpenter le Kaokoland pendant de longues années, à distance des vaches et des enclos.

En Béarn, aux professionnels de la conservation que sont les agents du secteur Aspe du parc national des Pyrénées (tout mon respect pour votre indispensable travail de terrain, n'en déplaise à ce prétentieux de Martin), et notamment à Patrick Nuques, Jérémy Bauwin, Claire Brocas et Jérôme Demoulin ; à Éric Sourp, aussi, pour la précieuse lecture à Tarbes ; à Jean-Jacques Camara de l'ex-Office national de la chasse et de la faune sauvage pour le bel échange sur les hauteurs d'Etsaut ; à Damien Minvielle pour les récits de battues à skis ; à Jérôme Ouilhon ; à Maxime Bajas ; à Jean Lauzet pour le circuit ours en Ossau ; à Jean Soust ; à Stéphane Laborde et Jean-Christophe Tixier, évidemment, pour leur accueil palois si chaleureux (même porte entrouverte). Et aux derniers ours invisibles, Néré et Cannellito, présents à chaque instant dans nos rêves de marcheurs.

Aux chasseurs de tous poils et de tout calibre, d'Ardèche à la Guyane, pour leur patience face à mon ignorance de *bobo-escrolo* : Marc Lutz, Olivier Copin, Hugues Lambin.

À Matthieu Mairesse de l'agence de voyages de chasse Sable Safari, ainsi qu'à sa cliente anonyme, qui ont accepté de m'accorder de leur temps et de me parler avec lucidité de leur étrange passion.

À Audrey Kiener, du magasin Spirit Archerie à Saint-Martin de Crau, pour les détails techniques sur le tunnel de visée du Mathews AVAIL.

À Patrick Amblard pour le pneumothorax en plein confinement.

À mes relecteurs, pour avoir traqué toutes les sales bêtes nichées entre ces lignes : Clémentine, Olivier, Dominik, Félix, Patrick, Marie, Jérémie, Marie-Claire.

À mon éditrice, Nathalie Démoulin, pour son appui au long cours.

Aux libraires d'Hexagone et d'outre-mer qui soutiennent mon travail, certain·e·s depuis mes premiers pas dans l'écriture.

Au Centre national du livre pour m'avoir permis de me consacrer plus sereinement à l'écriture de ce livre.

Et à Marie. Pour être là.

DU MÊME AUTEUR :

Romans

Seules les bêtes, 2017
Prix Landerneau Polar 2017,
Prix Polar en Séries 2017,
Prix Cabri d'Or de l'Académie cévenole 2017,
Prix Goutte de Sang d'Encre 2017,
Prix Polars Pourpres 2017,
Prix du polar de la librairie Les Arcades 2017,
Prix des lycéens d'Auvergne-Rhône-Alpes 2018,
Prix Cézam des lecteurs 2018,
Prix Flaubert 2019

Série guyanaise

Les Hamacs de carton, 2012
Prix Ancres Noires 2014

Ce qui reste en forêt, 2013
Prix Sang pour Sang Polar 2014,
Prix des lecteurs de l'Armitière 2014

Obia, 2015
Prix des lecteurs Quais du Polar/*20 Minutes* 2016,

Prix Polar Michel-Lebrun 2016,
Prix Mille et Une Feuilles Noires du festival de Lamballe 2016,
Prix du Récit de l'Ailleurs Saint-Pierre-et-Miquelon 2016,
Prix des lecteurs Villeneuve-lez-Avignon 2016,
Prix Ancres Noires 2017,
Prix Étudiants du Polar 2017

La Série guyanaise, 2018, édition intégrale, volumes 1 à 3

Sur le ciel effondré, 2018
Trophée 813 du Meilleur Roman francophone 2019

Livre illustré

La Guyane du capitaine Anato, 2019, avec des photographies de Karl Joseph

PAPIER À BASE DE
FIBRES CERTIFIÉES

Le Livre de Poche s'engage pour l'environnement en réduisant l'empreinte carbone de ses livres. Celle de cet exemplaire est de :
200 g éq. CO_2
Rendez-vous sur
www.livredepoche-durable.fr

Composition réalisée par Soft Office

Achevé d'imprimer en France par
CPI BRODARD & TAUPIN (72200 La Flèche)
en mai 2022
N° d'impression : 3048703
Dépôt légal 1re publication : février 2022
Édition 04 - mai 2022
LIBRAIRIE GÉNÉRALE FRANÇAISE
21, rue du Montparnasse – 75298 Paris Cedex 06

68/7522/3